인생 2회 차,

축구의
신

인생 2회 차, 축구의 신 8

백린 현대 판타지 소설

초판 1쇄 찍은 날 § 2020년 2월 19일
초판 1쇄 펴낸 날 § 2020년 2월 26일

지은이 § 백린
펴낸이 § 서경석

총괄팀장 § 노종아
편집책임 § 강민구
디자인 § 소소연

펴낸곳 § 도서출판 청어람
등록번호 § 제387-1999-000006호
등록일자 § 1999. 5. 31
어람번호 § 제1-3087호

주소 § 경기도 부천시 부일로 483번길 40 서경B/D 3F (우) 14640
전화 § 032-656-4452 팩스 § 032-656-4453
http://www.chungeoram.com
E-mail § chungeorambook@daum.net

ISBN 979-11-04-92147-6 04810
ISBN 979-11-04-92040-0 (세트)

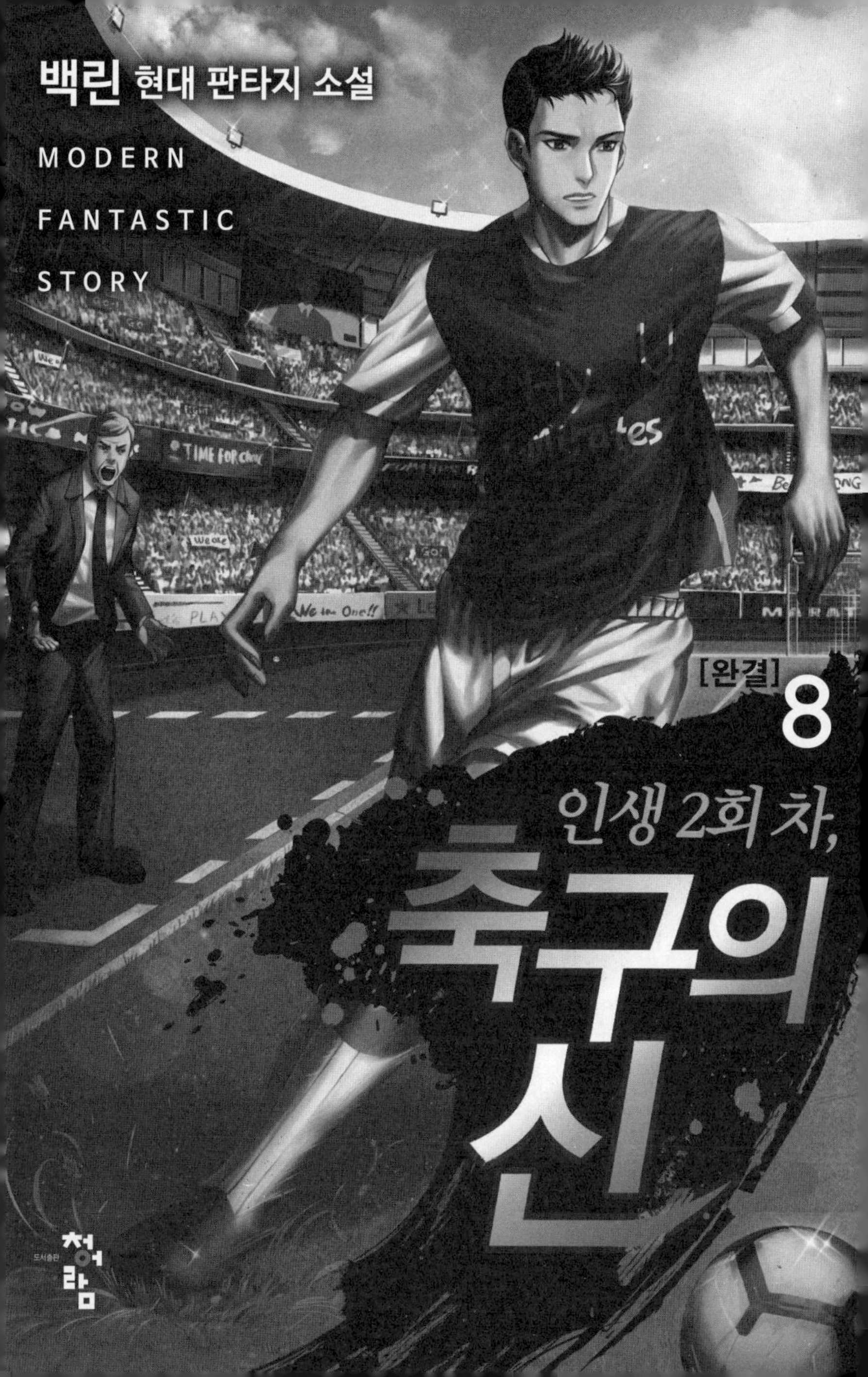
백린 현대 판타지 소설
MODERN
FANTASTIC
STORY
[완결]
8
인생 2회 차,
축구의
신
도서출판
청어람

Contents

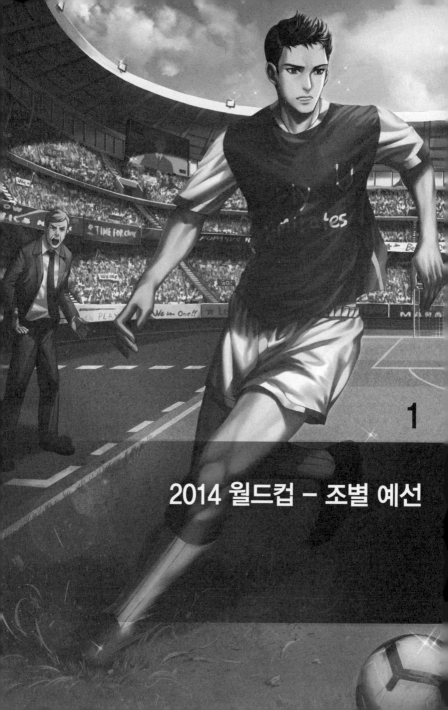

2014 월드컵 - 조별 예선

"승열아! 공!"

민혁은 수비를 떨쳐내며 외쳤다.

그러나 이승열은 민혁에게 공을 주지 못했다. 피지컬에서 뛰어난 러시아 선수들의 압박을 이겨내지 못하고 무작정 크로스를 날리는 게 그가 할 수 있던 전부였기 때문이었다.

경기를 중계하는 송영준 캐스터와 조용찬 해설은 탄식을 터뜨렸다.

—이승열 선수 크로스 허무하게 날아갑니다. 골대 뒤편을 맞고 떨어지네요.

—수비를 피하려고 너무 급하게 공을 올렸어요. 최소한 우리 선수가 있는 방향은 확인했어야죠.

러시아는 반격에 나섰다. 이고르 아킨피예프가 손으로 굴린 공은 주장 바실리 베레주즈키의 발밑으로 향했으며, 그는 그대로 전방을 향해 공을 날렸다. 피지컬에서 앞서는 자국 공격진이 공을 따내리라 믿어 의심치 않는 것 같았다.

하지만 공중볼 경합은 피지컬만으로 이기는 게 아니었다.

—대한민국의 홍영호 선수, 한발 먼저 뛰어서 공을 따냈습니다.

—저게 바로 지능적인 수비예요. 축구는 피지컬로 하는 게 아니라 머리로 하는 거란 사실을 증명하는 움직임입니다.

—라인 넘어간 공, 러시아의 스로인으로 이어집니다.

러시아의 미드필더 지르코프가 동료를 향해 공을 던졌다. 공을 받은 올레크 사토프는 다시 지르코프에게 공을 돌려주었고, 그는 달려드는 상대 팀을 피해 중앙으로 공을 돌렸다.

중앙으로 돌아간 공이 다시 오른쪽 측면으로 향한 순간, 대한민국 풀백 차두희가 달려들어 공을 따냈다.

—데니스 글루샤코프 공 이어받는 순간, 차두희 선수가 공 끊어냅니다.

대한민국의 스쿼드는 민혁의 회귀 전과는 많이 달라져 있었다. 본래대로라면 명단에서 빠져 있을 차두희가 포함된 것이 대표적이었다. 그의 아버지와 사이가 좋지 않았던 허영무가 감독으로 있을 땐 뛰어난 실력에도 불구하고 선발되지 않아 많은 논란이 일었지만, 벵거가 감독이 된 대한민국에서는 당당히 스쿼드의 일원으로 자리하고 있었다.

그리고 또 하나.

원래는 대표 팀에 없었을, 그리고 축구선수의 길로 들어서지 못했을 선수들도 적지 않게 스쿼드에 포함되어 있었다. 민혁이 FC ARSEN의 전신인 제천 시민 구단을 인수하면서 시작한 유소년 프로젝트의 결과물이었다.

그로 인해, 대한민국의 조직력은 2002년 월드컵 멤버들 못지않은 수준에 도달해 있었다. 팀의 절반이 한 팀에 소속되어 있던 덕분이었다.

송영준 캐스터는 그 점을 짚었다.

─우리 대한민국 대표 팀의 가장 큰 장점은 조직력입니다. 선발 명단 25명 중 14명이 FC ARSEN 소속이거든요. 오늘 선발 명단도 골키퍼 이승규 선수와 풀백 차두희 선수, 그리고 미드필더 기성룡 선수와 양쪽 윙인 이승열, 손형민 선수를 빼면 전부 FC ARSEN 소속이에요.

─그렇습니다. 사실 프리미어리그나 분데스리가 등에 진출한 한국 선수들도 꽤 많아졌는데, 대표 팀을 맡은 벵거 감독은 그들을 거의 다 쳐내고 FC ARSEN 선수들을 발탁해 단련

했어요. 그래서 국내외에서 불만과 우려가 상당하지 않았습니까?

—그랬죠.

—하지만 벵거 감독은 평가전와 월드컵 지역 예선을 통해 성과를 보임으로써 우려를 많이 불식시켰죠. 불만은 아직 좀 남았지만 말입니다.

—그래도 오늘 경기부터가 중요한 경기 아닙니까? 과연 이 경기를 포함한 본선에서도 잘할 수 있을까에 대해 걱정하는 팬들도 있으니까요.

—그건 지켜봐야겠죠. 하지만 충분한 가능성이 있다고 봅니다. 아스날을 황금기로 이끈 두 명, 아르센 벵거와 윤민혁 선수가 있으니까요.

해설진의 바람은 시간이 지남에 따라 현실화되어 갔다. 민혁과 차두희를 포함한 고참 선수들이 경기를 계속 주도하면서, 월드컵 본선 첫 진출에 긴장하고 있던 선수들이 평정심을 되찾은 덕분이었다.

"건호야!"

민혁은 FC ARSEN 출신 공격수를 부르며 롱패스를 날렸다. 소리를 듣고 돌아본 장건호는 길게 날아오는 공을 머리로 받아 뒤로 떨궜고, 전방으로 침투한 기성룡은 짧은 터치로 데니스 글루샤코프의 태클을 피하고 민혁에게 공을 보냈다.

─윤민혁 선수 공 이어받았습니다. 따라붙는 러시아의 빅토르 파이즐린! 윤민혁 선수를 외곽으로 몰아내려고 몸싸움을 계속 시도합니다!

민혁은 빅토르 파이즐린과 몸싸움을 하며 드리블을 이어갔다. 그러다 정면에 또 한 명의 러시아 선수가 나타나자마자 방향을 전환해 파이즐린을 떼어냈고, 당황한 수비수 사이로 패스를 보내 기회를 만들었다. 손형민의 침투를 바라고 들어간 패스였다.

손형민은 민혁의 기대에 부응했다. 그는 러시아의 주장 바실리 베레주즈키와 드미트리 콤바로프 사이로 파고들며 공을 받아 슛을 날렸고, 힘차게 뻗은 공은 러시아의 골키퍼 이고르 아킨피예프의 손을 스치고 골망을 흔들었다.

─골! 골입니다! 대한민국의 손형민! 월드컵 본선 첫 경기에서 골을 기록합니다!

─아주 좋은 마무리예요. 윤민혁 선수가 패스를 잘 넣기도 했지만 손형민 선수의 마무리도 좋았습니다. 사실 웬만한 선수들은 슛을 할 기회도 못 잡거든요. 정말 대단한 패스와 대단한 침투였어요.

─손형민 선수의 침착성이 아주 잘 드러나는 장면이었죠.

─맞습니다. 저 나이의 선수라고는 믿어지지 않을 만큼 침착한 슛이었어요. 함부르크에서 괜히 애지중지하는 게 아님을

보여주는 플레이였습니다.

환호한 선수들은 자리로 돌아갔다. 주심은 공을 받아 중앙선에 내려놓고는 러시아 쪽을 가리켰다. 러시아 측의 공격으로 플레이가 재개된다는 의미의 제스처였다.

러시아 9번, 알렉산드로 코코린은 유리 지르코프에게 공을 넘겼다.

유리 지르코프는 프리미어리그에 있을 때 민혁과 자주 부딪쳤던 선수였지만, 이제 전성기가 다 지나 디나모 모스크바에서도 확고한 주전으로 보기는 어려운 선수였다. 한때 그를 러시아의 호날두라고 불리게 했던 스피드가 남아 있지 않았던 까닭이었다.

그런 그가 대한민국의 수비진을 농락하는 건 불가능했다.

─대한민국의 기성룡, 볼을 탈취합니다. 오늘 수비가 좋네요.

─셀틱에서 많이 성장한 덕분이겠죠. 워녹 감독 아래에서 배운 게 도움이 된 것 같습니다.

─공은 장민철을 거쳐 손형민에게, 손형민 공 몰고 들어갑니다. 따라붙는 콤바로프. 손형민 돌파 포기하고 공 뒤로. 이어받은 차두희, 멀리 골키퍼에게 공을 돌려보냅니다. 중앙선까지 나온 이승규 골키퍼가 반대편으로 패스. 대한민국의 공격 계속 이어집니다.

대한민국과 러시아의 점유율 격차는 계속해서 벌어졌다. 손형민의 골로 앞서 나가기 시작한 대한민국이 일부러 지공을 펼쳤던 탓이었다.

　초조해진 러시아는 압박의 수위를 높여 대한민국을 밀어붙였다.

　―아, 러시아 선수들 플레이가 점점 거칠어집니다. 페어플레이 정신은 어디 간 걸까요."

　―하지만 저런 과격함도 우리가 좀 배울 필요가 있어요.

　―우리 선수들도 피지컬 플레이를 해야 한다는 말씀이시군요.

　―축구만이 아니라 모든 부분에 대해서입니다. 잠깐 축구 외의 이야기를 좀 하자면, 러시아는 영해를 침범한 중국 어부들에 대해 강력한 대응을 하고 있단 말입니다. 그런데 우리 대한민국은 너무 얌전하거든요. 러시아나 필리핀처럼 총으로 쏘거나, 인도네시아처럼 어뢰를 날려서 격침을 해야 돼요.

　―아니, 저… 조용찬 해설님…….

　―중국 어선은 정말 심각한 문젭니다. 이 중국 어선들은 저인망 조업이라는 걸 하는데, 이건 어족 자원을 싹쓸이하는 건 물론이고 바닷속 생태계까지 전부 다 파괴를 해버린단 말입니다. 울창한 숲을 트랙터로 싸악 밀어버리고 방치하는 격이에요. 어족 자원이 재생될 길마저 막아버리는 거죠.

조용찬 해설은 열변을 토했다. 지지난 개편 때 목포부터 이어도까지 다녀오며 겪었던 경험이 녹아 있는 이야기였으나, 아무리 생각해도 축구 중계와는 동떨어진 이야기였다.

—제가 전라남도에 있는 목포 지사에서 취재를 나갔을 때 겪은 바에 따르면 말이죠, 중국 어선들 일부는 말이 어선이지 사실상 해적선이에요. 우리 어민들을 습격해서 하루 내내 낚은 수산물을 약탈해 가는 경우도 있는 데다가…….

송영준 해설은 당황하며 그를 보다, 상황 반전이 일어나자마자 조용찬 해설의 마이크를 움켜쥐고 입을 열었다.

—러시아의 레프트윙어죠. 올레크 샤토프 반칙입니다. 위험한 백태클인데 경고를 안 주네요.

—아니, 이건 놓…….

—주심 네스토르 피타나 구두 경고를 줍니다. 아쉽게 카드는 안 나왔지만 러시아 선수들도 이제 조심을 할 거예요. 그런 상황을 이용해야 우리에게 유리해집니다. 그렇지 않습니까?

조용찬 해설은 송영준 캐스터의 눈짓을 보고 고개를 돌렸고, 화가 난 PD의 모습을 보고서야 정신을 차리고 말을 꺼냈다.

—에… 그렇죠. 격렬한 것도 좋지만 정도는 지켜야 되겠습니다. 페어플레이 아닙니까, 페어플레이.

—대한민국의 프리킥 이어집니다. 윤민혁 선수가 준비하네요.

민혁이 막 프리킥을 준비할 때, 아르센 벵거는 서드 코치인 장준우를 불러 뭔가를 지시했다. 그러자 그는 벤치에 앉은 선수들 중 몇 명을 불러 몸을 풀도록 했다. 1 대 0으로 앞서가는 상황임에도 마음에 들지 않는 게 있는 것 같았다.

—주심 네스토르 피타나, 전반전 종료시킵니다.

전반전은 1 대 0으로 종료되었다. 대한민국이 한참이나 몰아붙였음을 생각하면 아쉬운 점수였다.

라커룸으로 돌아온 선수들은 젖은 수건으로 땀을 닦았다. 남반구라 계절은 겨울이지만, 그들이 있는 쿠이아바는 적도에서 그리 멀리 떨어지지 않은 곳에 있기에 여름이나 다름없었다.

벵거는 선수들이 땀을 닦고 목을 축이길 기다린 후에야 입을 열었다.

"후반은 좀 더 공격적으로 가겠다."

그는 민혁을 통해 전술을 전달했다. 축구협회에서 지원해 준 통역이 영 미덥지 못했기 때문이었다. 영어 실력 자체는 나쁘지 않지만, 축구와 관련된 내용을 거의 모른다는 게 문제였다.

민혁은 벵거의 말을 한국어로 변환해 들려주었다.

"포메이션 변경 있어. 건호랑 형민이가 투톱으로 서고, 민철이 대신 정용이가 들어가서 윙으로 서래. 그리고……."

장민철은 실망한 표정으로 고개를 떨궜다. 하지만 감독의 눈에 찰 만한 플레이가 아니었음은 본인 스스로도 인지하고 있는지 불만스러운 표정은 짓지 않았다.

그렇게 모든 내용 전달이 끝난 후, 벵거는 선수들을 격려하고 경기장으로 다시 돌려보냈다.

―아, 대한민국 선수들 나오고 있습니다. 장민철 선수가 빠지고 이정용 선수가 투입됐네요.

―벵거 감독답지 않은 빠른 교체입니다. 전반전 내용이 마음에 안 들었다는 뜻이겠네요.

―확실히 그렇게 몰아붙이고도 1 대 0이라는 스코어가 나왔다는 건 탐탁지 않을 겁니다. 보통 그 정도로 밀어붙였으면 3 대 0 정도는 기록하는 게 정상이니까요.

―손형민 선수를 톱으로 놓음으로써 슈팅을 많이 가져가게 하겠다는 것 같은데… 이게 신의 한 수가 될지 아닐지 보는 것도 이번 경기의 묘미가 될 듯합니다.

조용찬 해설의 설명이 끝나갈 무렵, 주심이 휘슬을 불어 후반전의 시작을 알렸다.

톰 밀러를 만나지 않은 볼턴의 에이스 이정용은 자신이 왜 프리미어리거인지를 실력으로 보여주었다. 대표 팀에서 선발 자리를 차지하지 못한 건 팀의 밸런스 문제 때문일 뿐, 실력 자체는 자신이 더 뛰어나다고 시위하고 있는 것 같았다.

—이정용, 이정용 러시아의 우측면을 파괴합니다. 엄청난 드리블, 아스날에서 뛰었던 흘렙을 떠올리게 하는 퍼포먼스를 선보입니다!

　—윤민혁 선수 바로 쫓아가 공을 이어받습니다. 러시아 선수들 당황하고 있습니다.

　민혁은 러시아 수비진의 중앙을 파고들었다. 러시아 선수들은 스크럼을 구성해 민혁을 가두려 했지만, 민혁은 툭툭 치는 드리블로 공간을 만들어내며 골키퍼와 1 대 1 상황을 만들었다. 리오넬 메시가 자주 보여주는 패턴이었다.

　러시아의 골키퍼 아킨피예프는 앞으로 나오며 두 손을 힘껏 뻗었다. 슈팅을 할 각도를 주지 않겠다는 의도가 보이는 모습이었다.

　그와 동시에, 민혁의 발이 공 밑을 파고들었다.

＊　　　＊　　　＊

　민혁이 띄운 공은 골문으로 향했다. 아킨피예프의 자세가 그리 낮지 않음에도, 민혁이 올린 공은 그를 넘어 골라인을 지나 그물까지 흔들었다. 대한민국의 두 번째 득점이었다.

　경기장에선 엄청난 환호성이 터졌다. 대한민국 응원단은 물론, 경기를 찾은 현지인들까지도 민혁의 골을 보곤 일어나 박수를 쳤다. 골 장면 자체도 예술적이었지만, 그보다는 세계에서 가장 축구를 잘하는 세 사람 중 한 명인 민혁의 골이라 더욱 환호하고 있는 것 같았다.

그 골은 러시아의 선수들을 위축시켰고, 약 40분간 더 이어진 경기는 일방적인 스코어로 종료되었다. 처음 터진 손형민의 골과 민혁의 멀티골, 그리고 후반 막판에 터진 장건호의 헤딩이 기록한 4 대 0이었다.

브라질까지 원정을 간 소수의 응원단은 엄청난 환호성을 터뜨려 러시아 응원단의 분노를 샀다. 그로 인해 경기 후 러시아의 스킨헤드들이 난동을 부리다 체포되는 일이 있었지만, 국제 대회에 모든 신경을 쏟고 있던 브라질 경찰들 덕분에 큰 피해는 나지 않았다.

그로부터 이틀 후.

훈련 후 휴식을 취하고 있던 민혁은 장준우의 목소리를 듣고는 고개를 돌렸다.

"야, 야, 밖에 나가지 마! 여기 위험해!"

장준우 코치는 호텔을 나가려던 선수들을 불러 세웠다. 바로 세 시간 전 길거리에서 강도를 만났던 그라 호들갑을 떠는 것도 이상하지 않았다.

"왜요?"

"야, 나 밖에 나갔다가 강도 만나서 죽을 뻔했어."

"네?"

장준우는 놀란 선수들에게 자신이 겪은 일을 들려주었다. 길을 걸으며 통화를 하고 있었는데, 핸드폰을 노린 강도가 칼을 꺼내 자신의 옆구리에 대고 핸드폰을 낚아채려 했다는 이야기였다.

다행히 브라질 당국에서 순찰 인원을 세 배로 늘린 덕분에 무사히 빠져나올 수 있었던 거지, 그게 아니었다면 뒷골목 변사체로 발견되었을지도 몰랐을 일이었다.

"그러니까 다들 호텔에서 나가지 마. 여긴 경비가 있으니까 안전하지만 여기 나가면 안전 보장이 안 된다고."

"…완전 막장이네요."

민혁은 그들의 이야기를 들으며 혀를 찼다. 어째 세계에서 가장 위험한 도시라던 요하네스버그에 있을 때, 그러니까 2010 남아공 월드컵 당시보다 상황이 더 나쁜 느낌이었다.

하지만 조심만 하면 큰 사고는 없을 터였다. 민혁의 기억엔 2014 브라질 월드컵 당시 일어난 사고가 없었기 때문이었다.

굳이 찾자면 미네이랑의 비극 정도랄까…….

'어, 근데 그거 이번에도 터지려나?'

잠깐 고민하던 민혁은 피식 웃고는 커피 잔에 입을 대었다.

어차피 자신이 영향을 줄 만한 일은 아니라는 생각이 들어서
였다.

　그러는 동안, 전화를 받은 장준우가 휴식을 취하던 선수들
을 불러 모았다. 다음 경기인 알제리전을 대비한 전술 토의를
준비하라는 지시가 내려진 것이다.

　그렇게 모든 준비를 마친 대한민국 대표 팀은 포르투 알레
그리에 있는 이스타지우 베이라—히우로 향했다.

＊　　　＊　　　＊

　2014년 6월 22일, 오후 4시.

　오늘도 선발 명단에 오른 민혁은 반대편 진영에 있는 알제
리 선수들을 바라보았다. 대부분 베르베르인으로 구성된 그들
은 중동인과 똑같은 외모였고, 그것은 대한민국 선수단에게
묘한 불안을 안겨주었다. 저들도 침대 축구를 하지 않을까 싶
었기 때문이었다.

　민혁은 그들에게 주의를 주었다. 훗날 알제리의 에이스가
되는 레스터 시티의 윙어, 리야드 마레즈는 알제리 대표 팀에
뽑히지 않았지만, 그래도 알제리는 결코 만만한 팀이 아니었
다. 원래대로라면 대한민국을 4 대 2로 대파했을 팀이니 말이
다.

"알제리 만만하게 보지 마. 쟤래 봬도 유럽 리거 꽤 있어."

"언론에선 제일 만만하다던데요?"

"쟤들이 러시아보다 잘해."

민혁은 벵거와 이야기를 나눴던 부분을 선수들에게 들려주었다. 기를 꺾겠다는 생각이 아니라 현실을 좀 더 확실히 파악하게 하기 위해서였다.

야신 브라히미와 나빌 벤탈렙, 그리고 소피앙 페굴리와 라이스 음볼리 등은 프랑스 청소년대표팀 출신으로, 개중엔 프랑스 대표 팀의 제의를 받았던 선수도 있었다. 안정적으로 주전 확보가 가능한 알제리를 택했을 뿐, 프랑스 대표로 나설 수도 있었다는 이야기였다.

선수들은 그 이야기를 듣고도 그다지 놀라진 않았다. 대한민국엔 윤민혁이 있다는 생각 때문이었다.

"그래 봐야 형보단 못하잖아요."

"너희보단 잘하니까."

"아 진짜……."

기성룡은 짜증을 냈다. 자신도 유럽 리그에서 뛰는데 그런 말을 들을 이유가 뭐냐는 듯한 표정이었다.

민혁은 그걸 보고 웃어버렸다. 하기야 위축되는 것보다는 자신감이 넘치는 게 훨씬 나았다.

"아무튼 방심하지 말고 잘하자. 알았지?"

"네!"

그들이 자리로 이동한 후, 슬쩍 다가온 차두희가 입을 열었다.

"야, 네가 주장이냐?"

"누가 말하면 어때서요."

차두희는 툴툴댔다. 반쯤은 농담이지만 그런 말은 주장인 자신이 해야 하는 거 아니냐는 느낌도 절반쯤 섞여 있었다.

"다음엔 형이 말해요."

차두희는 피식 웃고는 자리로 돌아갔다.

양 팀 선수들은 각자의 자리로 향한 후 주심을 바라보았다. 주심은 시계를 힐끗 보고는 호각을 입에 물었다.

그로부터 몇 초 후 휘슬이 울렸다. 경기 시작이었다.

—대한민국과 알제리, 알제리와 대한민국의 경기 시작되었습니다.

—이 경기는 반드시 따내야 하는 경기입니다. 우리 선수들 방심하지 말았으면 좋겠습니다.

알제리는 다소 위축된 모습을 보였다. 원래대로였다면 초반부터 강한 공격을 펼쳤을 그들이었으나, 발롱도르를 몇 번이나 수상한 민혁의 존재감에 압도당한 그들은 초반 탐색전을 펼쳐보았다.

하지만 그건 작지 않은 실수였다.

대한민국은 잘 갖춰진 조직력을 바탕으로 그들을 밀어냈다.

기세를 살리지 못한 알제리는 자신들의 장점을 살리기는커녕 팀 조직력 붕괴라는 결말을 맞고 말았다. 이미 필드를 장악당한 상태라 개인 기술 말고는 공을 운반할 길이 없어져 버린 까닭이었다.

"성룡아! 좀 더 붙어!"

차두희의 외침은 기성룡을 움직였다. 그로 인해 잠깐 살아날 뻔했던 알제리의 미드필더진은 다시 붕괴해 버렸고, 그사이 공을 탈취한 대한민국은 전방의 민혁을 향해 공을 보냈다.

—대한민국의 에이스 윤민혁 선수, 압델무멘 쟈부를 제치고 중앙으로 침투합니다.

중앙을 파고든 민혁은 앞을 막은 세 명의 선수를 보고는 측면으로 공을 넘겼다. 그러자 민혁을 압박하던 셋 중 하나가 측면으로 빠져 공을 쫓았고, 공을 이어받은 공격수 장건호는 뒤로 돌아간 민혁에게 돌려보냈다.

—알제리의 주장 부게라가 측면으로 빠져나와 압박을 시도합니다. 공을 뒤로 돌리는 장건호. 이어받은 윤민혁 선수 상황을 살핍니다.

민혁은 고개를 저으며 뒤편으로 패스를 돌렸다. 알제리의 수비진이 이미 갖춰진 탓이었다.

중계진은 아쉬움을 토로하고는 화제를 바꿨다.

—대한민국과 알제리는 1985년에 친선전을 가졌습니다. 그

게 가장 최신이죠?

—그렇습니다. 그땐 김종부 선수와 최순호 선수의 두 골로 우리가 이겼죠. 그때 첫 득점이 굉장히 효율적이었는데요, 골키퍼 오연교 선수가 찬 골킥이 그대로 김종부 선수로 이어졌고요, 김종부 선수가 가슴 트래핑 후 두 번의 터치 만에 골망을 흔들었어요.

—지금 보이는 플레이와는 완전히 대조적이네요. 지금은 양 팀 모두 숏패스와 드리블 위주로 플레이를 하고 있으니까요.

—그렇습니다. 바르셀로나의 티키타카, 그리고 아스날의 벵거볼이 전 세계 축구계에 짧은 패스 유행을 일으켰기 때문이겠죠. 양 팀 모두 6관왕을 이뤘던 팀들 아닙니까?

—그때부터 세계 축구에서 롱패스 비율이 많이 떨어졌죠. 롱패스를 자주 쓰던 프리미어리그에서도 롱패스 숫자가 무려 12.7% 줄었다는 이야기가 있어요. 세계 축구의 흐름이 숏패스 위주로 바뀌었단 이야기예요.

—그래도 가끔은 빨랫줄 같은 중거리 포나 호쾌한 롱패스, 혹은 베컴의 택배 크로스 같은 것도 볼 수 있었으면 좋겠습니다.

—동감입니다. 그런 거 본 지 오래됐네요.

그러나 그들의 바람은 전반이 끝날 때까지도 이뤄지지 않았다.

한참이나 밀리던 알제리는 물론, 알제리를 한참이나 흔들었던 대한민국도 득점은 기록하지 못했다. 전방에 있던 세 명이 연거푸 오프사이드트랩에 걸리기도 했고, 골대도 두 번이나 맞혔기 때문이었다.

벵거는 불만스러운 표정으로 선수들을 보았다. 상대방을 밀어붙이는 장면은 좋았으나, 제대로 마무리를 짓지 못해서야 아무 소용이 없는 것이다.

그는 수석 코치로 따라온 스티브 볼드와 이야기를 나눴다. 모든 대화가 영어로 이루어졌기에 그 말을 알아듣는 사람은 네 명에 불과했으나, 후반전 전술에 적지 않은 변화가 일어날 거라는 느낌은 그곳의 모두를 찾아들었다.

논의를 끝낸 벵거는 입을 열었다.

"윤."

"네."

"후반엔 원톱이다."

벵거가 찾은 방안은 4—2—3—1로의 전환이었다. 그리고 민혁을 원톱으로 세워 드리블 돌파에 좀 더 의존하겠다는 계획을 세웠는데, 아마도 알제리의 중원이 민혁의 드리블을 한 번도 막지 못했다는 점에 착안을 한 것 같았다.

"수비가 달라붙으면 무리하지 말고 공을 돌려라. 골을 넣는 것보다 부상을 피하는 게 훨씬 더 중요하니까."

민혁은 고개를 끄덕였다.

그 후 몇 가지 변경을 추가로 지시한 벵거는 선수들을 격려한 후 필드로 돌려보냈다.

　─대한민국 선수들 필드로 돌아옵니다. 장건호 선수가 빠지고 구지철 선수가 들어오네요. 이러면 포메이션을 바꾸겠단 이야기 같습니다.

　─아마 손형민 선수나 윤민혁 선수가 톱으로 가겠죠.

　─아, 위치 잡혔습니다. 윤민혁 선수가 톱으로 가네요.

　─알제리는 포메이션 유지하고 있습니다. 전반전이 나쁘지 않다고 판단하고 있는 것 같습니다.

　─대한민국을 상대로 실점을 하지 않았으면 결과가 좋은 거죠. 알제리는 이번 경기를 무승부로 끌고 가면 16강 진출 가능성이 있다고 보고 있을 겁니다.

　카메라는 알제리의 감독 비야드 할릴호지치 감독을 비춰주었다. 열세에도 불구하고 표정이 별로 나쁘지 않았다. 중계진의 말대로 무승부만 거둬도 성공이라고 보고 있는 것 같았다.

　그러나, 그 표정은 그리 오래가지 못했다.

　─골! 윤민혁 선수! 뒤에서 날아온 공을 한 번의 터치로 골을 만듭니다!

　민혁은 왼쪽에서 날아온 공을 그대로 때려 골망을 흔들었다. 편하게 앉아 있던 할릴호지치를 벌떡 일으키는 골이었다.

　─알제리 벤치 분주하게 움직입니다. 충격이 큰 것 같아요.

─앞에 수비가 넷이나 있었죠. 아마도 윤민혁 선수가 공을 받아 드리블을 할 거라고 생각한 것 같습니다.

─윤민혁 선수도 그걸 아니까 잡지 않고 슛을 쐈겠죠. 훌륭한 판단이었습니다.

민혁의 골은 경기를 경직시켰다. 알제리가 오히려 수비적으로 나오기 시작한 탓이었다. 아마도 대량 실점을 하게 될 경우를 우려하고 있는 것 같았다.

하기야 그게 옳은 선택일 가능성도 있었다. 대한민국이 3승을 거둔다면, 대한민국을 상대로 가장 적은 실점을 하는 팀이 유리해지기 때문이었다.

그런 상황에 지루함을 느끼던 송영준 캐스터는 화면에 비친 사람을 보고는 입을 열었다.

─저쪽에 있는 사람 무리뉴 아닌가요?

＊　　　＊　　　＊

"아, 벌써 세 골이네요. 이번에도 득점왕 하겠는데요."

무리뉴는 인상을 잔뜩 쓴 채 경기를 지켜보았고, 헝거 그룹의 이사라는 장차오량(長朝良)은 민혁의 플레이에 감탄을 터뜨리며 말을 이었다.

"역시 윤민혁이군요. 그렇지 않습니까?"

"……."

"저런 선수가 아시아에 있다는 건 축구계에 엄청난 손해입니다. 우리 회장님께서도 그렇게 생각하시고요."

무리뉴는 불편한 표정으로 입을 열었다.

"선수 영입 권한은 저에게 있을 텐데요."

"어디까지나 제안을 해보는 거죠. 저희가 일방적으로 영입을 하겠다는 건 아닙니다."

그러나 겸손한 말과는 달리, 장차오량의 눈가는 계속해서 씰룩거렸다. 어디 피고용자에 불과한 포르투갈 노동자가 감히 대(大) 중화 자본의 대리인인 자신의 말에 태클을 거느냐는 듯한 반응이었다.

그가 그러거나 말거나, 무리뉴는 다시 한번 거부를 표했다.

"알제리를 상대로 이 정도 활약이면 필요 없습니다."

"왜죠?"

"예전의 윤이라면 이 경기에서 다섯 골은 넣었을 테니까요."

장차오량은 못마땅한 표정을 지었다. 그러나 무리뉴는 그를 보지도 않은 채 말을 이었다.

"윤이 아시아로 간 건 실수였습니다. 지금은 메시가 윤보다 나을 겁니다."

"호날두는요?"

"…그 이름은 듣고 싶지 않군요."

무리뉴는 라모스와 호날두, 그리고 카시야스라는 이름을 떠올리곤 이를 갈았다. 비록 민혁이 이끄는 아스날을 만나 챔피언스리그 우승엔 실패했지만, 그래도 막강한 바르셀로나를 상대로 리그 우승을 빼앗았던 자신이 추하게 쫓겨난 데엔 그 세 사람의 반란이 있었기 때문이라 생각한 탓이었다.

"차라리 아자르를 영입하는 게 나을 겁니다."

"아자르요? 레알에서 데리고 계셨던?"

장차오량은 황당하단 표정을 지었다. 아자르는 레알에서 벤치를 데우고 있었던 탓이었다.

본래 첼시로 가야 했던 아자르는 레알 마드리드의 백업 자원이 되어 있었다. 민혁이 회귀하지 않았다면 첼시의 챔피언스리그 우승으로 인해 첼시로 갔을 아자르였지만, 민혁이 이끄는 아스날이 그 시즌의 챔피언스리그 우승을 차지하면서 토트넘과 레알의 경쟁이 되었던 까닭이었다.

그 경쟁의 승리자는 레알이었다. 첼시의 몰락으로 인해 챔피언스리그 진출권을 획득한 토트넘은 주전 보장을 내세우며 아자르를 유혹했지만, 주제 무리뉴라는 이름이 토트넘이 제안한 주전 보장보다 훨씬 더 끌렸던 것이다.

그렇게 레알로 간 아자르는 초반엔 제법 나쁘지 않은 활약을 보였다. 베일의 레알 이적이 없었기 때문이었다.

그를 대신해 오른쪽 윙을 차지한 아자르는 초반 좋은 활약을 보이며 레알 마드리드의 리그 우승을 이끌었으나, 잠깐 주춤했던 호날두가 살아나면서 팀의 밸런스 문제로 인해 벤치에 처박히게 되었던 것이다.

"아자르가 벤치에 있긴 하지만, 만약 아자르가 저기 있었다면 이 경기에서 세 골을 넣었을 겁니다. 2012-13 시즌 아자르를 생각해 보시면 알 수 있을 텐데요."

"그거야……."

장차오량은 쉽사리 반론을 하지 못했다. 호날두가 제 페이스를 찾기 전에 보였던 아자르의 활약은 그 역시도 잘 알고 있었다.

물론 민혁이 아스날에서 보인 활약에 비할 바는 아니었지만, 그래도 레알 마드리드의 에이스 자리를 잠시나마 위협했던 2012-13 시즌의 아자르라면 지금 민혁이 보여주는 모습과 비슷한 플레이도 가능할 것 같았다.

"하지만 말입니다. 우리 회장님께서 윤민혁 선수를 원하시는 건……."

"아시아 시장 말이군요. 그건 저도 압니다. 하지만 비싼 돈을 들여서 윤을 다시 데려올 필요는 없다는 겁니다. 무엇보다 윤이 돌아오지도 않을 거고요."

장차오량은 입을 닫았다. 그가 생각해도 민혁이 아스날로 돌아올 가능성이 높진 않았다.

무리뉴는 그를 한 번 보고는 말을 이었다.

"차라리 중국 선수를 입단시키는 게 훨씬 낫겠죠."

"그건 동감입니다만… 지금 중국엔 아스날에서 뛸 만한 선수가 없는 게 문제입니다."

"그 정도는 그쪽에서 알아서 하셔야지 않겠습니까."

무리뉴는 그렇게 말하며 입을 닫았다. 사실은 누가 오든지 중국 선수를 쓸 생각은 없었지만, 그걸 구단주가 보낸 사람 앞에서 말할 수는 없었다.

그 말로 장차오량의 입을 막아버린 무리뉴는 계속해서 경기를 보았다. 마음 같아서는 이쯤에서 떠나고 싶지만, 구단주인 헝거 그룹이 끊어준 자리를 함부로 떠날 수는 없는 일이었다.

때문에 언짢은 표정으로 경기를 보던 그는, 박수를 치는 뱅거를 발견하곤 인상을 썼다.

*　　　　*　　　　*

대한민국과 알제리의 경기는 2 대 0이란 스코어로 끝났다. 최우수 선수는 1골 1어시스트를 기록한 민혁이었다.

경기가 끝난 후, 알제리 선수들은 다른 경기장의 소식을 듣고는 그라운드에 주저앉아 눈물을 흘렸다. 1라운드에서 그들을 이겼던 벨기에가 러시아를 상대로도 승리를 거둠으로써 알제리의 16강 진출이 불가능해진 것을 알았기 때문이었다.

민혁은 묘한 표정으로 그들을 지나쳤다. 원래대로라면 저들이 올랐을 16강이었으니까.

하지만 이런 일이 처음도 아니었고, 이 경기의 결과도 사기나 협잡이 아닌 경쟁을 통해 얻어낸 승리였다. 굳이 미안해할 필요는 없는 것이다.

그날 밤.

샤워를 하면서 찝찝함을 모두 지워낸 민혁은 인터넷에 올라온 기사를 확인했다.

〈대한민국 2—0 알제리, 벨기에 1—0 러시아. 끝나지 않은 1위 경쟁〉

[지난 22일. 브라질에서 열린 H조의 두 경기는 이변 없이 끝을 맺었다. 대한민국은 알제리를 상대로 두 골을 넣어 승리를 거뒀고, 최근 유럽의 강호로 부상한 벨기에도 88분에 터진 디보크 오리기의 골로 러시아를 물리치고 승점 3점을 거둔 것이다.

이로 인해 H조의 16강 진출 팀은 각각 2승씩을 거둔 두 팀으로 확정되었으나, 두 팀은 16강 이후를 대비한 격전을 준비하고 있다. 1위로 진출하는 팀이 타 조의 강팀들을 피할 수 있기 때문이다.

현재, 반대편 포트에 위치한 조의 1위를 차지하고 있는 팀은 브라질과 콜롬비아, 그리고 프랑스와 독일이다. 콜롬비아를 제외한 모든 팀이 월드컵 우승 경력이 있는 팀이란 뜻이다.

만약 대한민국이 벨기에에게 패해 2위로 16강에 진출하게 된 다면 독일을 상대할 가능성이 높다.

이번 대회에서 가장 강력한 우승 후보로 꼽히는 그들을 상대 하게 되는 건 결코 좋은 선택이 아니다. 이기더라도 팀의 전력이 심각하게 깎일 게 분명하며, 한참 물이 오른 프랑스 국가대표팀 을 상대로 다음 경기를 치러야 하기 때문이다.

따라서 다음 경기는 우리 대한민국의 상위 라운드 진출의 행방 을 결정짓는 아주 중요한…….]

"뭐, 다 아는 소리를 이렇게 길게 써놨어?"

민혁은 웹에 올라온 기사를 읽고는 고개를 저었지만 그 내 용까지 무시하진 않았다.

기사에서 언급한 대로, H조 1위로 올라가지 않으면 강팀들 과 계속해서 싸워야 한다는 건 틀림없는 사실이었다. 단계마 다 상대를 이기더라도 정상적인 전력을 유지하긴 힘들다는 이 야기였다.

반면, 1위로 16강에 오르면 순탄한 길이 펼쳐져 있었다. 아 마도 네덜란드와 아르헨티나라는 강팀을 만나긴 하겠지만, 그 래도 그 둘을 상대하는 게 독일, 프랑스, 브라질을 차례대로 겪는 것보다 낫다는 건 당연한 소리였다.

'뭐, 삽질만 안 하면 1위로 올라가겠지.'

민혁은 4년 전의 기억을 떠올리며 이를 갈았다. 지금은
OSC 릴에서 잡초를 뽑고 있다는 평가를 받는 전 국가대표 박
주혁의 얼굴이었다.

그때 그 자책골만 아니었으면 벌써 월드컵 우승을 했을지
도 모르는 일이 아닌가.

"후······."

혈압이 오름을 느낀 민혁은 뒷머리를 누르며 눈을 감았다.
이러다 쓰러져 버리면 자신만 손해였다.

그로부터 3일이 지나자, 벨기에와의 결전이 열리는 6월 26일
이 찾아들었다.

＊　　　　＊　　　　＊

민혁은 벤치에 앉아 있었다. 16강행이 확정된 이상 무리를
하지는 않겠다는 벵거의 생각이 반영된 결과였다.

그건 벨기에 역시 다르지 않았다. 그들 역시 팀의 에이스인
에덴 아자르를 선발로 내지 않았고, 그 자리는 맨체스터 유나
이티드의 야누자이가 채우고 있었다.

그들 역시 1위를 원하기는 하지만, 여기서 힘을 빼서 16강

을 무력하게 치르기보다는 힘들게 올라가더라도 16강을 전력으로 치르고 싶어 하는 모양이었다.

에이스가 빠진 양 팀의 경기는 팽팽하게 흘러갔다. 대한민국과 벨기에 모두 황금 세대로 불리는 선수들이 모여 있기 때문인지, 어느 한 팀도 자신감을 잃지 않고 플레이를 이어갔다.

그러던 전반 28분. 케빈 미랄라스의 득점포가 터졌다.

—아… 이승규 골키퍼 골을 허용합니다. 케빈 미랄라스의 선제골입니다. 이건 막았어야죠.

벨기에의 공격수로 나선 케빈 미랄라스는 펠라이니의 헤딩을 이어받아 드리블 돌파를 시도한 후 날린 슛으로 골망을 흔들었다.

첫 골을 헌납한 대한민국은 4분 만에 추가골을 허용했다. 이번엔 코너킥에 이은 펠라이니의 헤딩골이었다. 볼경합 중에 펠라이니가 팔꿈치로 수비수를 찍어버렸기에 허용되지 말아야 했을 골이었으나, 그것을 보지 못한 주심은 벨기에의 득점을 인정해 주었다. 대한민국으로서는 분노를 금할 수 없는 판정이었다.

흥분한 선수들은 사고를 쳤다.

—심판 달려갑니다. 판정이 어떻게 나올까요?

—위험한 태클이었습니다. 다행히 페널티박스 안은 아니었…….

—레드카드! 레드카드입니다. 대한민국의 5번 서영권 선수, 위험한 태클로 레드카드를 받게 됩니다.

—이거 좋지 않아요. 2 대 0으로 끌려가는 상황에서 한 명이 빠지면 힘들어지죠. 윤민혁 선수가 나온다고 해도 그 격차를 줄이긴 힘들 거예요.

—우리 벤치 바빠집니다. 조끼를 벗은 윤민혁 선수가 보이는군요. 전반전이 끝나기 전에 교체가 있을 것 같습니다.

대한민국은 두 명의 선수를 교체했다. 급격한 변화였지만 지금은 어쩔 수 없었다. 2 대 0으로 끌려가는 데다 중앙수비수가 퇴장까지 당한 마당이기 때문이었다.

하지만 격차는 더욱 벌어졌다. 벨기에가 얻어낸 프리킥이 그대로 골로 이어진 것이다.

—아… 메르텐스의 프리킥 골망을 흔듭니다. 전반이 끝나기도 전에 3 대 0이 되네요.

민혁은 이마를 짚으며 한숨을 쉬었다. 45분 만에 3실점을 하는 게 드문 일은 아니었지만, 거기에 한 명이 부족하기까지 하다는 건 절망적이었다.

아무리 자신이라도 한창 기세가 오른 강팀을 상대로 골을 넣는 건 쉽지 않은 일이기 때문이었다.

"돌겠네, 진짜."

물론 이 경기에서 진다고 해도 16강 진출엔 문제가 없었다.

대한민국과 벨기에 모두 2승을 거둬 16강 진출을 확정한 상태였기에, 여기서 지더라도 조 2위로 16강에 갈 수는 있었다.

하지만 1위로 진출하는 팀과 2위로 진출하는 팀이 만나게 되는 팀의 차이는 컸다. 아무래도 독일보다는 미국이나 포르투갈을 만나는 게 나은 것이다.

그건 벨기에의 입장도 다르지 않았다. 그들 역시 독일보다는 미국이나 포르투갈을 만나기를 원하고 있었고, 때문에 그들은 후반전 들어서는 철저하게 수비로 일관했다. 민혁이라면 45분 안에 세 골 이상을 넣을 수도 있다고 판단한 탓이었다.

벨기에의 대응은 효과를 보았다.

벨기에가 방심하는 틈을 탄 민혁이 68분에 중거리 포로 한 골을 만회했으나 그 이상의 득점은 터지지 않았다. 골을 허용한 벨기에가 공격수를 모두 빼고 수비를 강화하는 방향으로 전환해 버린 까닭이었다.

그렇게 후반전이 모두 지나고, 경기 종료를 알리는 휘슬이 울렸다.

16강 상대가 독일로 확정되는 순간이었다.

2

2014 월드컵 - 16강

2승 1패. 승점 6점. H조 2위.

객관적으로 보면 나쁘지 않은 성적이었다. 무엇보다 16강 진출권을 확정했음을 생각하면 절반의 성공은 거둔 셈이었다.

하지만 선수단의 분위기는 좋지 않았다. 16강 상대가 독일임을 확인했기 때문이었다.

"죄송합니다."

"…됐어."

민혁은 어두운 얼굴을 한 서영권의 어깨를 두드렸다. 살다 보면 이런 일도 있고 저런 일도 있는 게 아닌가.

"독일이 별거야? 이기면 되지. 안 그래요?"

"응?"

차두희는 입가에 생크림을 묻힌 채 고개를 돌렸다. 걱정이라고는 찾아볼 수 없는 얼굴이었다.

"…뭐 먹어요?"

"크림빵. 하나 먹을래?"

민혁은 당황스럽다는 표정으로 그를 보았다.

그건 그곳에 있는 다른 선수들도 다르지 않았다. 벨기에에게 충격 패를 당한 지 얼마 되지도 않았는데, 차두희는 강호 독일을 맞상대하게 된 이 상황에서 너무도 태연한 모습을 보이고 있었기 때문이었다.

그런 기색을 느꼈는지, 차두희는 크림빵을 흔들며 태연히 말했다.

"야, 민혁이 있는데 뭐가 걱정이야? 우리 2010년에 독일 이겼어."

차두희의 말은 선수들의 얼굴을 밝혔다. 그러고 보니 2010년 남아공 월드컵 8강에서 민혁의 골로 역전승을 기록한 기억이 있었던 것이다.

비록 이번 대회에 출전한 선수들 대부분은 참여하지 못했던 대회였으나, 어쨌거나 역전골을 넣어 팀을 승리로 이끌었던 민혁이 있다는 점에 안도감이 들었던 모양이었다.

"민혁아, 믿는다."

"……."

"왜?"

민혁은 피식 웃고는 고개를 저었다. 순식간에 분위기가 밝아진 것을 느끼자, 왠지 자신도 압박감에서 벗어나는 기분이었다.

얼마 후, 선수들을 소집한 벵거는 당황하고 말았다. 침울해하고 있을 줄 알았던 선수들이 평소와 별로 다르지 않았기 때문이었다.

의아해진 그는 장준우 코치를 시켜 상황을 알아보았고, 새삼스러운 눈으로 차두희를 바라보았다.

'구심점이라는 거군.'

그는 살짝 고개를 끄덕였다. 하기야 자신이 이끌던 아스날에도 그런 선수들이 있었다. 토니 아담스나 패트릭 비에이라가 대표적인 선수들이었다.

새삼 노장의 중요성을 깨달은 그는 곰곰이 생각에 잠겼다. 어느 팀이 될지는 모르겠지만, 대한민국 국가대표팀과의 계약이 끝나면 새로 맡게 될 팀의 신구 조화에 대한 생각이었다.

"감독님?"

"음?"

"전달 사항 있습니까?"

벵거는 통역을 보며 고개를 저었다. 지금은 선수들 스스로 부담감을 이겨냈으니 딱히 조치를 취할 필요가 없었다.

그로부터 4일 후.

독일과의 경기가 시작되었다.

*   *   *

2014년 6월 30일, 포르투 알레그리.

경기가 열리는 이스타지우 베이라—히우엔 약 51,000명의 관중이 들어차 있었다. FIFA에서 예상했던 43,000명보다 20% 가까이 늘어난 숫자였다.

현지에서 전송된 전파를 통해 상황을 확인한 중계진은 쾌재를 불렀다. 이 정도의 열기라면 대한민국에서 기록할 시청률도 상당할 터이기 때문이었다.

그로부터 얼마 후. 방송 시작을 알리는 사인이 떨어졌다.

―시청자 여러분 안녕하십니까. 2014 FIFA 월드컵 중계를 맡은 캐스터 송영준입니다. 옆에는 조용찬 해설님 자리하고 계십니다. 안녕하세요, 조용찬 해설님.

―안녕하십니까.

조용찬의 표정은 좋지 않았다. 약 2주 전 있었던 대한민국과 러시아의 경기에서 경기와 상관없는 이야기를 한 것 때문에 시말서를 네 장이나 써야 했던 탓이었다.

　그러거나 말거나, 송영준은 대본을 보며 준비된 이야기를
꺼냈다.

　─오늘 경기는 대한민국과 독일의 경기인데요, 조용찬 해설
께서는 어떻게 보십니까?

　─저는 5 대 5라고 봅니다. 독일과 대한민국 모두 강팀이죠.
해외 사이트를 보면요…….

　막 이야기를 꺼내려던 그는 당황하며 얼굴빛을 바꿨다. 과
거 자신을 목포 지사로 떠밀어 보냈던 토토의 추억이 떠오른
탓이었다.

　─조용찬 해설님?

　─아, 해외 사이트에선 양 팀의 전망이 팽팽하단 이야기였
습니다.

　송영준 캐스터는 이상하다는 표정으로 그를 보다, PD의 신
호를 보고는 평온을 가장하며 화제를 바꿨다.

　─그렇습니다. 독일은 강팀이죠. 월드컵의 영원한 우승 후
보라면 단연 브라질이겠지만, 사실 독일도 브라질 못지않은
강팀입니다. 지금까지 무려 일곱 번이나 결승전에 오른 팀이니
까요.

　─그렇습니다. 실제로 우승도 많아요. 1954년과 1974년, 그
리고 1990년에 우승을 했고요, 월드컵은 아니지만 월드컵보

다 우승하기 힘들다는 유로에서도 무려 세 번이나 우승을 차지했어요. 결코 만만한 팀이 아니라는 이야깁니다.

다행히 조용찬 해설도 발을 맞췄다. 방송 사고를 벗어나는 순간이었다.

마음이 편해진 송영준 캐스터는 화제를 이어갔다.

─하지만 놀랍게도, 21세기 들어서의 상대 전적은 대한민국이 앞서고 있습니다. 2승 1패예요.

─맞습니다. 2002 월드컵 4강에서 1 대 0 패배를 당했고, 그 후에 조 본프레레 감독 시절 친선전에서 3 대 1 승리를 거뒀죠. 그리고 2010 월드컵 8강에서 2 대 1 승리. 그래서 대한민국이 살짝 앞선 상태입니다.

─이번 경기에서 대한민국이 이기면 독일의 천적으로 등극하는 건가요?

─에… 적어도 월드컵에선 그렇게 되겠죠. 그런 결과가 나오길 바라봅니다.

해설진이 그런 이야기를 나누는 동안, TV 화면엔 경기장으로 들어오는 선수들의 모습이 잡혔다. 그 뒤로 보이는 것은 양 팀 벤치에 자리한 아르센 벵거와 요아힘 뢰브였고, 먼저 벵거 감독에 대해 언급한 그들은 카메라가 뢰브를 비추자 그에 대한 이야기를 입에 담았다.

─독일의 요아힘 뢰브 감독 모습을 보이고 있습니다. 참 잘

생겼어요.

—하지만 불결한 감독으로 이름이 높죠. 선수들이 하이파이브를 하기 싫어하는 감독 1순위 아닙니까.

송영준 캐스터는 고개를 끄덕였다. 좀 더 청결하기만 했으면 팬이 두 배는 늘지 않았을까 싶은 느낌이었다.

—오늘의 심판진은 브라질 심판들로 구성되어 있습니다. 주심은 산드루 히시네요.

—산드루 히시는 카드를 잘 안 주는 심판이라는 이야기가 있습니다. 우리 선수들, 몸싸움을 피하지 말고 적극적으로 플레이를 했으면 좋겠어요.

—주심 휘슬 불었습니다. 경기 시작됩니다.

경기는 대한민국의 선축으로 시작되었다.

4—3—3 진형을 들고 나온 독일의 중원엔 수비형미드필더로 출전한 필립 람이 있었다. 바르셀로나에서 뮌헨으로 적을 옮긴 펩 과르디올라 감독의 영향이었다.

—필립 람, 윤민혁 선수에게로 가는 공을 태클로 끊어냅니다. 공은 토니 크로스 거쳐서 괴체에게로. 괴체 다시 뒤로 공을 돌려줍니다.

—이거 재미있는 구도네요. 독일의 수비형미드필더 필립 람과 대한민국의 공격형미드필더 윤민혁의 대결, 그야말로 창과 방패의 대결입니다. 양 팀에서 축구 지능이 가장 높은 선수들

의 대결이 이런 식으로 펼쳐지네요.

중계진의 이야기대로, 민혁과 람은 계속해서 부딪쳤다. 아무래도 신체 조건과 스피드에서 떨어지는 람이 열세에 처했지만, 유럽에서도 손꼽히는 축구 지능을 가진 그답게 동료들과의 연계를 통해 민혁을 상대했다. 주 전술은 공이 민혁에게 가지 못하도록 방해하는 방식의 수비였다.

'빡빡한데?'

민혁은 미간을 좁혔다. 토니 크로스와 바스티안 슈반스타이거, 그리고 토니 크로스로 이어진 미드필더진을 뚫는 건 쉽지 않았다.

개개인의 능력도 월드 클래스였지만 협력이 매우 원활하게 돌아갔고, 그들을 뚫어도 베네딕트 회베데스와 제롬 보아텡, 페어 메르테자커와 슈코드란 무스타피로 이어지는 포백의 커버가 들어왔기 때문이었다.

독일은 괜히 우승 후보로 꼽히는 팀이 아님을 여실히 드러냈다. 그나마 벵거 감독 체제로 9개월을 보내며 조직력을 갖춘 덕분에 큰 위기를 맞지는 않았지만, 중앙선 부근에서의 싸움은 대부분 독일의 승리로 끝나곤 했다. 선수 개개인의 수준 차이 때문이었다.

"민혁아!"

차두희는 토니 크로스의 공을 뺏자마자 민혁을 부르며 롱패스를 날렸다. 개인 능력으로 독일 선수를 상대할 수 있는 몇 안 되는 선수였다.

클럽 감독의 제의를 받고 풀백으로 포지션을 전환한 지 8년.

드디어 풀백에 익숙해진 그는 속도와 피지컬을 무기로 독일 선수들을 눌렀다. 기술적인 부분에선 독일 선수들에게 부족한 점이 있지만, 그 속도와 피지컬은 유럽에서도 피지컬이 좋기로 유명한 독일 선수들마저 압도하고 있었던 것이다.

그에게서 공을 넘겨받은 민혁은 달라붙는 람을 피해 공을 돌렸다. 동시에 람의 시선이 공을 따라가는 순간을 노려 앞으로 달렸고, 민혁에게서 패스를 받은 기성룡은 그가 향하는 방향으로 스루패스를 시도해 찬스를 만들었다.

민혁은 지체 없이 공을 때렸다.

─마누엘 노이어 귀신같은 선방! 윤민혁 선수의 슛이 막히고 맙니다!

─저런 건 좀 먹혀줘도 되는데요.

─그렇습니다. 골문 구석을 정확히 노리고 들어간 슛이었는데 말이죠. 좀 너무하다는 생각도 드네요.

─대한민국의 코너킥으로 이어집니다. 기성룡 선수가 준비하는군요.

대한민국의 코너킥은 무위로 돌아갔다. 높이 점프한 마누엘 노이어가 공을 잡아 앞으로 던졌고, 그 순간 독일의 역습이 시작되었다.

크로스를 거친 공이 오른쪽 측면의 외질에게 향했다. 외질은 중앙선을 넘자마자 뮐러를 노리고 패스를 보냈다. 그야말로 칼날 같은 키패스였다.

뮐러의 발을 거친 공은 골망을 흔들었고, 뮐러는 두 팔을 활짝 펼쳤다. 그로서는 최선을 다한 세리머니였다.

하지만 득점은 인정되지 않았다.

─부심 깃발 듭니다. 토마스 뮐러의 오프사이드네요.

─아, 다행입니다. 정말 가슴이 철렁했어요.

─느린 화면 재생됩니다. 다시 보시죠.

화면엔 뮐러와 홍영호가 찍힌 정지 장면이 나왔고, 그 사이를 하얀 선이 가르고 지나갔다. 뮐러의 머리가 살짝 나와 있음을 확인시켜 주는 장면이었다.

─아, 저건 오프사이드가 맞죠. 뮐러 선수의 머리가 홍영호 선수의 발보다 살짝 앞서 있었어요.

─에메르송 지 카르발류 부심이 옳은 판정을 내렸습니다. 그야말로 매의 눈이네요.

그들은 부심의 판단에 찬사를 보냈다. 화면으로 선을 긋고 봐도 정말 아슬아슬한 차이였다. 현장에서 이런 오프사이드를 잡아내는 건 결코 쉽지 않을 터였다.

부심에 대해 찬사를 보내던 중계진은 대한민국 수비진의 태도를 지적했다. 아무리 역습을 얻어맞는 상황이라지만 너무 무력하게 슛을 내어 준 것이 마음에 걸렸기 때문이었다.

—비록 오프사이드로 위기를 벗어나긴 했지만, 우리 선수들 정말 긴장해야 합니다. 방금 본 메수트 외질의 패스와 토마스 뮐러의 침투는 굉장히 위협적이거든요.

—독일은 저런 패스를 넣어줄 수 있는 선수가 많습니다. 메수트 외질 선수와 토니 크로스 선수, 그리고 마누엘 노이어 선수도 저런 패스를 할 줄 알아요. 골키퍼지만 패스 성공률이 90% 근처에 달하는 데다, 중앙선까지 나와서 패스를 찔러주기도 하는 선수입니다.

—저런 선수를 스위퍼 키퍼라고 하죠. 아주 다재다능한 선수만 가능한 플레이예요. 괜히 세계 최고의 골키퍼라고 하는 게 아닙니다.

—몇몇 사람들은 역대 최고의 골키퍼로 뽑기도 하는 선수죠.

송영준 캐스터가 노이어에 대한 칭찬을 늘어놓자, 조용찬 해설은 고개를 저으며 입을 열었다.

—그건 아닙니다. 역대 최고의 골키퍼는 소비에트 연합의 레프 야신이죠. 사실 노이어 선수가 보여주는 플레이도 이미 야신 선수가 전부 다 보여줬어요. 지금처럼 위로 많이 올라와서 패스를 찔러주는 것도 레프 야신이 보여줬던 플레이예요. 단지 그 시대의 전술적 흐름이 전통적인 키퍼의 플레이를 좀

더 요구해서 올라오는 빈도가 좀 더 낮았을 뿐인 겁니다.

―그런가요?

―그렇습니다. 보통 야신 하면 동물적인 반사 신경과 페널티킥 선방으로 유명한데요, 그것만이 아니라 골키퍼가 가져야 할 모든 부분을 가지고 있는 선수였습니다. 그러니까 역사상 유일하게 골키퍼로서 발롱도르 수상자가 된 거죠.

거기까지 말한 조용찬 해설은 물을 한 모금 마시곤 말을 이었다.

―그에 비하면 노이어는 햇병아리예요. 우리 이승규 선수도 노이어 못지않⋯ 은 건 아니지만 상대를 못 할 선수는 아니라고 봅니다. 무엇보다 수비는 골키퍼 혼자 하는 게 아니죠. 우리 수비수들이 많이 도와주면 좋겠습니다.

그의 마지막 양심은 이승규와 노이어를 동급으로 놓는 걸 막아주었다. 하마터면 전 축구 사이트에서 두고두고 조리돌림을 당할 뻔했던 순간이었다.

이승규는 공을 던졌다. 홍영호를 이어 기성룡을 거친 패스는 민혁에게 이어졌다.

공을 받은 민혁은 앞을 막는 크로스를 가볍게 제치고 패스를 찔렀다.

―윤민혁 선수 전방으로 패스! 손형민 선수 쇄도합니다. 달라붙는 메르테자커.

—수비 단단합니다. 뚫지 못하는군요.

—공 뒤로 돌아갑니다. 일단 호흡을 가다듬을 생각 같네요.

—손형민 선수가 좀 내려와서 윤민혁 선수와 자리를 바꿔줄 필요가 있어요. 스위칭 플레이가 있어야 상대가 수비에 어려움을 느끼죠. 이렇게 일대일 대응을 하게 놓아두면 안 됩니다. 독일은 괴체와 뮐러, 외질과 크로스가 자주 위치를 바꿔주고 있어요. 우리도 저렇게 해야 합니다.

조용찬 해설의 말이 끝나자마자, 민혁은 측면으로 들어가며 손형민이 있던 자리를 차지했다. 당황하던 손형민은 빈 공간을 보고 민혁이 차지하고 있던 위치로 들어갔고, 순간적으로 마크가 떨어진 걸 확인한 민혁은 살짝 공을 띄워 보냈다.

손형민은 공을 받자마자 앞으로 전진했다. 제롬 보아텡이 달려들었다. 손형민은 무리하는 대신 반대편 측면으로 공을 넘겼고, 그곳으로 달려들던 이정용은 앞으로 공을 밀고 달린 후 크로스를 날렸다.

공중볼은 페어 메르테자커의 헤딩에 막혔다. 워낙 높이가 있는 선수라 공중볼 싸움에선 대한민국이 불리한 입장에 있었다.

공을 받은 건 슈반스타이거였다.

—바스티안 슈반스타이거 터치! 옆으로 돌아 들어온 외질

이 공 받습니다. 성큼성큼 전진하는 슈바인스타이거, 외질에게서 다시 공을 받아 중앙으로 들어옵니다. 측면으로 이어진 공, 다행히 윤석형이 끊습니다.

─지금 바로 패스를 날려야죠. 독일 선수 여섯 명이 우리 진영에 들어와… 아, 늦었습니다. 독일 선수들 빠르게 돌아가 진형을 갖췄어요. 윤석형 선수의 판단이 아쉽습니다.

역습 찬스는 놓쳤지만, 대한민국의 기세가 꺾인 건 아니었다. 오프사이드로 끝난 뮐러의 슛 외엔 가슴이 철렁할 만한 상황을 허용하지 않았던 덕분이었다.

남은 시간은 팽팽한 흐름으로 경기가 이어졌고, 주심은 전반 종료를 알리는 휘슬을 불었다.

그리고 후반전.

독일은 선수를 바꿔 경기에 나섰다. 토마스 뮐러가 빠지고 미로슬라프 클로제가 들어왔다. 뮐러의 드리블과 속도가 제대로 먹히지 않자, 클로제의 결정력과 제공권으로 승리를 따내겠다고 생각한 것 같았다.

반면, 대한민국은 전반과 같은 포지션을 유지했다.

독일의 공격으로 시작된 후반전도 전반과 거의 비슷하게 흘러갔다. 다른 점이 있다면 독일이 클로제의 헤딩을 노린 롱패스를 좀 더 자주 시도했다는 것뿐이었다.

그로 인해, 대한민국은 후방에서 공을 끊는 빈도가 늘었다.

하지만 헤딩을 신경 쓰느라 수비진의 공격 가담이 낮아진 것도 사실이었고, 그것은 민혁을 비롯한 미드필더진의 부담이 좀 더 늘어난다는 이야기였다.

그러나 민혁은 아무런 티도 내지 않은 채 중원에서 바쁘게 움직였다. 그 역시도 클로제의 헤딩이 위협적이라는 건 알고 있기 때문이었다.

구지철, 그리고 기성룡과 공을 돌리던 민혁은 어느 순간 측면으로 침투했다. 독일 선수들이 예상치 못한 타이밍이었으나, 아쉽게도 필립 람의 커버가 좋았다.

―측면, 온사이드입니다. 달라붙는 람. 윤민혁 선수 고립됩니다.

―윤민혁 천천히 상황을 확인. 공을 돌립니다. 성공적으로 수비하는 독일. 필립 람 선수가 위기에 처할 수 있는 상황을 효과적으로 대처하네요. 역시 독일 최고의 축구 지능을 가진 선수답습니다.

공은 가볍게 한 바퀴를 돌아 다시 민혁에게 향했고, 공을 잡은 그는 기성룡 쪽으로 다가갔던 람을 피해 중앙을 파고들었다. 페어 메르테자커와 제롬 보아텡이 지키는 구역이었다.

민혁은 공을 툭툭 치며 들어가다 급격히 방향을 바꿨다. 멋모르고 따라가던 보아텡은 민혁의 방향이 바뀌는 걸 보고 무의식적으로 행동을 멈추다 비명을 지르며 쓰러져 버렸고, 민혁이 그 소리에 움찔하는 틈에 다가온 메르테자커가 공을 빼앗아 전방으로 보냈다.

보아텡은 다리를 붙잡은 채 손으로 그라운드를 팡팡 때렸다. 고통이 상당한 모양이었다.

—제롬 보아텡 쓰러집니다. 다리를 붙잡고 뒹굴고 있네요. 부상인 것 같습니다.

—독일 선수들 계속 공격 시도합니다. 보아텡 선수의 상태를 모르는 것 같아요.

주심은 결국 휘슬을 불어 경기를 잠시 중단시켰다. 그러곤 몸을 돌리며 들것을 들여보내라는 신호를 보냈다. 보아텡을 경기장에서 내보내는 게 우선이었다.

독일 의료진은 진행 요원들과 함께 그라운드로 들어가 보아텡의 상태를 살폈다.

—독일 주치의 손으로 엑스 자를 그립니다. 보아텡 선수는 더 못 뛸 것 같습니다.

—보아텡 선수 운이 좀 없었습니다. 몸이 관성을 못 이기는 바람에 인대가 나가 버린 게 아닐까 싶은데요, 이러면 이번 대회는 물론이고 소속 팀에서도 문제가 있을 거예요.

—뢰브 감독은 훔멜스 선수를 준비시킵니다. 도르트문트 소속의 마츠 훔멜스, 조끼를 벗고 몸을 푸네요.

—훔멜스 선수도 뛰어난 선수죠. 제2의 베켄바우어라는 별

명을 가지고 있는 선수입니다.

─그런데 베켄바우어의 후계자로 불리는 선수는 항상 나오지 않았습니까? 레알 마드리드의 전설인 울리 슈틸리케도 선수 시절 제2의 베켄바우어로 불렸고 말이죠.

─아르헨티나에서 뛰어난 공격수가 나오면 죄다 제2의 마라도나라고 부르는 것과 똑같은 거죠. 리오넬 메시나 세르히오 아구에로와 카를로스 테베즈도 제2의 마라도나 소리를 듣던 선수들이니까요.

그러는 사이, 보아텡이 들것에 실려 나오고 훔멜스가 들어갔다.

─잠깐 훔멜스 선수에 대해서 말씀드리자면요, 이 선수가 도르트문트 소속으로 뛰고 있지만 원래는 라이벌 팀인 바이에른 뮌헨 유스 출신입니다. 하지만 뮌헨이 브레누 선수를 데려오면서 자리를 못 잡게 되자 도르트문트로 이적해서 주전을 꿰찬 선수죠.

─바이에른 뮌헨에선 참 억울해하겠군요.

─그렇습니다. 훔멜스 선수가 도르트문트로 가게 된 원인인 브레누 선수는 제대로 성장도 하지를 못했으니까요. 이 브레누 선수는 보험금을 노리고 자기 집에 불을 질러서 방화범이 되었는데, 그게 들통이 나서 실형을 살게 됐습니다. 당연히 폼도 다 떨어져서 선수로서 도저히 쓸 수 없을 지경이 됐죠. 바

이에른 뮌헨 회장은 그 생각만 하면 자다가도 벌떡 일어날 거예요.

홈멜스 투입 후의 독일은 한층 더 단단해졌다. 메르테자커와 홈멜스 모두 커맨더형 수비수라 문제가 생길 법도 했지만, 모든 면에서 규율을 중시하는 독일답게 혼란이 일어나는 일은 없었다. 주장 필립 람의 지시가 적절했던 덕분이었다.

민혁은 숨을 길게 내쉬며 고개를 저었다. 과연 사비 에르난데스 못지않은 천재로 불릴 만하다는 느낌이었다.

'저걸 어떻게 뚫는다…….'

민혁은 철벽을 상대하는 느낌을 받았다. 어째 2010년에 만났을 때보다 한층 더 단단해진 느낌이었다.

하기야 원래대로라면 이번 대회에서 우승을 차지할 팀이었다. 2010년보다 강한 건 이상할 게 없다는 이야기였다.

그러는 사이 심판의 휘슬이 울렸다. 드리블을 하던 손형민이 떠밀린 까닭이었다.

잠깐 경기가 중단된 틈을 타 숨을 돌릴 때, 차두희가 다가와 입을 열었다.

"왜 그래?"

"뭐가요?"

"왜 죽을상이냐고."

민혁은 차두희를 슬쩍 보곤 고개를 저었다. 자기보다 몇 살이나 많은 선수가 이렇게 열심히 뛰고 있었다. 유럽식 계산법으로는 아직 20대인 자신이 이렇게 축 늘어져 있을 수는 없는 일이다.

"죽을상은 아니거든요."

"그럼?"

"상황 파악 좀 하느라고요."

답을 끝낸 민혁은 독일 수비진을 다시 한번 확인해 보곤 입을 열었다.

"성룡아! 지철아!"

"네?"

"왜요?"

"잠깐 좀 와봐."

민혁은 기성룡과 구지철을 붙잡고 이야기를 나눴다. 고개를 갸웃하며 다가왔던 그들은 수비벽을 세우고 있는 독일 선수들을 보고는 고개를 끄덕였고, 민혁은 기성룡의 등을 가볍게 두드린 후 애매한 지점에서 발을 멈췄다. 공중볼 경합을 하기엔 부적절하지만 침투 후 크로스를 날리기엔 적절한 지점이었다.

바로 그 순간, 기성룡이 아주 낮게 프리킥을 처리했다.

민혁은 그가 공을 차려는 순간 오른쪽 측면으로 달렸다. 프리킥을 경계하던 독일 선수들은 일제히 민혁이 움직이는 방향을 바라보았으나, 기성룡의 프리킥은 정반대 방향의 공간으로 향했다. 허를 찌르는 플레이였다.

그렇게 공이 향한 곳으로 한 명의 선수가 달려들었다. 대한민국의 미드필더 구지철이었다.

그는 텅 빈 공간을 향해 들어간 후 슛을 날렸다. 그다지 강한 슛은 아니었지만, 민혁에게 모든 신경이 쏠려 있던 노이어로서는 아무 대응도 못 하는 슛이었다.

─구지철! 대한민국의 구지철 득점입니다! 후반 46분 극적인 득점!

─엄청난 쇄도였죠. 독일의 모든 수비수가 윤민혁 선수에게 집중하고 있는 틈을 아주 잘 공략했어요. 아마 처음부터 약속이 되어 있던 플레이일 겁니다.

중계진의 예상은 사실과 달랐다. 방금 전의 플레이는 어디까지나 민혁의 즉흥적인 발상이었다.

하지만 그건 중요하지 않았다. 오랜 시간 끝에 선제골을 넣었다는 것만이 중요했다.

독일 선수들은 허망한 표정으로 골대 안에 들어간 공을 보았다.

─남은 시간은 이제 추가시간 2분. 이것만 지키면 대한민국이 8강에 진출합니다.

독일은 모든 선수가 공격에 나섰다. 스피드가 떨어지는 메르테자커조차도 중앙선 앞까지 나와 있었고, 골키퍼 마누엘 노이어도 자기 진영 중간까지 나와 패스를 돌리려 했다. 2분이란 시간이 그들을 재촉했기 때문이었다.

그런 상황에서, 외질의 패스가 빛을 발했다.

측면에서 중앙으로 파고든 외질은 대한민국 수비진을 끌어들인 후 오른쪽 공간으로 패스를 시도했다. 그와 클로제에게 수비가 집중된 것을 보고 넣은 스루패스였고, 그 공은 전력으로 내달린 괴체가 받았다.

공을 받은 괴체는 윤석형을 제치고 페널티박스 안으로 들어갔다. 윤석형은 끝까지 그를 따라 달라붙었고, 그러다 한 번 더 공을 툭 치고 중앙으로 빠지려던 괴체와 부딪치고 말았다.

괴체는 짧은 비명을 내며 바닥을 굴렀다.

"아……."

당황한 윤석형이 고개를 돌린 순간, 달려온 주심이 카드를 들어 올렸다.

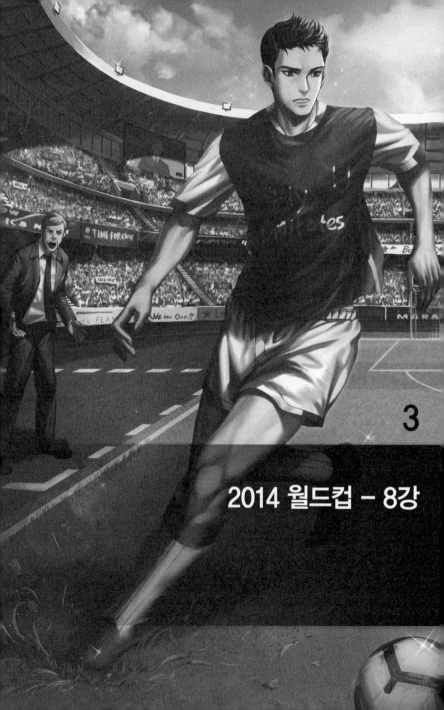

3

2014 월드컵 – 8강

　심판의 카드는 괴체를 향했다. 괴체는 말도 안 된다는 표정을 지으며 두 손을 앞으로 내밀었다. 그러나 심판의 판정은 변하지 않았고, 독일 선수들은 눈을 크게 뜨며 심판에게 다가가 입을 열었다. 당연히 PK가 아니냐는 이야기였다.

　심판은 단호히 고개를 저었다.

　―마리오 괴체 옐로카드 받습니다! 시뮬레이션액션이란 뜻이죠!

　―독일 선수들 흥분한 모양입니다. 하지만 심판, 단호히 고개를 젓습니다. 판정 번복은 없을 것 같네요.

—방금 전 화면을 다시 보고 싶은데요. 아마 곧 나오겠죠?

—현지 중계진들도 상황 확인을 원하고 있네요. 아, 느린 화면 재생됩니다. 다시 보시죠.

화면엔 괴체가 넘어지는 장면이 재생되었다. 분명히 윤석형이 뒤에서 발을 건드린 상황은 있었으나, 괴체는 이미 그 전부터 넘어질 준비를 하고 있었다.

느린 화면이 다른 각도로 세 번이나 재생된 후, 조용찬 해설이 입을 열었다.

—맞습니다. 괴체 선수, 발이 걸리기 전부터 쓰러지고 있었어요. 심판이 아주 잘 봤습니다.

—정당한 몸싸움 상태에서 이미 넘어졌단 이야깁니다. 명백한 시뮬레이션액션이죠.

—2002년에도 이런 일이 있었죠. 프란체스코 토티요.

—그땐 옐로카드 누적으로 퇴장을 당했었는데요. 이번엔 퇴장까진 가지 않네요.

—첫 카드니까요. 하지만 저런 스포츠맨십 없는 반칙은 지양해야 합니다. 축구는 정정당당한 스포츠예요.

주심은 해설진의 말이 끝날 때까지도 항의를 하던 슈반스타이거에게도 옐로카드를 들었다.

재개된 경기는 시간을 끄는 대한민국과 강하게 부딪쳐 오는 독일이란 내용으로 요약이 가능했다. 항의 과정에서 시간이 지체된 탓에 추가시간은 거의 4분을 향해 달리고 있었고, 독일을 응원하는 관중들은 머리를 감싸 쥔 채 경기를 보며 소리를 높였다.

그러던 중, 주심의 휘슬이 울렸다.

─경기 끝났습니다! 대한민국, 우승 후보 독일을 물리치고 월드컵 8강에 진출합니다! 2002년 이후 4연속 8강 진출입니다!

─4년 연속 8강 진출은 흔한 기록이 아닙니다. 지금까지 독일과 브라질만 가지고 있는 기록이에요.

─2006년이 참 아쉽습니다. 그때 우리가 8강에서 이탈리아에게 패배를 해서 떨어졌는데요, 그것만 아니었으면 4연속 4강 진출을 기록한 유일한 팀이 되었을 겁니다. 독일과 브라질도 겨우 3연속이거든요.

─그렇습니다. 그만한 강팀을 우리가 꺾었다는 거죠.

─아마 다음 상대는 프랑스가 될 텐데요. 이 프랑스도 상당한 강팀 아닙니까?

─그래도 독일을 꺾은 우리 대한민국 대표 팀이라면 충분히 승리를 거둘 거라고 생각합니다. 그만한 실력이 있는 선수들이에요.

두 사람의 이야기는 점점 길어졌다. 이러다간 다음 방송에 지장이 생길 지경이었다.

PD는 시계를 가리켰고, 그쪽을 본 중계진은 방송을 마쳤
다.

　—지금까지 캐스터 송영준.

　—해설에 조용찬이었습니다. 시청해 주신 여러분 감사합니
다.

＊　　　＊　　　＊

　하루가 지난 7월 1일.

　경기에 지쳐 호텔로 들어가자마자 잠이 들었던 민혁은 뒤늦
게 다른 경기의 결과를 살폈다. 이번에 상대하게 될 팀이 어
느 팀인지에 대해 확인하기 위해서였다.

　검색 결과는 예상과 같았다. 대한민국 대 독일의 경기와 동
시에 진행된 프랑스와 나이지리아의 경기는 폴 포그바의 득점
과 조셉 요보의 자책골에 힘입은 프랑스의 2 대 0 승리로 끝
난 것이다.

　"역시 프랑스네."

　독일보다 강하다곤 할 수 없지만, 프랑스 역시 강팀이란 이
름을 붙이기에 손색이 없었다.

　레알 마드리드의 주전 공격수인 카림 벤제마와 레알 소시에
다드에서 아틀레티코 마드리드로 이적이 확정된 앙투안 그리

즈만, 그리고 유스 시절 역대 최고로 꼴사나운 해적질이라는 소리를 들으며 맨유로 갔지만 자유 이적으로 유벤투스로 이적해 버린, 그리고 거기서 세리에 최고의 미드필더라는 소리를 듣게 된 폴 포그바 등등.

아무리 생각해도, 스쿼드상으로는 대한민국보다 한 수 위의 팀이었다.

'그래도 질 생각은 없지만.'

민혁은 눈을 감고 프랑스 선수들의 플레이를 떠올렸다. 챔피언스리그에서 만났던 벤제마나 아스날에 있을 때 상대를 해본 카바예와 에브라 같은 선수들의 경우는 대응법이 떠올랐지만, 그 외 선수들에 대해선 아는 것이 별로 없었다.

그 생각에 미간을 좁혔던 민혁은 어깨를 으쓱하며 고민을 지웠다. 벵거를 포함한 코치진이 고민할 문제였기 때문이었다.

다음 날, 코치진은 프랑스 대표 팀의 지난 경기들을 보여주며 전략을 설명했다.

"다음 경기는……."

벵거는 유독 카림 벤제마에 대한 이야기를 자주 꺼냈다. 그러고 보면 민혁이 아스날에 있던 동안에도 벤제마에 대한 욕심을 숨기지 않았던 아르센 벵거였다.

그런 선수를 적으로 만난다면 많은 신경을 쏟는 게 당연했다.

대응 전술에 대해 듣던 민혁은 손을 들고 물었다.

"그리즈만은요?"

"그리즈만?"

"네."

"물론 조심해야지. 하지만……."

벵거는 그리즈만에 대해선 크게 신경을 쓰지 않았다. 하기야 아직 리베리의 대체자로 대표 팀에 올랐다는 것 외엔 딱히 위협적인 선수라는 평가는 없는 게 그리즈만이었다.

레알 소시에다드의 에이스임은 분명하지만, 본래 그 자리를 차지하고 있었던 프랭크 리베리보다는 한 수 이상 처지는 선수로 평가받고 있었기 때문인 것 같았다.

하지만 민혁의 생각은 달랐다. 회귀 전, 유로 2016에서 그리즈만이 유로 득점왕과 MVP를 차지했던 것을 보았던 민혁이기 때문이었다.

"그래도 소시에다드에서 한 시즌에 10골 이상 넣었던 선수잖아요."

"…물론 무시할 생각은 아니다. 하지만 그렇게까지 주의를 기울일 선수도 아니라고 보는데."

벵거는 의아한 표정으로 민혁을 보았다. 그리즈만보다는 포그바와 벤제마에 더 집중하는 게 옳다고 생각했기 때문이었다.

"그리즈만은 징계 때문에 국가대표로 많이 뛰지 못했다. 이 번 대회에서도 팀에 제대로 녹아들지 못할 거야."

벵거의 말대로, 그리즈만은 2014년 3월에 들어서야 대표 팀에 합류한 케이스였다. 원래 프랭크 리베리가 그 자리를 차지하고 있었다는 점도 이유였지만, 그보다는 청소년대표팀에서 뛰던 2012년 11월에 있었던 사건이 더 큰 문제였다. 얀 음빌라와 음바예 니앙, 위삼 벤 예데르와 함께 유흥업소에 들어간 것이 적발되었는데, 일각에선 그 업소가 성매매를 알선하는 곳이란 주장도 있었다.

그로 인해 2013년 12월 31일까지 국가대표로 뛰는 게 금지되었던 그리즈만이었다. 벵거로서는 크게 주목할 이유를 느끼지 못하는 게 당연했다.

그 이야기를 들은 민혁은 그제야 납득했다. 그러고 보니 이번 대회에서 그리즈만이 큰 활약을 펼쳤다는 이야기는 듣지 못했다. 그렇다면 벵거의 말대로 대표 팀에 제대로 녹아들지 못했기 때문일 터였고, 다음 경기에서도 그리즈만의 퍼포먼스는 그리 좋지 못할 거란 생각이 들었다.

벵거는 고개를 끄덕이는 민혁을 보고는 웃으며 말을 이었다.

"그럼 다음으로는……."

민혁은 벵거의 지시를 떠올리며 압박의 수준을 높였다.

상대는 그리즈만. 프랑스의 왼쪽 인사이드 포워드였다.

4—3—3 포메이션을 채택한 프랑스는 강한 전방 압박을 선보이는 대한민국의 플레이에 당황하고 있었다. 프랑스에서 생각하던 아르센 벵거의 전술과는 너무도 달랐던 까닭이었다.

하지만 벵거가 압박을 무시하는 감독은 아니었다. 모나코와 아스날 시절엔 충분히 능력 있는 선수들을 많이 데리고 있었기에 이상적인 축구를 마음껏 펼칠 수 있었고, 때문에 수비보다는 공격에 좀 더 치중할 수 있던 것뿐이었다.

프랑스는 모나코 전의 팀, 그러니까 AS 낭시와 같은 팀에서 보였던 벵거의 전술적 능력을 확인할 필요가 있었다.

대한민국 선수들은 프랑스 선수들을 강하게 압박하는 한편, 기성룡의 롱패스에 이은 민혁의 개인플레이로 프랑스의 측면을 허물어갔다. 독일을 상대할 때와는 전혀 다른 방식의 플레이였고, 때문에 프랑스 선수들과 코치진은 제대로 된 대응법을 찾을 수 없었다. 벵거가 의도한 그대로였다.

벵거는 의자에 앉은 채 프랑스 선수들을 보았다. 그도 프랑스 사람인지라 프랑스 대표 팀이 헤매는 모습에 즐겁긴 어려웠지만, 자신이 맡은 팀이 승기를 잡고 있다는 점엔 만족을 느끼고 있었다.

"이건 벵거의 축구가 아닌데……."

프랑스 감독 디디에 데샹은 당혹감을 좀처럼 감추지 못했다.

그는 모나코와 아스날에서의 벵거를 떠올리고 전술을 구상했다. 따라서 선수들에겐 강한 압박과 빠른 역습을 주로 하는 전술을 요구했고, 선수들도 그 내용에 수긍하며 경기에 나섰다. 짧은 패스플레이와 기술에 기반을 둔 축구를 상대하려면 그런 방식이 좋다고 생각했던 탓이었다.

그런데 막상 뚜껑을 열어보니, 오히려 대한민국이 그런 방식의 축구를 하고 있는 것이다.

그러나 사실, 벵거의 선택은 합리적이었다.

조직력을 중시하는 독일과 달리, 프랑스는 선수 개개인의 능력에 중점을 둔 전술을 사용하고 있었다. 벵거가 있던 아스날과 비슷한 방식의 열화판이라 불러도 될 법한 전술이란 이야기였다.

그렇다면 당연히 압박과 역습을 통해 상대하는 게 당연하지 않은가.

"리를 좀 더 앞으로 보내야겠군."

"어떤 리를 말씀하시는 건지……."

"12번 말이네."

벵거는 터치라인으로 나가 지시를 전달한 후, 의자로 돌아와 투덜거렸다.

"이 나라엔 리가 너무 많아."

장준우 코치는 쓴웃음을 물었다. 그러고 보면 이번 대표 팀엔 이씨가 많았다. 성을 부르는 데 익숙한 서양인으로서는 당황스러울 법했다.

선수들은 벵거의 지시를 착실하게 수행했다. 그동안 훈련했던 것과는 다른 플레이였지만, 다행히 FC ARSEN 선수들이 주축이 된 대표 팀은 어렵지 않게 지시를 이행하고 있었다. FC ARSEN의 감독인 양주호가 리그에서 압박을 계속해서 강조해 온 덕분이었다.

물론 압박이 익숙하지 않은 선수들도 있었다. 해외파 선수들 대부분이었다.

─이정용 선수가 발부에나를 놓칩니다. 빠르게 침투하는 마티유 발부에나. 하지만 공을 줄 곳을 찾지 못하고 머뭇머뭇거립니다.

─우리 선수들 압박이 매우 좋아요. 훌륭합니다.

─사실 선발 명단을 보고 많이 당황했었죠. 기성룡 선수와 이정용 선수를 제외하면 해외파가 없었으니까요. 강팀 프랑스를 상대로 이래도 되나 하는 느낌이었습니다.

─맞습니다. 사실 저도 윤민혁 선수에게 모든 부담을 씌우

는 경기가 되지나 않을까 걱정했는데요, 우리 선수들이 엄청난 압박과 조직력을 보이며 프랑스의 목을 조르고 있어요. 정말 잘 싸워주고 있습니다.

—이런 식으로 프랑스의 힘을 빼놓은 후에 손흥민이라든가 구지철 선수를 투입해서 한 방 먹이는 것도 고려하고 있지 않을까요?

—그럴 가능성은 충분히 있습니다. 역대 최고의 감독에 도전하고 있는 벵거 감독이라면 분명히 여러 가지 방안을 고려하고 있을 테니까요.

그때까지도 머뭇거리던 발부에나는 조금 더 드리블을 시도하려다 이정용의 압박을 받고는 뒤쪽으로 패스를 보냈다. 아무리 생각해도 대한민국을 뚫기가 쉽지 않았다. 무리해서 역습을 당하기보다는 천천히 수비진을 끌어내 공간을 만든 후 롱패스 한 번으로 뚫는 게 나을 것 같았다.

공을 받은 사코의 생각도 그와 같았다.

대한민국의 공격수 김상욱이 그를 압박해 오자, 그는 공을 가볍게 굴려 공간을 만든 후 전방을 보았다. 그러자 대한민국 선수들이 압박을 위해 앞으로 나온 모습이 보였고, 사코는 공을 툭 차고 달려 공간을 조금 더 만들어낸 후 최전방을 향해 공을 날렸다. 벤제마를 겨냥한 롱패스였다.

패스는 완벽에 가깝게 들어갔고, 벤제마는 공을 향해 빠르게 달렸다.

그 공이 벤제마의 왼발에 닿은 직후, 상황 변화를 알리는 목소리가 나왔다.

―서영권 선수 좋은 태클! 대한민국 공격으로 전환합니다!

*　　　　*　　　　*

센터백 서영권이 빼앗은 공은 구지철을 통해 민혁에게 전해졌다.

―윤민혁 달립니다. 앞에는 포그바. 포그바 접근, 뒤에는 카바예가 버티고 있습니다.

포그바는 민혁을 막지 못했다. 민혁의 방향 전환이 그만큼 빨랐던 탓이었다.

―달라붙던 카바예 휘청입니다. 포그바와 충돌! 두 선수 그라운드에 쓰러집니다!

―윤민혁 선수 계속 전진! 라파엘 바란을 피해 중앙으로, 중앙으로…….

민혁은 오른쪽으로 달리다 왼발로 공을 잡고 한 바퀴 돌았다. 관성을 이기지 못한 바란은 그대로 밀리며 공간을 내줬고, 민혁은 조금 전까지 바란이 점유하고 있던 공간을 노리고 슛을 날렸다. 위고 요리스로서는 슛을 하는 장면을 볼 수 없는 타이밍이었다.

—골! 들어갑니다! 윤민혁 선수의 선제골! 위고 요리스 멍청한 표정으로 공만 바라봅니다!

—바란 선수의 몸이 요리스 키퍼의 시야를 가렸어요. 저건 야신이 아니면 못 막는 슛이었죠.

해설진의 말대로였다. 요리스는 바란을 보며 한숨을 쉬고는 신경질적으로 공을 들어 중앙으로 뻥 찼고, 공을 잡은 심판은 중앙선에 공을 내려놓고는 선수들이 진형을 갖추기를 기다리다 벤제마를 향해 시선을 주었다.

벤제마의 터치로 이어진 경기는 그 전과 다르지 않은 양상을 보였다. 강하게 압박해 오는 대한민국과 압박을 이기지 못하고 머뭇대는 프랑스라는 흐름이었다.

전반은 물론, 후반 초반까지도 그런 모습을 보이던 프랑스는 대한민국의 압박에 두 손을 들었다. 처음 들고 나왔던 전술을 버리기로 결정한 것이다.

—아, 벤제마 들어가고 지루 나옵니다. 올리비에 지루. 2011—12 프랑스 리그 앙 득점왕이죠.

—한때 벵거 감독이 있던 아스날과 링크가 되기도 했던 선수죠. 하지만 반 페르시 선수가 유리 몸에서 벗어나면서 이적이 무산되고 유벤투스로 이적했는데요, 거기서 슈퍼서브로서의 모습을 보여주며 두 시즌 연속 10골 이상을 기록해 주고

있는 선수입니다.

원래대로라면 몽펠리에서 득점왕을 기록한 이후 아스날로 갔을 지루였다. 하지만 민혁이 있음으로 해서 반 페르시는 3연속 챔피언스리그 우승을 포함해 수많은 트로피를 들어 올렸고, 그에 취해 버린 반 페르시는 민혁이 떠나기 직전에 5년짜리 장기계약을 맺은 후였다. 아스날이 지루를 욕심낼 이유가 없다는 뜻이었다.

그로 인해 유벤투스로 이적을 한 그는 팀에 적응하는 과정에서도 팀 내 3번째 득점자에 이름을 올렸으나, 아무래도 속도가 느린 탓에 1순위 공격수로 쓰이진 못하고 있었다.

그리고 그건 프랑스 대표 팀에서도 마찬가지였다.

─벤제마를 빼고 올리비에 지루를 투입한다는 건… 역시 피지컬을 이용한 공중볼 경합을 하겠다는 거겠죠?

─그렇습니다. 지루 선수는 벤제마 선수보다 스피드와 득점력은 떨어지지만, 공을 따내는 능력과 연계 능력만큼은 벤제마 선수에 비해 밀리지 않습니다.

─연계 능력도요?

─그렇습니다. 2012─13 시즌엔 벤제마보다 많이 뒤처진다는 평가를 받았었지만, 유벤투스 2년 차인 2013─14 시즌 들어서는 연계왕이라는 별명도 얻었습니다. 퍼스트 터치가 많이 좋아졌거든요.

조용찬 해설은 손에 든 자료를 탁탁 치곤 말을 이었다.

─프랑스는 대한민국의 압박을 지루 선수의 피지컬로 뚫어 보겠다는 생각을 하는 것 같습니다. 하지만 제 생각엔 그리즈만 선수를 빼고 벤제마 선수를 남기는 게 나았을 것 같은데요. 왜 벤제마 선수를 뺐는지는 모르겠습니다.

─이건 그냥 제 생각이긴 한데, 폴 포그바 선수 때문이 아닐까요?

─포그바요?

─네, 아시다시피 프랑스의 중원에서 1인분을 해주고 있는 건 포그바 선수가 유일합니다. 하지만 포그바 선수는 지금 있는 자리, 그러니까 메짤라 포지션에서만 제 능력을 수행할 수 있는 선수니까요. 벤제마와 지루를 동시 투입하면 4─4─2 전술로 바꿔야 하는데, 그렇게 되면 포그바 선수가 헤맬 우려가 있기 때문이지 않을까…….

─일리가 있는 말씀입니다. 제 생각에도 그렇지 않을까 싶네요.

송영준 캐스터의 짐작은 옳았다.

프랑스의 감독 디디에 데샹은 포그바의 한계를 잘 알고 있었다. 그리고 지금 시점에서 포그바를 뺄 수 없다는 것도 알고 있었고, 때문에 그는 미드필더진을 변화시키는 대신 최전방공격수를 교체하는 방향으로 전술을 바꿨다. 포그바의 패스와 지루의 포스트플레이에 희망을 거는 방향이었다.

그 교체는 나름 효과를 발휘했다.

대한민국의 센터백인 서영권, 홍영호는 압도적인 피지컬을 무기로 하는 올리비에 지루와의 싸움에서 번번이 패배했다. 비록 결정적인 장면은 나오지 않았으나, 흐름이 점점 프랑스로 넘어가는 느낌이었다.

벵거는 상황을 좀 더 주시하다 선수를 교체했다. 원톱으로 나왔던 김상욱을 빼고 미드필더를 추가 투입하는 형태였다. 지루에게 패스가 가는 상황 자체를 막아버림과 동시에, 중앙에서의 패스플레이를 강화하겠다는 전략이었다.

대한민국의 변화는 프랑스로 넘어가려던 흐름의 방향을 바꿨다. 중앙이 단단해진 대한민국은 프랑스의 미드필더진을 완벽하게 유린했다. 1 대 0으로 이기고 있는 상황이라 공격에 대한 부담이 덜한 것이 도움이 되었다.

─디디에 데샹, 초조한 표정으로 경기장을 봅니다. 옆에 앉은 코치와 심각하게 이야기를 나누고 있네요.

─아마 지금 막막할 겁니다. 어떻게 두들겨도 답이 안 나오는 상황이니까요.

─프랑스 선수들이 우리 대한민국 선수들보다 개인 능력에서 앞서는데도…….

─윤민혁 선수는 프랑스 선수들보다 훨씬 뛰어나죠.

―물론 윤민혁 선수는 논외죠. 아실 만한 분이…….

송영준 캐스터가 헛기침을 터뜨리자, 조용찬 해설은 고개를 돌려 정면을 보며 말을 이었다.

―아무튼 다시 말씀을 드리자면, 프랑스 선수들의 개인 능력은 대한민국 선수들보다 뛰어납니다. 그런데도 프랑스가 이렇게 밀리고 있다는 건 전술과 조직력에서 밀린다는 이야기예요. 이미 흐름은 대한민국 쪽으로 완전히 넘어왔습니다.

―시청자 여러분이 마음 놓고 경기를 보셔도 된다는 이야기군요.

―그렇습니다. 대한민국 선수들이 실수만 하지 않으면 경기는 이대로 끝날 겁니다.

경기는 조용찬 해설의 말대로 흘러갔다.

프랑스는 두 번의 유효 슈팅 외에는 대한민국의 골문을 위협하지 못했다. 그나마 그 유효 슈팅도 수비수를 앞에 둔 상태에서의 중거리 포가 전부였다.

중원을 완전히 장악당한 것도 문제였지만, 민혁이 지속적으로 역습을 가려는 자세를 취하는 바람에 미드필더진과 수비진이 공격에 가담하지 못했던 탓이었다.

결국, 프랑스는 경기를 뒤집지 못했다.

―경기 끝났습니다. 대한민국의 1 대 0 승리! 전반 34분에 터진 윤민혁 선수의 골로 대한민국이 4강에 진출합니다!

―2010 월드컵에 이어 연속 4강 진출 아닙니까? 이건 충분히 자랑스러워할 일이에요.

―한 시간 뒤에 브라질과 콜롬비아의 경기가 시작되는데요, 이 경기의 승자와 우리 선수들이 4강에서 맞붙습니다. 아마 브라질이 올라올 가능성이 크겠죠?

―대부분의 사람들이 브라질의 승리를 점치고 있죠. 콜롬비아도 축구를 못하는 팀은 아니지만 아무래도 브라질에 비하면 손색이 있으니까요.

―콜롬비아는 이번이 8강 첫 진출이죠?

조용찬 해설은 고개를 끄덕이며 올드팬이나 알 법한 이름을 꺼냈다.

―맞습니다. 콜롬비아 역사상 최고의 선수인 카를로스 발데라마가 이끌던 90년대의 콜롬비아도 16강에 오른 게 최고였으니까요.

―제 기억이 맞다면 당시 16강에서 콜롬비아를 꺾은 게 니폼니시 감독의 카메룬이었는데요, 이 니폼니시 감독은 또 우리 대한민국 축구계와 인연이 깊죠. 이 니폼니시 감독이 특별한 성과는 못 냈지만 K리그에 많은 영향을 끼쳤어요.

―이야기가 다른 방향으로 샜는데, 아무튼 다음 경기의 승자가 우리 대한민국 선수들과 붙게 됩니다. 그런 만큼 다음 경기도 지켜보고 대비책을 세워야 돼요.

송영준 캐스터도 고개를 끄덕인 후 데스크를 정리하고는, 카메라를 바라보며 입을 열었다.

―저희 KBC에서 중계하는 브라질 대 콜롬비아의 경기도 많이 시청해 주시길 바라며, 지금까지 캐스터 송영준.

―해설에 조용찬 인사드립니다.

―시청해 주신 여러분 감사합니다.

*　　　*　　　*

경기를 마친 선수단은 곧바로 숙소로 향했다. 가장 먼저 샤워를 마친 민혁은 선수들이 먹을 간식을 사러 호텔 1층의 편의점에 들렀다 방으로 돌아왔다. 옛날 같았으면 막내가 해야 할 일이지만, 민혁은 선수들 간에 군기를 잡는 걸 싫어하는지라 누가 해도 상관없다 생각하는 쪽이었다.

그가 방으로 돌아가자, 한데 모여 경기를 보고 있는 선수들의 모습이 보였다.

"경기 어떻게 되고 있어?"

"브라질이 이기고 있어요."

"벌써?"

민혁은 눈을 동그랗게 떴다. 브라질이 이길 경기라는 건 알고 있어도 그 내용까지 기억하진 못하던 민혁이라 놀라는 게 당연했다.

짐을 내려놓은 민혁은 TV에 집중했다.

—마르셀루, 마르셀루 전진합니다. 정면엔 콰드라도. 마르셀루, 네이마르와 패스를 교환, 측면을 마구 유린합니다.

—마르셀루는 세계 최고의 풀백이죠. 레알 마드리드에서도 최고의 활약을 보이며 프리메라리가의 레전드 자리를 굳히고 있고요. 이제 카를로스와 비교해도 떨어질 게 없다고 봅니다.

브라질은 네이마르와 마르셀루가 있는 왼쪽을 파고들어 크로스를 날리는 방식으로 공격을 이어갔다. 7분 만에 터진 티아구 실바의 득점도 그런 전개에서 얻어낸 코너킥에 이어진 득점이었는데, 집중 견제를 받던 네이마르가 제대로 된 활약을 하지 못하고 있음에도 브라질의 우세가 명백해 보였다.

반면, 콜롬비아의 공격은 브라질의 미드필더 페르난지뉴, 그리고 수비수인 다비드 루이스에게 계속해서 끊겼다. 공격도 잘하는 놈들이 수비도 잘하니 답이 없단 생각만 들게 하는 모습이었다.

"브라질 잘하네요."

"쟤들 몸값이 우리 두 배야."

트랜스퍼마크트 기준으로, 브라질 선수단의 몸값은 대한민국 선수단의 2.1배였다. 1,200억 원의 몸값이 매겨진 민혁을 제외하면 그 격차는 4배 이상으로 늘었는데, 거기에 브라질의 홈이라는 이점까지 더해져 대부분의 전문가들이 브라질의 승리를 점치고 있었다.

그렇게 이어지던 경기는 후반으로 돌입했다. 그리고 후반 20분이 지날 무렵, 브라질의 수비수 다비드 루이스가 그림 같은 프리킥으로 한 점을 추가했다. 수비벽을 높게 넘어 나갈 것 같던 공이 갑자기 휘어져 들어간 것이다.

"와, 잘 차는데?"

"그러게."

밀리던 콜롬비아는 후반 80분에 페널티킥을 얻어내 한 점을 만회했다. 키커는 하메스 로드리게스로, 그 골은 히바우두가 세운 월드컵 5경기 연속골과 타이를 이루는 득점이었다.

"근데 브라질 공격은 별로네."

"스콜라리도 별수 없네요."

2014 월드컵 브라질 감독은 루이스 펠리페 스콜라리였다. 둥가의 실리 축구에 염증을 내는 브라질 국민들의 여론에 밀린 결과였는데, 이번 대회에선 기대치만큼의 공격력을 보여주지 못하고 있었다. 아마도 선수들이 둥가의 전술에 익숙해진 까닭인 듯싶었다.

그러던 중, 천천히 숫자를 세어본 구지철이 눈을 크게 뜨며 입을 열었다.

"잠깐. 티아구 실바 우리랑 할 때 못 나오는 거죠?"

"응?"

"지금 경고 5장이잖아요. 4강전 끝나야 옐로카드 리셋되고."

"어, 그러네."

TV를 보던 대한민국 선수단은 묘한 흥분에 사로잡혔다. 브라질을 이길 가능성이 높아진 것이다.

그리고 경기가 끝나가던 후반전 막판.

민혁은 잊고 있던 장면이 그대로 일어나는 것을 보고는 입을 벌렸다.

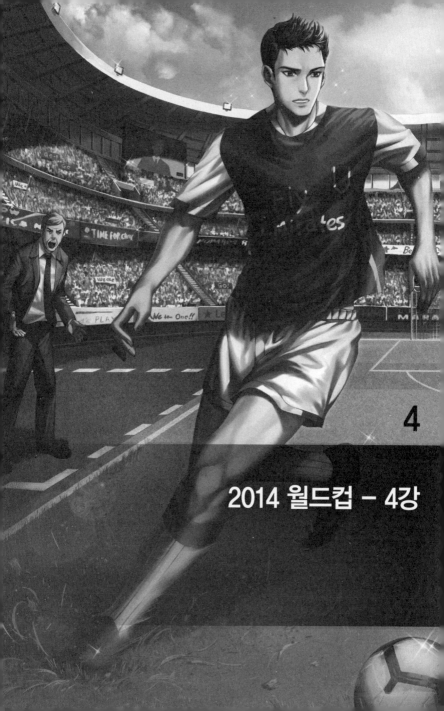

4

2014 월드컵 - 4강

　－아… 네이마르 선수 그라운드에 넘어져 일어나지 못합니다. 고통을 호소하는 네이마르. 부상입니다.

　－지금 어떻게 된 거였죠?

　－워낙 빠르게 지나가서 저도 잘 모르겠습니다. 느린 화면이 나왔으면 좋겠네요.

　중계진의 말이 끝남과 동시에, 현지 전파를 타고 조금 전의 장면이 재생되었다. 콜롬비아의 수니가가 네이마르의 등에 플라잉니킥을 먹이는 장면이었다.

　－수니가 선수가 네이마르 선수를 타고 올랐… 아니군요.

이건 무릎으로 척추를 찍은 거예요. 굉장히 위험한 반칙입니다.

―축구장을 찾은 관중들 흥분해 소리를 지르고 있습니다. 안전 요원이 바쁘게 움직이는데요. 큰 사고가 나지 않았으면 좋겠습니다.

―일단 들것이 들어옵니다. 네이마르 선수는 더 뛰지 못할 것 같아요.

의료진은 네이마르를 들것에 싣고 재빨리 경기장을 빠져나갔다. 그 자리를 대신 채운 건 수비수 엔히크였다. 2 대 1로 앞서는 만큼 무리를 하지 않겠다는 생각인 것 같았다.

"네이마르도 못 나오나?"

"저런 반칙을 당했는데 나오면 말이 안 되죠."

"저러면 브라질은 차포 다 뗀 거네."

대한민국 선수들은 마음을 놓았다. 민혁은 그들을 보며 너무 늘어진 거 아닌가 싶은 생각을 했고, 여유까지 느끼는 후배들을 보며 입을 열었다.

"그래도 브라질이야."

"어……."

"민혁이 말이 맞아. 방심하지 말자."

민혁과 차두회의 목소리는 선수들의 방심을 날려 버렸다. 네이마르와 티아구 실바가 없는 브라질도 만만히 볼 팀은 아니었다. 티아구 실바의 백업으로 나올 단테만 해도 분데스리가의 명문인 바이에른 뮌헨의 주전이 아닌가.

"더 쉬워졌어도 브라질이야. 정신 바짝 차려."

"네."

대답은 빨랐다. 그래도 세계 최강이라 불리는 브라질을 너무 쉽게 보고 있었다는 자책감마저 엿보이는 모습이었다.

민혁은 고개를 숙이는 후배들을 보고는 웃으며 말했다.

"그렇다고 너무 긴장하진 말고."

*　　　　*　　　　*

2014년 7월 8일. 대한민국과 브라질의 4강전이 열렸다.

브라질 선수들의 얼굴엔 긴장감이 감돌았다. 공격의 핵인 네이마르와 수비의 핵인 티아구 실바가 다 빠졌다는 점이 그들에게 불안감을 주는 것 같았다.

그와 반대로, 그들의 부재는 상대 팀인 대한민국 선수들에겐 자신감을 주었다. 경기 시작 이틀 전부터 호텔 앞에 몰려들어 부부젤라를 불어젖힌 브라질 국민들의 방해로 컨디션이 좋은 편은 아니었으나, 그 컨디션 저하를 감안하더라도 이길 수 있다는 자신감이 있었다.

핵심 선수 두 명의 부재는 단순히 선수 두 명의 교체로만 말할 수 있는 문제가 아니었다. 전술의 맥락과 조직력이라는 두 가지 기둥이 흔들린다는 뜻이기 때문이었다.

스콜라리 감독도 명장으로 꼽히는 사람인 이상 그에 따른 대비를 시도했겠지만, 일주일도 안 되는 짧은 시간에 할 수 있는 대응엔 한계가 있는 게 당연했다.

그 결과, 대한민국은 전반 4분 만에 선제골을 넣을 수 있었다. 단테와 루이스의 조합이 삐걱거리는 것을 발견한 민혁이 쇄도하면서 터뜨린 득점이었다.

—골~~~~! 대한민국의 윤민혁, 단테와 다비드 루이스 사이를 파고들어 그림 같은 로빙슛으로 선제 득점을 기록합니다! 경기 시작 4분 만에 터진 골! 대한민국 선수들 환호합니다!

—좋습니다. 이로써 대한민국은 매우 편하게 경기를 시작할 수 있게 됐어요. 이른 시간의 득점포라는 건 엄청난 보너스죠.

—스콜라리 감독 머리를 긁습니다. 가지고 나온 전술이 완전히 망가졌다는 느낌일 거예요.

—그 전술 자체가 급조된 부분이 많겠죠. 네이마르 선수의 개인 기술에 많이 의지했던 브라질인데, 그 네이마르 선수가 콜롬비아의 수니가 선수가 저지른 반칙으로 인해 대회에서 모습을 감춘 상황 아닙니까? 그런 상황에서 들고 나온 새로운 전술이 단단한 기반을 갖췄을 리 없어요. 초반에 골을 넣어서 유리하게 가져가야 제대로 돌아갔을 전술이었을 텐데, 오히려

대한민국이 선제골을 넣음으로써 완전히 구상이 어긋난 거예요.

중계진의 말대로, 브라질은 급격히 흔들리기 시작했다. 무엇보다 폼이 하락세에 접어든 단테가 안정감이 떨어졌던 데다, 네이마르를 대신해 출전한 샤흐타르의 윙어 베르나르드의 플레이도 좋지 않았다. 마르셀루와의 호흡은 물론 네이마르가 맡았던 드리블 돌파도 제대로 하지 못했기 때문이었다.

─차두희 선수 베르나르드에게서 공을 뺏습니다! 곧바로 개인 돌파! 마르셀루가 따라붙지만 몸싸움에 밀려 쓰러집니다!

─엄청난 피지컬이에요. 브라질에서도 마이콘 정도를 제외하면 피지컬적 우위를 갖는 선수가 없을 겁니다.

─측면돌파 한 차두희 크로스! 다비드 루이스가 걷어낸 공이 페르난지뉴에게 이어집니다. 브라질의 역습. 우리 선수들 빨리 진형을 갖춰서 막아야 합니다!

개인 능력으로 중앙을 돌파한 페르난지뉴는 전방의 프레드에게 이어지는 키패스를 보냈다. 그러나 프레드의 퍼스트 터치는 끔찍한 수준이었고, 대한민국 골키퍼 이승규는 튀어나온 공을 펀칭으로 처리해 골대를 넘겼다. 잡기엔 자세가 나빴던 탓이었다.

─브라질 9번 프레드, 천금 같은 기회를 끔찍한 터치로 날려버립니다. 프로선수가 맞나 싶을 정도로 끔찍한 터치였어요.

―우리로서는 다행스러운 일이죠. 만약 저 터치가 제대로 이어졌으면 골키퍼와 1 대 1 상황이었어요. 선제골로 얻어낸 기세가 꺾였을 수도 있다는 이야깁니다.

　―브라질 코너킥 준비합니다. 단테와 다비드 루이스를 조심해야죠. 저 선수들이 리그에서 간간이 헤딩골을 넣어주는 선수들이니까요.

　브라질의 코너킥은 골키퍼 이승규가 잡아냈다. 곧바로 역습에 나선 대한민국은 단 세 번의 터치 만에 브라질 골대 앞으로 공을 보냈고, 전력으로 질주한 민혁이 그 공을 강하게 때려 골망을 흔들었다. 전성기 맨유의 역습을 연상케 하는 플레이였다.

　경기장에선 엄청난 탄식이 터져 나왔다. 관중의 80%를 차지하는 브라질인 절반은 탄식과 함께 야유를 흘렸고, 경기장 한쪽에 자리한 대한민국 응원단은 그와 상반되는 표정으로 환호성을 질렀다. 중간에 끼인 안전 요원들만 식은땀을 흘리는 상황이었다.

　―윤민혁 선수 멀티골을 기록합니다. 전반 11분 터진 두 번째 득점! 대한민국이 한 골 더 달아납니다.

　―브라질 선수들 표정이 좋지 않네요. 티아구 실바를 그리워하는 듯한 모습입니다.

　―스콜라리 감독도 티아구 실바가 그리울 겁니다. 단테가

나오면서… 아, 현지 카메라가 관중석에 있는 티아구 실바를 비춰주네요. 현지 방송에서도 수비진에 문제가 있다는 걸 지적하고 있는 것 같습니다.

화면에 비춰진 티아구 실바는 엄지손가락을 잘근잘근 깨물고 있었다. 동료들이 이렇게 쉽게 무너지고 있는 걸 믿기 힘들어하는 듯한 표정이었다.

계속해서 경기를 보던 그는 오른손으로 자신의 눈을 가리며 고개를 숙였다. 손에 가려진 얼굴엔 참혹하단 심정만이 감돌고 있었다. 분노와 불신을 넘어선 허탈함마저 보이는 표정이었다.

그 표정의 원인은, 전반 24분 만에 터진 민혁의 해트트릭이었다.

*   *   *

〈대한민국 VS 브라질, 삼바 군단의 참혹한 추락〉

[1950년, 브라질에서 개최된 월드컵 결승은 우루과이의 2 대 1 승리로 끝났다. 브라질 대표 팀의 유니폼 색깔을 바꾸게 만들었던 마라카낭의 비극이 바로 그것이다.

마라카낭의 비극은 브라질 대표 팀 역사상 최대의 치욕이었다. 스코어 자체는 2 대 1에 불과했지만 무승부만 거둬도 우승을 차지하는(당시 월드컵의 시스템은 지금과 달랐다.) 상황에서 겪은 패배라 충격이 상당했다. 줄리메 컵을 들고 우승 사진까지 미리 찍어두었던 브라질로서는 도저히 감당하지 못할 일이었을 터다.

그날의 패배자들은 다시는 국가대표팀에 입성하지 못했으며, 골키퍼였던 모아시르 바르보사는 죽는 날까지 죄인 취급을 받아야 했다.

심지어 유언으로 '브라질에서는 아무리 큰 잘못을 저지른 범인도 43년 이상 형을 선고받지 않는데 나는 그 경기에서 패배했다는 이유만으로 50년을 죄인처럼 지내야만 했다'라는 넋두리를 펼쳤을 정도니, 그날의 패배가 얼마나 큰 사건이었는지 짐작하는 건 그리 어렵지 않을 것이다.

그러나 어제, 브라질은 그 마라카낭의 비극을 넘어서는 최악의 하루를 보냈다. 아시아의 강호 대한민국에게 9개의 골을 내어주고 만 미네이랑의 비극이다.

네이마르가 부상으로, 그리고 티아구 실바가 카드 누적으로 나오지 못한 브라질은 독일과 프랑스를 꺾고 올라온 대한민국에게 철저히 유린당했다. 특히 대한민국의 공격형미드필더로 출전한 윤민혁은 그 한 경기에서 5개의 골과 2개의 어시스트를 기록함으로써 아직도 자신이 세계 최고의 선수임을 드러내었다.

경기 시작 4분 만에 개인 드리블에 이은 로빙슛으로 첫 골을 넣은 윤민혁은 11분과 24분, 그리고 34분과 69분에 추가골을 기록했다. 31분에 터진 손흥민의 득점과 71분에 터진 기성룡의 득점도 윤민혁의 발끝에서 시작되었고, 어시스트로 기록되진 않았지만 다른 두 골 역시 윤민혁의 지분이 상당함은 누구도 부정할 수 없을 것이다.

이로써 한 대회 10골을 기록한 윤민혁은 1970년 월드컵에서 게르트 뮐러가 기록한 한 대회 10골과 동률을 이뤘고, 1954년 산도르 콕시스가 기록한 11골에 한 골만을 남겨두고 있다. 아직 결승전 한 경기가 더 남아 있음을 고려하면 월드컵 역사상 단일 대회 최다 득점 2위에 오를 가능성이 높다는 뜻이다.

그 위에는 쥐스트 퐁텐이 기록한 한 대회 13골이란 기록이 있는데, 결승전 상대인 아르헨티나가 경기당 0.5실점만을 기록하고 있음을 고려해 볼 때 갱신 가능성은 그다지 높지 않은 것으로 보인다.

그러나 브라질전에서 보여준 플레이가 결승전에서도 이루어진다면⋯⋯.]

"너무 기대하면 부담되는데."

피식 웃은 민혁은 외신을 확인하곤 표정을 굳혔다.

한국 언론을 제외한 대부분의 언론은 아르헨티나의 우승을 점치고 있었다. 대한민국에 윤민혁이 있다면 아르헨티나엔 리오넬 메시라는 에이스가 있었고, 대회가 열리는 브라질이 아르헨티나와 국경을 접한 이웃 나라이므로 아르헨티나에겐 매우 익숙한 환경이라는 게 이유였다.

하기야 이번 대회의 메시는 지난 국가 대항전과는 다른 모습을 보이며 아르헨티나를 결승까지 이끌고 있었다.

토너먼트만 되면 잠수하기 바빴던 이전과 달리, 이번 대회의 메시는 16강에서 놀라운 경기력을 선보이며 아르헨티나의 승리를 이끌었고 8강에서도 나쁘지 않은 경기력을 보였던 것이다.

비록 네덜란드와의 4강전에서는 아무것도 못 하고 잠수를 탔지만, 어쨌거나 무시하지 못할 존재임은 분명했다.

조금 더 기사를 읽던 민혁은 핸드폰 전원을 끄며 침대에 누워 잠을 청했다. 컨디션을 최고조로 맞추기 위해서였다.

하지만, 그건 민혁의 마음대로 되는 일이 아니었다.

결승전이 열리는 7월 13일 아침.

민혁은 밖에서 울리는 부부젤라 소리에 잠을 설쳤다.

5

2014 월드컵 – 결승전

　민혁은 하얗게 뜬 얼굴로 옷을 갈아입었다. 밤새도록 울려 퍼진 부부젤라 소리가 원인이었다.

　"형도 잠 설쳤어요?"

　"응."

　선수들은 서로를 보며 한숨을 쉬었다. 이 중요한 경기에서 완벽한 컨디션을 찾지 못했음에 탄식이 나오는 순간이었다.

　그러나, 잠을 못 잔 건 아르헨티나도 마찬가지였다.

　대한민국 선수단이 머무는 호텔을 아르헨티나 팬들이 습격한 것처럼, 아르헨티나 선수들이 머무는 호텔은 브라질 현지인들의 습격을 받았다.

남미 최강을 두고 겨루는 브라질과 아르헨티나는 대한민국
과 일본을 능가하는 라이벌 국가였고, 때문에 브라질 사람들
은 아르헨티나가 우승하길 바라지 않았다.

거기에, 아르헨티나가 대한민국을 꺾는다면 브라질 대표 팀
의 위신은 형편없이 떨어질 터였다. 아르헨티나에게 진 대한민
국이 브라질을 9 대 0으로 꺾었다는 이야기가 되기 때문이었
다.

그런 이유로 인해, 브라질 축구 팬들은 아르헨티나 팬들이
대한민국 숙소 앞에서 한 행위를 아르헨티나 숙소 앞에서 그
대로 펼쳤다. 부부젤라와 심벌즈를 비롯한 각종 소음 장비의
활용이었다.

중계진은 선수들의 얼굴을 확인하곤 입을 열었다.

─양 팀 선수들 굉장히 피곤해 보입니다. 벤치에 있는 장건
호 선수는 아예 하품을 하고 있군요.

─결승전까지 올라오면서 체력 소모가 심했겠죠. 특히 아르
헨티나는 4강전을 연장전까지 치르며 올라왔어요. 아르헨티나
가 체력이 그렇게 좋은 팀은 아닌 만큼, 우리 대한민국보다 체
력적 부담이 조금 더 클 겁니다.

그들은 호텔 앞에서 있었던 일에 대해서는 말하지 않았다.
현지 언론을 통해 접한 내용이긴 하지만 방송을 통해 말하기

는 껄끄러웠다. 대한민국 선수단이 피해를 본 면도 분명히 있으나, 그 이야기를 꺼낸다면 아르헨티나 선수들 역시 같은 일을 당했음을 말해야 공정했다.

때문에, 그 일은 만에 하나라도 패배를 당하게 될 경우를 위해 남겨놓을 생각이었다.

그러는 동안, 카메라는 아르헨티나 선수들을 지나 감독의 모습을 비추고 있었다.

―아르헨티나 대표 팀 감독의 모습이 보이는군요. 옷을 참 잘 빼입었습니다.

―알레한드로 사베야 감독이죠. 국가대표 감독으로서는 1986 월드컵 우승을 거둔 카를로스 빌라르도 이후 최고의 명장이란 소리를 듣는 감독입니다. 일단 아르헨티나를 결승전에 올려놓았다는 것만으로도 그런 소리를 들을 자격이 있죠.

―맞습니다. 에스투디안테스 시절에도 명장으로서 부족함이 없는 성과를 보였죠. 코파 리베르타도레스에서 우승컵을 차지했으니까요.

―그때가 에스투디안테스의 두 번째 전성기였죠. 2008년 코파 수다메리카나에서 준우승을 거뒀고, 그다음 해인 2009년엔 코파 리베르타도레스에서 우승을 차지했으니까요. 우리에게 익숙한 유럽 기준으로 말하면 2008년에 유로파 리그에서 우승을 차지하고, 그다음 해에 챔피언스리그 우승을 차지한

팀이라는 뜻이에요.

—첫 번째 전성기는 언제였죠?

—1960년대 후반부터 1970년대 초반입니다. 그때의 에스투디안테스는 3년 연속으로 코파 리베르타도레스에서 우승컵을 들었고, 1969년엔 북중미 컵 우승자인 데포르티보 톨루카와의 경기에서 이겨서 코파 인터메리카나 우승컵도 손에 넣었죠. 거기에 유럽 챔피언이던 맨체스터 유나이티드도 꺾어서 인터컨티넨탈 컵도 들었으니까요. 당시엔 세계 챔피언이었다는 이야깁니다.

카메라는 방향을 바꿔 대한민국 선수단을 가리켰다. 그에 이어진 건 벵거 감독의 모습이었다.

—대한민국의 감독 아르센 벵거입니다. 거의 20년 동안 아스날을 이끌면서 수많은 트로피를 들어 올린 명장이죠.

—그렇습니다. 저런 감독이 대한민국의 대표 팀을 맡았다는 건 정말 기적 같은 일이에요. 국가대표 감독으로서는 이번이 처음이지만, 누가 뭐래도 맨체스터 유나이티드의 알렉스 퍼거슨 감독과 함께 21세기를 대표하는 명장 아닙니까.

—한 명을 더 꼽자면 무리뉴 감독을 꼽을 수 있겠죠. 첼시를 떠난 뒤에는 안방 호랑이 신세로 전락하긴 했지만요.

—그 무리뉴를 안방 호랑이로 만든 게 바로 아르센 벵거와 윤민혁 선수였죠. 챔피언스리그 결승과 4강에서 무리뉴를 두

번이나 좌절시켰으니까요.

이어진 것은 양 팀의 국가였다. 먼저 아르헨티나의 국가가, 그리고 다음으로 대한민국의 국가인 애국가가 울렸다.

연주가 끝나고, 이탈리아 출신의 주심인 니콜라 리촐리의 휘슬로 결승전이 시작되었다.

결승전은 8강에서 치러졌던 대한민국과 프랑스의 경기와 비슷한 양상으로 진행되었다. 조직력을 무기로 한 대한민국 선수들이 유기적인 압박을 통해 아르헨티나 선수들의 개인기를 봉쇄했으며, 아르헨티나는 하비에르 마스체라노와 루카스 비글리아로부터 리오넬 메시까지로 이어지는 중앙 척추 라인의 개인 능력으로 공격을 전개해 갔다.

프랑스를 상대할 때와는 달리, 대한민국의 압박은 큰 효과를 보지 못했다. 루카스 비글리아와 하비에르 마스체라노의 움직임이 프랑스 미드필더진보다 한층 더 유기적인 까닭이었다. 8강에서 탈락한 프랑스보다 경기를 더 치른 덕분에 조직력이 좀 더 강화된 것이 이유인 것 같았다.

—루카스 비글리아 열심히 움직입니다. 활동량이 좋네요.

—지난 시즌 세리에의 라치오로 이적한 선수죠. 본래 아스날로 이적할 거라는 전망이 유력했는데, 아르센 벵거가 해임을 당하면서 링크가 끊겼어요.

—라치오에서도 제법 활약이 좋았죠?

─원래 능력이 있는 선수였으니까요. 벨기에 리그에서 뛸 때 최우수 영 플레이어로도 뽑혔고, 안더레흐트의 2연속 우승을 이끌기도 했던 선수예요. 앞으로는 더 잘할 겁니다.

중계진의 이야기는 이번 경기의 흐름에서도 확인할 수 있었다. 마스체라노와 메시가 가장 주목받는 선수들임은 분명하지만, 루카스 비글리아의 활동량이 없었다면 볼 전개가 제대로 되지 않았을 터였다.

하기야 평범한 선수들의 70%만큼만 뛰는 리오넬 메시를 커버하려면, 다른 선수의 1.5배 이상을 뛰어줘야 하는 선수가 반드시 있어야 했다.

루카스 비글리아가 발탁된 이유엔 그것이 큰 비중을 차지하고 있었으리라.

─하비에르 마스체라노와 루카스 비글리아가 엄청난 활동량을 보여주고 있네요. 원래 저렇게 많이 뛰는 선수들이었나요?

─마스체라노 선수는 활동량 많기로 유명한 선수고, 루카스 비글리아 선수도 활동량이 좋은 선수죠. 주력이 좀 떨어진다는 게 문제긴 합니다만, 유럽 무대에서도 상위권에 들 만한 홀딩으로 꼽힐 선수가 될 가능성은 충분합니다. 세리에에서 적응을 끝내면 분명히 그렇게 될 거예요.

─아, 손형민 선수가 마스체라노의 패스를 가로챘습니다.

전진하는 손형민! 아르헨티나 선수들 급히 자기 진영으로 돌아갑니다. 공은 기성룡을 거쳐 윤민혁에게, 윤민혁 선수 공을 세우고 잠깐 템포를 조절합니다. 속공으로 가기엔 늦었단 판단이죠.

―좋은 판단입니다. 공격수가 셋밖에 없는 상황에서 들어가는 건 무리였어요. 윤민혁 선수의 개인 능력이 아무리 좋아도 커버를 해줄 수 있는 선수가 필요하거든요.

―윤민혁 공을 뒤로 돌립니다. 멀리 있는 이승규 골키퍼에게 이어진 패스. 아르헨티나 선수들 좀처럼 나오지 않습니다.

대한민국 선수들은 계속해서 공을 돌렸다. 마스체라노는 좀처럼 나오지 않았고, 비글리아와 라베치, 엔조 페레스가 대한민국 공격진을 압박하고 있었다.

"형민아!"

기성룡은 롱패스로 측면에 있는 손형민을 겨냥했다. 하지만 그 패스는 마르코스 로호의 전진 헤딩으로 끊겨 버렸고, 공은 루카스 비글리아의 발 앞에 떨어졌다.

비글리아는 라베치가 있는 왼쪽으로 공을 보냈다.

공을 받은 에제키엘 라베치가 측면에서 중앙으로 돌아 들어가며 빠르게 패스를 연결했다. 그가 비운 자리로 들어간 루카스 비글리아는 전문 윙어 못지않은 움직임을 보이며 돌파를 시도했고, 그는 자신을 따라 달려오는 민혁을 보고는 공을 멈쳐 세운 후 뒤편에 있는 마스체라노에게 공을 넘겼다.

마스체라노는 반대편의 메시에게 패스를 보냈다. 한 번에 이어지는 칼날 같은 패스였다.

메시는 중앙선 바로 앞에서 공을 잡아 빠르게 달렸다.

—메시, 메시 돌파. 기성룡 제쳐지고 홍영호 접근, 메시 드리블로 돌파해서 측면으로 빠집니다. 서영권 선수가 커버를 들어가며 숏 루트 막은 상태. 메시 계속해서 측면으로, 측면……

대한민국의 센터백 두 명이 동시에 메시에게 달려들었다. 그 바람에 중앙엔 큼직한 공간이 열렸고, 그곳으로 두 명의 선수가 파고들었다. 곤살로 이과인과 엔조 페레스였다.

메시는 그쪽을 힐끗 보고 패스를 찔렀다.

공을 받은 건 이과인이었다.

이과인의 숏은 간결했다. 딱 필요한 만큼만 뛰어서 필요한 만큼의 세기로 정확한 곳에 공을 밀어 넣는다는 느낌의 슈팅이었다. 그러나 너무도 적절했던 까닭에, 골키퍼 이승규는 공에 손끝만을 스치며 득점을 허용하고 말았다.

—아… 곤살로 이과인 득점. 아르헨티나가 선제골을 획득합니다. 1 대 0. 아르헨티나가 앞서가기 시작합니다.

이승규는 신경질적으로 골문 안에 멈춰 선 공을 걷어찼다. 출렁이는 골망이 그의 심정을 대변하고 있었다.

"공 줘."

"네?"

"공 달라고."

민혁은 입술을 깨물었다. 이렇게 첫 실점을 해서는 안 됐다.

공을 받은 민혁은 빠르게 달려 중앙선에 공을 놓았다. 이대로 뒤쳐지지 않겠다는 각오가 보이는 행동이었다. 선제골에 기뻐하던 아르헨티나 선수들의 등골을 오싹하게 만드는 표정은 덤이었다.

그와 반대로, 실점에 허탈해하던 대한민국 선수단의 얼굴에선 전의가 느껴졌다. 에이스인 민혁의 행동이 다른 선수들의 투지에도 불을 붙인 것이다.

그로부터 6분 후.

주심은 손을 들어 페널티박스 중앙을 찍었다. PK였다.

─페널티킥! 주심 페널티킥을 선언합니다! 에제키엘 가라이의 반칙입니다.

─위험한 반칙이었죠. 윤민혁 선수의 패스를 받은 차두희 선수를 팔꿈치로 쳤어요. 아마 카드도… 그렇죠. 카드 나옵니다. 엘로카드! 에제키엘 가라이 경고도 추가합니다.

─아르헨티나 선수들 항의하지만 주심은 단호하게 고개를 젓네요. 사베야 감독은 머리를 감싸 쥐고 주저앉았습니다.

아르헨티나 선수들의 항의는 받아들여지지 않았다. 그들의 항의도 그렇게 격렬하진 않았다. 가라이의 반칙이 어떠했는지 그들도 두 눈으로 똑똑히 본 탓에, 그들의 항의는 페널티킥을 헌납한 팀에서 의례적으로 하는 수준을 넘지 못하고 있었다.

민혁은 공을 들고 페널티박스 중앙으로 향했다.

─키커는 대한민국 10번 윤민혁! 세르히오 로메로가 지키는 골문을 뚫을 수 있을까요?

─이건 반드시 넣어야 합니다. 대한민국의 에이스 아닙니까? 에이스라면 이럴 때 능력을 보여줘야죠.

민혁은 숨을 길게 내쉰 후 공을 향해 달렸다. 로메로는 반사적으로 왼쪽으로 몸을 날렸고, 민혁이 찬 공도 골문 왼쪽으로 날았다.

공은 로메로의 얼굴을 맞고 앞으로 튀었다. 민혁은 곧바로 달려들어 왼발로 공을 살짝 띄웠고, 공에 얼굴을 맞고 정신이 흐려진 로메로는 자신을 넘어 들어가는 공을 막지 못했다.

─로메로 선방! 하지만 곧바로 쇄도한 윤민혁 선수가 왼발로 공을 골문에 넣습니다! 대한민국 만회골! 스코어 1 대 1이 됩니다!

선수들은 민혁을 둘러싸고 환호하다 자리로 돌아갔다. 아직 시간은 많이 남아 있었고, 이제 겨우 동점을 만들었을 뿐이었다.

공격권을 가져온 아르헨티나는 중앙선에서 후방으로 공을 돌렸다.

─마스체라노 공을 뒤로 돌립니다. 데미첼리스 공을 받아 정면을 봅니다.

─우리 선수들 흥분하지 않았으면 좋겠습니다. 일단 중요한 골을 넣었거든요. 이제부터 다시, 한 걸음씩 천천히 나가면 됩니다.

─그렇습니다. 1 대 0으로 끌려가다 1 대 1을 만들었다는 건……

해설진의 말이 끝나기도 전에, 대한민국 골망이 다시 한번 출렁였다.

만회골을 넣은 지 20초 만에 일어난 일이었다.

*   *   *

대한민국의 분위기는 싸늘하게 식었다. 페널티킥으로 만회골을 넣은 지 1분도 지나지 않은 시점이었다. 이런 상황에서 터진 상대의 득점은 달아오른 분위기에 찬물을 끼얹었다.

데미첼리스의 롱패스에 이은 라베치의 낮은 크로스를 메시가 가뿐히 밀어 넣은 것이다.

뜻밖의 상황에 굳어 있던 해설진은 한참이 지나서야 입을 열었다.

—아… 대한민국 또 한 번 실점합니다. 선수들 허탈한 표정으로 고개를 젓네요.

—벵거 감독도 절레절레 고개를 흔듭니다. 골을 너무 쉽게 내줬죠?

—맞습니다. 아무리 만회골을 넣어서 풀어졌어도 저런 식으로 골을 헌납하면 안 됐죠.

민혁은 허탈한 표정으로 이마를 짚었다. 그동안 축구를 하면서 이런 일이 없었던 건 아니지만, 월드컵 결승이라는 무대의 특수성이 강한 압력을 행사하고 있었다.

그나마 다행인 건, 그 골을 허용하고도 팀이 무너지지 않았다는 점이었다.

—주심 휘슬 울립니다. 전반전이 종료되네요.

전반은 추가득점 없이 2 대 1로 끝났다.

대한민국 선수들은 힘없이, 그리고 아르헨티나 선수들은 기운이 넘치는 표정으로 그라운드를 벗어났다. 라커룸에서 후반전을 준비하기 위해서였다.

중계진은 떠나는 그들의 모습을 뒤로한 채 이야기를 이어 나갔다.

—윤민혁 선수는 이번 대회 11골로 산도르 콕시스 선수와 동률을 이뤘습니다. 이로써 대회 득점왕은 사실상 예약한 상

태지만, 우승 트로피가 없다면 득점왕에 올라도 기쁘지 않을 겁니다.

─그렇습니다. 윤민혁 선수는 국가대표로서 팀의 조직력을 갖추는 데 동참하겠다면서 유럽 무대를 포기하고 K리그에 온 선수예요. 최대 목표는 2연속 월드컵 득점왕이 아니라 우승입니다. 우승을 놓치고 득점왕에 오르는 것보단 한 골도 못 넣더라도 우승을 하기를 바랐을 거예요.

─그래도 대한민국에 가능성이 있다면, 아르헨티나는 8강과 4강에서 연장전을 치르고 올라왔다는 점일 겁니다. 후반전 들어서 체력이 급격히 떨어질 가능성이 있어요.

─저 역시 동감입니다. 우리 선수들은 그 부분을 확실히 파고들 필요가 있죠. 2002년 이후로 체력이 대표 팀의 상징이 되지 않았습니까. 이번 대표 팀도 강한 체력 훈련을 했다는 뉴스도 있었고요.

중계진은 후반전에 희망을 걸어야 한다는 말을 되풀이했다. 하기야 2 대 1로 뒤지고 있는 상황에서 할 말은 그것밖에 없었다. 이기고 있다면야 여유롭게 여러 가지 이야기를 나눴겠지만, 지고 있는 상황에서 바랄 수 있는 건 역전 혹은 동점이 고작이었다.

하프타임은 금세 끝났다.

경기장에 나온 민혁은 라커룸에서 들은 내용을 천천히 되새겼다.

급하지 않게, 그리고 빠르고 정교하게.

"후—."

민혁은 그라운드에 나온 선수들을 불러 이야기를 나눴다. 아직도 긴장을 지우지 못했던 어린 선수들은 민혁과 차두희의 이야기를 듣고는 조금씩 평정을 되찾아갔다. 지고 있는 상황이라 완전히 마음을 놓지는 못한 것 같았으나, 적어도 공을 앞에 두고 몸이 굳어버릴 정도는 벗어난 것 같았다.

"다들 열심히 하자! 파이팅!"

차두희의 외침을 끝으로 해산한 선수들은 각자의 자리로 향했다.

주심은 시계를 잠시 보다 휘슬을 입에 물고 양 팀 선수들의 모습을 살폈다. 대한민국 선수단과 아르헨티나 선수단은 그런 주심에게 아무 문제 없음을 어필했으며, 고개를 끄덕인 주심은 휘슬을 불어 후반전 시작을 알렸다.

─대한민국 대 아르헨티나, 아르헨티나 대 대한민국의 경기가 재개되었습니다. 이제 후반전인데요. 1점 차로 지고 있는 우리 대한민국으로서는 1분 1초가 중요한 순간이 됐습니다. 빠른 시간에 만회골을 넣기를 바라야겠어요.

─맞습니다. 이대로 끌려가면 정신적으로 지치게 돼요. 후반 20분 내에 동점을 만들어야 선수들이 여유를 찾을 수 있

습니다. 그렇게 되면 연장전을 두 번이나 치르고 올라온 아르헨티나 선수들이 오히려 쫓기는 기분이 들 거고, 체력 소모도 급격히 늘어날 거예요.

아르헨티나 역시 그 사실을 알고 있었다. 때문에 그들은 무리하기보다는 지금의 상황을 유지하는 방향으로 전략을 바꿨다. 메시와 비글리아, 그리고 마스체라노와 라베치가 숏패스 위주의 플레이에 능숙하다는 점을 감안한 플레이였다. 바르셀로나의 티키타카처럼 상대에게 공격할 기회를 주지 않겠다는 속셈이었다.

하지만 아르헨티나엔 안드레아스 이니에스타와 사비 에르난데스가 존재하지 않았다.

─에제키엘 라베치 패스미스! 윤석형 공을 빼앗아 질주합니다! 달라붙는 비글리아, 윤석형 중앙으로 패스하고 멈춰 섭니다. 체력이 많이 떨어진 것 같습니다.

─기성룡 한 바퀴 돌아 메시의 압박에서 벗어납니다. 그대로 롱패스! 손흥민 공을 따라갑니다! 로호와의 경합! 공을 잡아서……

손흥민을 놓친 로호는 손을 뻗어 유니폼을 잡아당겼다. 멀리 있던 주심은 그 장면을 놓쳤지만, 코앞에서 그걸 본 부심은 로호의 반칙을 놓치지 않았다.

부심 안드레아 스테파니의 신호를 받은 주심은 경기를 멈추고 그곳으로 달려갔다. 양 팀 선수들은 이야기를 나누는 두 명의 심판을 바라보았다. 양쪽 모두 초조한 표정이 드러나 있었다.

이야기는 금세 끝을 맺었다.

─주심 마르코스 로호의 반칙을 선언합니다. 대한민국의 프리킥! 기성룡과 구지철이 준비합니다!

구지철의 프리킥은 수비벽을 맞고 튀어나왔다. 위로 올라온 홍영호가 그 공을 측면의 손형민에게 바로 보냈고, 손형민은 오른쪽 측면을 파고들어 중앙으로 크로스를 날렸다.

세르히오 로메로는 공을 쳐냈다. 높이 솟은 공은 데미첼리스의 차지가 되었다.

─데미첼리스 헤딩으로 위기를 넘깁니다. 기성룡 선수와 마스체라노의 경합. 마스체라노 공을 받아서 뒤로 돌립니다. 다시 공 받는 데미첼리스. 압박을 피해 측면으로 패스합니다.

공은 데미첼리스가 의도한 것보다 살짝 앞으로 향했다. 공을 차는 순간 무릎이 떨려 버린 탓이었다.

공을 따라 달리던 사발레타도 휘청이며 공을 놓쳤다. 후반전 중반을 넘자 체력적인 문제가 드러난 것이다.

왼쪽으로 들어왔던 민혁은 사발레타가 놓친 공을 잡고 달렸다. 역습의 기회였다.

민혁은 데미첼리스와 마스체라노를 끌고 중앙으로 달렸다.

그렇게 빈 공간으로는 윤석형이 쇄도했고, 정신을 차리고 달려온 사발레타가 윤석형의 뒤를 쫓으며 소리를 질렀다. 공간을 내어 주지 말라는 외침이었다.

민혁은 몸을 반쯤 돌리며 왼쪽 뒤꿈치로 공을 돌렸다. 윤석형의 반대편에서 쇄도해 들어오는 차두희의 앞이었다.

뻥 뚫린 공간. 차두희는 지체 없이 오른발로 슛을 날렸다.

―차두희 선수의 중거리슛이 로메로 골키퍼를 뚫고 골망을 흔듭니다! 2 대 2! 후반 32분에 대한민국이 다시 동점을 만듭니다!

대한민국 선수들은 물론, 경기장의 절반 이상을 채운 브라질 현지인들도 엄청난 환호를 보냈다. 안방에서 최대 라이벌인 아르헨티나가 우승을 차지하는 건 절대 보고 싶지 않았던 그들이기 때문이었다.

동점이 된 경기는 평이하게 흘러갔다. 대한민국과 아르헨티나 모두 연장전을 염두에 둘 수밖에 없었던 까닭이었다. 활동량을 늘려 체력을 낭비하기보다는, 공을 천천히 돌려 체력을 회복하자는 생각이 드는 게 당연한 순간이었다.

그렇게 후반전이 모두 끝나고, 선수들은 경기장을 떠났다.

"수고했다."

뱅거는 숨을 헐떡이는 선수들을 격려한 후 생각에 잠겼다. 지금 같은 플레이만 계속해도 승산이 있었다. 아르헨티나가 사용할 수 있는 선수 풀에도 한계가 있을뿐더러, 체력적인 면에서 대한민국이 그들보다 앞서는 탓이었다.

고민하던 그가 쓴 카드는 두 명의 교체였다. 누구나 생각할 수 있을 법한 전략이었다.

그러나 지금으로서는 가장 적절한 전술이었다. 연장전은 선수들의 체력 싸움이 될 터이기 때문이었다.

잠시 후. 선수들은 다시 그라운드로 향했다.

─연장전 들어갑니다.

아르헨티나 선수들은 좀비처럼 허우적댔다. 이미 두 번의 연장전을 치른 그들로서는 이번 연장전을 제대로 치를 만한 체력이 없었다. 전후반 내내 마당쇠처럼 뛰어다녔던 루카스 비글리아는 페르난도 가고와 교체가 되어 밖으로 나갔고, 그 못지않게 뛰어다니던 하비에르 마스체라노도 숨을 헐떡이며 자리를 지키고만 있었다. 공을 따라 달릴 만한 체력은 없는 것 같았다.

물론 대한민국 선수단의 체력도 바닥을 드러내고 있었다. 그 체력 좋은 차두희조차 전력 질주는 꿈도 꾸지 못하는 상태였다. 교체로 들어온 김상욱과 이승열 정도만 활발하게 그라운드를 누비고 있을 뿐, 다른 선수들은 패스를 받는 즉시 동료에게 보내며 숨을 돌릴 시간을 얻으려 했다.

─양 팀 선수들 많이 지친 모양입니다. 활동량이 눈에 띄게

줄어들었어요.

—이미 정규 시간 90분을 뛴 선수들이니까요. 연장전에도 그만한 활동량을 보이기는 어렵죠.

지친 선수들 사이에서, 교체로 들어온 선수들의 활약이 빛을 발했다.

연장 11분. 김상욱은 높이를 이용한 헤딩으로 골문을 노렸다. 세르히오 로메로는 급히 발을 뻗어 공을 쳐냈지만, 튀어나온 공을 받은 건 측면에 있던 민혁이었다.

민혁은 첫 터치로 수비수를 피하며 슛을 날렸다.

철렁하는 소리가 경기장을 울렸다. 골망이 흔들리는 소리였지만, 아르헨티나 선수들의 가슴에서 들려온 소리처럼 들렸다.

아르헨티나 선수들은 허망한 표정으로 그라운드에 주저앉았다. 아직 시간이 남아 있음에도 뛸 생각이 남지 않은 것 같았다.

기진맥진한 아르헨티나 선수들이 허우적대는 사이, 대한민국은 두 개의 골을 추가로 넣었다. 그 두 골 모두가 민혁의 득점이었다.

한 대회 14골. 쥐스트 퐁텐의 13골을 뛰어넘는 기록이었다.

마지막 골이 터진 직후, 주심은 종료를 알리는 휘슬을 불었다. 주심의 재량으로 추가시간을 줄 수도 있는 상황이었지만,

세 골 차로 벌어진 상황에선 의미가 없다고 느낀 것 같았다.

—경기 끝났습니다! 대한민국이! 우리 대한민국이 월드컵 우승을 기록합니다! 역대 최초로 아시아 국가가 월드컵 챔피언에 오르는 순간입니다!

중계진은 울먹이는 목소리로 환호했다.

아르헨티나 선수들은 눈물을 흘리며 주저앉았다. 결승까지 올라와서, 그것도 연장전까지 이어지는 접전 끝에 이런 패배를 겪었다는 사실에 충격이 큰 것 같았다.

환호하던 대한민국 선수들은 그들을 보고는 목소리를 낮췄다. 그러나 관중석을 차지한 대한민국 응원단과 브라질 현지인들은 환호성을 멈추지 않았고, 아르헨티나 선수들은 씁쓸한 표정으로 몸을 일으키며 천천히 그라운드를 빠져나갔다. 경기의 승자만이 환호를 터뜨릴 자격이 있음을 알기 때문이었다.

—대한민국 선수들 시상대에 올라갑니다. 주장 차두희 선수가 트로피를… 아, 윤민혁 선수에게 트로피를 넘깁니다. 보기 드문 모습인데요.

—그만큼 윤민혁 선수가 우승에 공헌을 크게 했단 뜻이겠죠. 훈훈한 광경입니다.

민혁은 당황하며 차두희를 보았다. 그러나 차두희를 비롯한 선수들은 활짝 웃으며 민혁에게 세리머니를 떠넘겼다. 충분히 그럴 자격이 있다는 표정이었다.

어색하게 웃은 민혁은 월드컵 우승컵을 들어 올렸고, 관중석에선 난데없는 애국가가 울려 퍼졌다.

그로부터 5개월 후, 민혁은 2014 발롱도르 트로피를 손에 넣었다.

역대 최초로, 비유럽 리그에서 뛰는 선수가 발롱도르 수상자가 되는 순간이었다.

6

에필로그

2016년 1월 11일.

민혁은 못마땅한 표정으로 인터뷰를 이어갔다. 2015 발롱 도르 시상식이 끝난 후의 인터뷰였다.

그의 표정이 나쁜 건 이상하지 않았다. 메시와 호날두에 이어 3위를 차지했기 때문이었다.

하기야 뛰는 리그의 평가가 다르니 불이익을 받는 것도 이상하지 않지만, 바로 얼마 전 열린 클럽 월드컵에서 FC ARSEN이 호날두가 있는 레알 마드리드를 4 대 0으로 꺾었음을 생각하면 충분히 불만을 가질 법한 일이었다.

발롱도르 투표가 클럽 월드컵이 열리기 전에 끝나지 않았다면 결과가 바뀌었을지도 모르는 일이 아닌가.

　　'유럽으로 돌아갈까.'

　　민혁은 미간을 좁힌 채 속으로 투덜거렸다. 이놈의 기자단은 비유럽 리그를 너무 무시한다는 느낌이었다.

　　그리고 보면 작년, 그러니까 2015년 1월에 획득한 2014 발롱도르도 리그와 AFC 챔피언스리그에서의 활약이 아닌 월드컵 활약으로 얻었던 상이었다.

　　K리그를 포함한 아시아 무대에서의 활약은 조금도 고려가 되지 않았다는 이야기였다.

　　물론 세계 축구의 중심은 유럽이었고, 민혁도 그것을 부정하진 못했다. 같은 챔피언스리그라도 UEFA 챔피언스리그와 AFC 챔피언스리그의 위상은 헤비급 챔피언과 플라이급 챔피언 수준에 불과하다는 걸 잘 아는 까닭이었다.

　　하기야 UEFA 챔피언스리그 다음가는 권위의 코파 리베르타도레스도 슈퍼미들급 정도로 취급되는 게 축구판이었다. K리그 우승과 AFC 챔피언스 우승으로는 이야기가 될 리 없었다.

　　그러니 메시와 호날두가 이득을 보는 건 어쩔 수 없지만, 그래도 그동안 K리그를 열심히 키워놓은 민혁으로서는 억울한 이야기였다.

　　클럽 월드컵에서도 연속 우승을 따내서 FC ARSEN의 저력을 보여주었고, 그로 인해 K리그는 프랑스 리그 앙과 동급이란 소리도 나오고 있는 지금이 아닌가.

그렇다면 한국에서 이룬 커리어도 유럽에서 이룬 커리어와 동등한 취급을 받는 게 맞지 않을까.

민혁이 그런 생각을 하고 있을 때, 인터뷰를 진행하던 기자가 의아한 듯이 그를 불렀다.

"윤민혁 선수?"

"네?"

"대답이 없으셔서⋯⋯."

민혁은 죄송하다는 표정으로 입을 열었다.

"잠깐 딴생각을 하느라 못 들었네요. 질문이 뭐였죠?"

"뱅거 감독이 아스날로 돌아간다는 기사가 나왔는데요, 이에 대해서 어떻게 생각하시냐는 내용이었습니다."

"네? 감독님이요?"

"모르셨나요?"

"네."

기자는 세부 사항을 들려주었다.

주제 무리뉴가 선수 장악에 실패하고 아스날에서 내쫓겼으며, 선수단의 강력한 요구로 인해 아르센 뱅거가 재부임하게 되었다는 이야기였다.

"무리뉴 잘렸어요?"

민혁은 놀랐다. 최근 구단 관련 상황이 바빠지면서 아스날 소식을 못 듣고 있던 그였기 때문이었다.

"네, 잭 윌서 선수와 산티아고 카솔라 선수를 투 볼란치로 쓰면서 말이 많았고, 거기에 2014년 겨울 이적 시장에서 데려온 치로 임모빌레도 제대로 활약을 못 해주면서 신임을 잃었다고 합니다. 특히 주주단의 반발이 심했는데, 우스마노프가 주도적으로 경질을 요구했다는 이야기가 있어요."

"임모빌레 이적료가 얼마였죠?"

"도르트문트와 경쟁이 붙으면서 4,000만 유로를 지급했을 겁니다. 그런데 25경기를 뛰면서 2골밖에 못 넣었으니 말이 안 나올 수가 없었겠죠."

"윌서나 카솔라를 공미로 넣었으면 벤트너도 10골은 넣었을 텐데."

민혁은 혀를 내둘렀다. 도대체 무슨 생각으로 그 둘을 수미로 넣었단 말인가.

하기야 이니에스타를 수미로 쓰려고 했던 무리뉴니까 딱히 이상할 게 없을지도 모를 일이긴 했다.

"근데, 무리뉴가 경질당해도 뱅거 감독님이 아스날로 갈 것 같지는 않은데요."

"아스날 공식 홈페이지에는 아직 안 올라왔습니다. 하지만 대부분의 언론이 사실로 보고 있죠."

"헝거 그룹이 뱅거 감독님을 다시 데려올 것 같진 않은데……."

민혁은 믿기 어렵다는 표정으로 말끝을 흐렸다.

헝거 그룹이 아르센 뱅거를 경질하던 당시의 상황을 생각해 보면 기자의 말대로 흘러갈 가능성은 매우 낮아 보였다. 거기에 어이없이 잘려 버린 기억이 있는 뱅거가 헝거 그룹의 제의를 좋다고 받아들일 가능성도 희박한 느낌이기에, 뱅거가 아스날로 돌아갈 거라는 말을 쉽게 믿을 수 없었다.

기자는 질문을 받자마자 답을 꺼냈다.

"아, 지금 도는 루머 중엔 이런 내용도 있습니다. 헝거 그룹이 재정난으로 아스날 지분을 우스마노프에게 팔았다고요. 아마 아르센 뱅거 부임 발표와 동시에 발표될 것 같습니다."

"그래요?"

"네."

답변을 듣고 잠깐 생각에 잠겼던 민혁은 결심을 굳히고 입을 열었다.

"FC ARSEN에 있는 것도 오늘이 마지막이겠네요."

"네?"

기자는 놀라 입을 열었다.

"그럼 이제 은퇴를 하시려는 건가요?"

"아뇨."

피식 웃은 민혁은 런던이 있는 서쪽을 바라보며 입을 열었다.

"아스날로 돌아가려고요."

*　　　*　　　*

2019년 4월. 대한민국 파주.

파주 국가대표 트레이닝 센터의 길 건너편엔 2층짜리 건물이 들어서 있었다.

올해 초 개관한 윤민혁 기념관이었다.

양복을 갖춰 입은 백발노인은 입구에서 티켓을 받아 안으로 들어갔다.

"잘 지었구먼."

그는 1층에 걸린 사진과 유니폼을 천천히 확인하며 고개를 끄덕였다. 얼굴엔 흡족한 표정이 자리하고 있었는데, 그 표정의 대부분을 차지한 건 대견함이었다.

좀 더 1층을 돌아보던 그는 2층으로 올라갔다.

2층엔 갖가지 트로피가 진열되어 있었다. 진열장 중앙 상단엔 여러 개의 황금 공이 놓여 있었고, 그 아래엔 우승 트로피를 본떠 만든 레플리카가 잔뜩 늘어서 있었다. 민혁의 소속팀에서 제공한 것들이었다.

그쪽으로 다가간 노인은 진열장 앞에 있는 설명문에 시선을 주었다.

＊　　　＊　　　＊

〈윤민혁〉

―소속 팀

대한민국 국가대표: 2004~2018
FC ARSNAL(잉글랜드): 2002~2013, 2015~2018
FC ARSEN(대한민국): 2013~2015

―개인 커리어

발롱도르 (6): 2010, 2011, 2012, 2014(역대 최초 비유럽권 리그 수상자), 2017, 2018
발롱도르 2위 (3): 2009, 2013, 2016
발롱도르 3위 (1): 2015
UEFA 유럽 최우수 선수상 (6): 2009―10, 2010―11, 2011―12, 2012―13, 2016―17, 2017―18
월드 싸커 올해의 선수 (8): 2010, 2011, 2012, 2013, 2014, 2016, 2017, 2018

UEFA 21세기 베스트 XI

UEFA 올해의 팀 (7): 2010, 2011, 2012, 2013, 2016, 2017, 2018

AFC 올해의 팀 (2): 2014, 2015

FIFPro World XI (9): 2010, 2011, 2012, 2013, 2014, 2015, 2016, 2017, 2018

FIFA 월드컵 베스트 XI (3): 2010, 2014, 2018

PFA 올해의 팀 (7): 2009—10, 2010—11, 2011—12, 2012—13, 2015—16, 2016—17, 2017—18

K리그 베스트 XI (3): 2013, 2014, 2015

UEFA 올해의 클럽 축구선수 (6): 2009—10, 2010—11, 2011—12, 2012—13, 2016—17, 2017—18

PFA 올해의 선수 (6): 2009—10, 2010—11, 2011—12, 2012—13, 2016—17, 2017—18

K리그 최우수 선수상 (3): 2013, 2014, 2015

PFA 이달의 선수 34회(세부 내역 생략)

K리그 판타스틱 플레이어상 (3): 2013, 2014, 2015

2012, 2016 푸스카스상

월드컵 골든볼 (2): 2014, 2018

월드컵 실버볼 (1): 2010

월드컵 골든슈 (3): 2010, 2014, 2018

프리미어리그 득점왕 (3): 2011—12, 2012—13, 2016—17

UEFA 챔피언스리그 득점왕 (2): 2011—12, 2016—17

K리그 득점왕 (3): 2013, 2014, 2015

AFC 챔피언스리그 득점왕 (3): 2013, 2014, 2015

옹즈도르 (4): 2011, 2012, 2017, 2018

아시아 인 베스트 풋볼러 (6): 2013, 2014, 2015, 2016, 2017, 2018

월드컵 한 대회 최다 득점: 14골

—클럽 커리어

〈아스날〉

프리미어리그 우승 (7): 2003—04(무패), 2007—08, 2009—10, 2010—11, 2011—12, 2012—13, 2015—16, 2017—18

프리미어리그 준우승 (3): 2002—03, 2004—05, 2008—09, 2016—17

FA 컵 우승 (4): 2002—03, 2004—05, 2008—09, 2012—13, 2016—17

FA 컵 준우승 (1): 2017—18

풋볼 리그 컵 우승 (3): 2010—11, 2011—12, 2017—18

풋볼 리그 컵 준우승 (1): 2016—17

UEFA 챔피언스리그 우승 (5): 2009—10, 2010—11, 2011—12, 2012—13, 2016—17

UEFA 챔피언스리그 준우승 (2): 2005—06, 2017—18

UEFA 슈퍼 컵 우승 (5): 2010, 2011, 2012, 2013, 2017, 2018

FA 커뮤니티 실드 (8): 2008, 2009, 2011, 2012, 2013, 2016, 2017, 2018

FIFA 클럽 월드컵 (4): 2011, 2012, 2014, 2018

〈FC ARSEN〉

K리그 우승 (3): 2013, 2014(무패), 2015

FA 컵 (2): 2014, 2015

K리그 슈퍼 컵 (2): 2014, 2015

AFC 챔피언스리그 (3): 2013, 2014, 2015

FIFA 클럽 월드컵(2): 2014, 2015

〈국가대표〉

FIFA 월드컵 우승 (2): 2014 브라질, 2018 러시아

FIFA 월드컵 4강: 2010 남아프리카 공화국

FIFA 월드컵 8강: 2006 독일

아시안컵 우승 (3): 2007, 2011, 2015

〈청소년 대표〉
AFC U—17 청소년 선수권대회 우승

〈기타〉
잉글리쉬 풋볼 리그 FA 유스 컵 우승
전 일본 U—12 축구 선수권대회 우승

＊　　　＊　　　＊

노인은 웃음을 머금곤 고개를 끄덕였다.

"그래, 이 정도는 해줘야지."

그는 좀 더 안을 둘러본 후 기념관을 빠져나왔다. 그러자
어둑어둑해진 하늘이 그를 반겼다. 꽤 오랫동안 기념관을 돌
아봤던 모양이었다.

"응?"

기분 좋은 얼굴로 걷던 노인은 공원 입구를 보고는 미간을
좁혔다. 잔뜩 술에 취한 중년 남성 하나가 벤치에 앉아 꺼이꺼
이 울고 있는 모습이 눈에 밟혀서였다.

노인은 천천히 그에게 다가가 입을 열었다.

"뭐 그리 후회되는 게 있어서 이렇게 마셨나?"

"누구……."

"마음에 걸리는 게 있으면 꺼내보게. 무슨 일이건 털어놓으면 마음이 좀 편해지는 법이니까."

노인의 말을 들은 남자는 눈물을 질질 흘리며 속에 담긴 이야기를 털어놓았다. 평생 아들에게 강압적인 아버지로 살아온 게 후회가 된다는 내용이었다.

"아들놈이 그렇게 고민하는 걸 좀 더 일찍 알았으면 잘해줬을 텐데, 이제 와서 후회한들 뭘 하겠습니까."

"글쎄… 말은 그렇게 해도……."

"제가 가슴에 한이 다 맺혔습니다. 뭐, 있을 수 없는 일이긴 하지만, 다시 그때로 돌아가면 지금하곤 전혀 다를 겁니다."

이야기를 전부 들은 노인은 희미하게 웃으며 그에게 말했다.

"그래. 자네가 정말 그럴 수 있는지 한번 지켜보겠네."

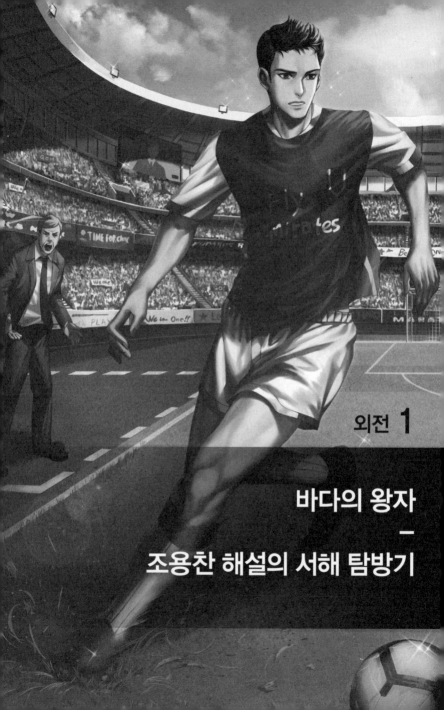

외전 1

바다의 왕자
-
조용찬 해설의 서해 탐방기

"거, 서울 양반. 몸은 좀 어떻소?"

"…괜찮습니다."

"피곤하믄 저짝 가서 좀 쉬소. 뱃일 익숙허도 않은 사람헌 티 궂은일은 안 시킬 것잉게."

선장은 낚싯대를 들고 뱃전으로 향했다.

얼마 전까지만 해도 해설자였던 KBC 리포터 조용찬은 한숨을 내쉬었다. 본래대로라면 양복을 입고 축구 중계를 하고 있어야 할 시간이었지만, 얼마 전 있었던 개편에서 뜬금없는 부서로 발령이 나면서 여기까지 밀려난 터였다.

'내가 왜 토토를 했을까……'

그는 시리도록 푸른 하늘을 바라보았다. 하지만 눈에는 초점이 없었다. 멀고 먼 목포 지사로 발령이 난 것도 모자라, 거기서도 궁벽한 촌구석인 대둔도 하오리까지 오게 된 그로서는 모든 일에 의욕이 없을 만했다.

하기야 축구 관계자가—물론 선수나 코치진은 아니었지만— 토토를 한 것부터가 문제였다. 법적으로는 아무 문제도 없는 행위였지만, 방송 중계 중에 토토를 했음을 암시하는 행동을 보였으니 높으신 분들 보기에 언짢은 게 당연하지 않은가.

만약 그때로 돌아간다면 절대로 티를 내지 않을 텐데…….

"하아—."

조용찬은 연거푸 한숨을 쉬며 하늘만 보았다.

그렇게 멍하니 하늘을 바라본 지 두 시간이 넘어갈 즈음, 낚시를 끝내고 돌아온 선장이 그를 향해 입을 열었다.

"혹시 아나고 좋아허요?"

"네?"

"거시기, 다른 말로는 붕장어요. 붕장어."

조용찬은 고개를 저었다. 본래 회를 즐기지 않는 데다가, 흔히 먹는 광어나 우럭도 아닌 붕장어를 회로 떠 먹는다는 건 생소함에 따라오는 거부감이 들었다.

선장은 잡아 온 붕장어 세 마리를 들어 보이며 말을 이었다.

"그러지 말고 맛이나 보랑께. 초장 찍어 먹고 쐬주 한잔하믄 죽여주니께, 안 먹으면 손해여."

"아니, 저……."

"싸게 싸게 결정하소. 세 번은 안 권허요."

거절하려던 그는 배 속이 울리는 걸 느끼곤 무심결에 고개를 끄덕였다.

"조금만 기다리시요. 잘 떠서 갖다드리겠소."

선장은 배 한편에서 도마와 식칼을 가져와 붕장어를 올려놓고 입을 열었다.

"거기 춘식이 있제? 쏘주 몇 병 있냐?"

"두 병 있어라."

"알것다."

대답을 들은 선장은 도마에 놓인 붕장어를 마구 썰었다. 조용찬이 보기엔 저게 회인지 생선 토막인지 모를 느낌이었지만, 선장은 토막 난 붕장어의 살점 하나를 들어 입에 넣고 잘근잘근 씹으며 고개를 끄덕였다.

"서울 양반, 오셔서 한 점 드셔보소잉."

"그냥 먹어도 됩니까?"

"당연히 되제. 서울서는 회 쳐놓은 물고기에 금가루라도 뿌려 먹소?"

"그게 아니라 식초라도……."

"그런 거 없으니께 싸게 싸게 와서 드소. 어차피 초장 있으니께 문제없으요."

조용찬은 어색한 걸음으로 다가가 젓가락을 들었다. 아무리 갓 잡은 거라지만 이렇게 먹어도 될까 싶었다. 기생충 같은 거라도 있으면 어쩐단 말인가.

"안 먹을 거요?"

"아, 아닙니다."

결국 허기를 이기지 못한 그는 젓가락을 반으로 쪼개어 붕장어를 집었다.

붕장어 회는 의외로 입에 맞았다. 아마도 신선한 자연산이기 때문이 아닐까 싶은 느낌이었다.

"아니, 성님. 우째 지는 안 부른다요?"

"알아서 나와야제."

배를 몰던 청년 춘식은 투덜대며 다가와 젓가락을 들었다.

"쏘주 안 가져왔냐."

"쪼께만 기다리시요."

춘식은 붕장어를 왕창 집어 초장을 듬뿍 찍어 입에 넣고는 자리에서 일어나 선실로 향했다.

그는 곧 빨간 뚜껑으로 밀봉된 병을 들고 나왔다. 요새는 보기 힘든 두꺼비 소주였다.

"싸게 싸게 가져오니라."

선장은 춘식의 손에서 병을 낚아채 뚜껑을 땄다. 그러자 춘식은 일회용 소주잔을 하나 들었고, 선장은 어허 하는 소리를 내고는 소주병을 뒤로 물리며 그에게 말했다.

"니는 먹지 말그라."

"뭣 땀시요!"

"운전해야 되니께 그라제."

"아따, 누가 음주 측정 하는 것도 아닌디 좀 마시면 어떻소."

춘식은 그렇게 말하며 소주병을 잡으려 했고, 선장은 춘식의 팔을 잡고 눈을 부라리며 입을 열었다.

"디질래?"

"한잔 좀 마시면 어때서 그라요. 너무허네 진짜."

"디지고 싶으면 니 혼자 디져."

춘식은 투덜대며 소주병을 내려놓았다.

"서울 양반 한잔하소."

선장은 조용찬과 자신의 잔에 소주를 가득 채웠다. 조용찬도 달가운 표정으로 소주를 마신 후 붕장어 회를 집어 초장에 찍은 후 입에 넣고 씹었고, 술을 못 마신 춘식은 그들을 보며 입맛만 다셨다.

'아따, 진짜 치사들 허네. 우째 요로코롬 마셔보란 소리를 한마디도 안 한당가.'

서운해진 춘식은 중얼중얼거리다 한 마리 남은 붕장어를 회 쳐서 입에 욱여넣었다. 한 마리는 집에 가져가려던 선장은 잠깐 눈을 동그랗게 떴지만, 춘식의 표정을 보고는 피식 웃으며 술잔만 기울였다. 술을 못 마셔서 섭섭해서 저러는 거면 이해해 주는 게 맞았다.

그러던 중, 또 한 번 회를 집던 춘식은 눈을 가늘게 떴다. 선장과 조용찬의 등 뒤편에서 무언가가 오는 것 같았다.

"으잉?"

조금 더 유심히 그쪽을 보던 춘식은 눈썹을 꿈틀대며 입을 열었다.

"성님! 쩌그서 짱깨 놈들 배가 다가오는디 으짜면 좋겠소?"

"뭐여?"

선장은 막 집어 들었던 붕장어를 놓아두고 몸을 일으켰다.

"저 시궁창에 굴러서 목 부러져 디질 되놈들이 여기꺼정 와 부렀네."

그는 확성기를 꺼내 볼륨을 최대로 높이고 소리 질렀다.

"야 이 새끼들아! 여긴 한국 바다여! 싸게 싸게 꺼지지 못허냐!"

중국 어선 측에서도 대응이 나왔다.

"츄치! 쯔리시 중궈 하이(出去! 這裡是中國海 : 꺼져! 여긴 중국 바다다)!"

선장은 인상을 팍 썼다. 10년 넘게 중국 어부들과 다투다 보니 웬만한 중국어는 알아들을 수 있게 된 덕분이었다.

조용찬은 인상을 쓰는 선장을 보고는 입을 열었다.

"저놈들 지금 뭐라는 겁니까?"

"여그가 중국 바다라고 지껄이는 거지 뭐겠소?"

"네?"

조용찬은 입을 쩍 벌렸다. 대한민국 국토인 흑산도가 뻔히 보이는 바다에서 도대체 무슨 개수작인가.

분개한 선장은 확성기를 내팽개치며 분노를 터뜨렸다.

"저 개놈의 새끼들이 시도 때도 없이 개수작이여. 지들 바다 물괴기들 씨를 말려 부렸으면 양식을 허든가 어부질을 접든가 혀야지. 왜 우리 바다까지 넘어와서 지럴들이냐고."

씩씩대던 선장은 팔을 걷어붙였다. 억센 바다의 사나이답게 좋은 주먹 놔두고 말로 하지 않겠다는 이야기였다.

춘식은 찔끔하며 입을 열었다.

"아따 성님, 한판 붙을라고 그라요?"

"오냐."

"저짝 숫자가 제법 되는디……"

"그렇타구 겁먹고 도망칠 거여? 내는 니 그렇게 안 키웠다."

"성님이 은제 내를 키웠소? 울 엄니가 키웠제."

"말이 그렇다는 거여."

춘식과 말다툼을 끝낸 선장은 내팽개쳤던 확성기를 다시 들어 입에 대고 소리 질렀다.

"여그는 우리 한국 바다여! 불만 있으면 한번 붙어보더라고!"

타앙!

중국 측 어선에선 답변 대신 총성이 울렸다. 사실상 해적선이란 이야기였다.

"아니, 저 오라질 놈들이 어디서 총을 구했다!"

기겁한 선장은 몸을 숨겼다. 조용찬과 춘식도 갑판에 바짝 엎드려 총알을 피하려 했고, 이러다가는 중국인들에게 붙잡히리라 생각한 선장은 몸을 숨긴 채로 비어버린 소주병을 거꾸로 쥐고는 다가오는 중국 측 어선을 노려보았다.

배 사이의 거리가 점점 줄어들자, 선장은 손에 쥔 소주병을 던지며 고함을 내질렀다.

"이 개시끼들아! 이거나 처먹어부러라!"

소주병은 빠르게 날아갔고, 총을 든 중국 어부는 반사적으로 방아쇠를 당겼다.

타앙!

"끄어어억!"

무심코 소주병을 쏜 중국 어부는 비명을 내질렀다. 병이 깨지며 날아든 파편이 박혀든 탓이었다.

선장은 상대방이 혼란에 빠진 틈을 타 선실로 달려가 배를 출발시켰다. 이 상태에서 잡혔다가는 결코 무사하지 못할 터였다.

"아따 성님! 잘해부렀소!"

"정신 사나우니께 입 다물고 있어라잉."

춘식은 바로 입을 닫았다.

그들이 탄 배는 목포를 향해 빠르게 달렸다. 선장은 중간에 해경 순시선이 있기를 간절하게 바라며 입술을 깨물었고, 뒤쪽을 본 춘식은 눈을 화등잔만 하게 뜨고는 다급한 표정으로 입을 열었다.

"큰일 났어라! 뒤에서 쫓아오요!"

"몇 척이여!"

"세 척이구만이라!"

"쓰벌."

선장은 계속해서 속도를 높였다. 배가 낼 수 있는 최대 속력이었다.

그러던 것도 잠시. 선장은 고개를 한 번 휘휘 젓고는 춘식을 불렀다.

"춘식아! 니가 배 좀 몰아야 쓰겄다!"

"와요!"

"내가 술기운이 올라오고 있어야. 빨리 오그라."

춘식은 허겁지겁 달려가 조종대를 넘겨받았다. 그러자마자 선장은 갑판으로 나와 철푸덕 쓰러졌고, 조용찬은 도대체 이게 뭔가 하는 표정으로 입을 벌렸다.

조종대를 넘겨받은 춘식은 백미러로 뒤쪽을 보고는 짜증을 냈다.

"쓰벌, 뭐 저렇게 빠르디야."

춘식은 미간을 좁혔다. 본래 한국 어선보다 성능이 떨어지는 중국 어선들은 이쯤하면 물러나는 게 보통이었지만, 저들은 기를 쓰고 쫓아오고 있었다. 아마도 소주병 파편에 다친 원한이 크게 작용하고 있는 모양이었다.

얼마 전까지만 해도 선장을 칭찬했던 춘식은 180도 바뀐 태도로 짜증을 냈다.

"아따. 소주병 던져서 일을 키우면 으짜요. 쩌놈들 독기 올라서 끝까지 쫓을 모양인디……."

"너 인마 아까는… 웩."

선장은 항변을 하려다 구토감을 느끼곤 바다로 얼굴을 내밀었다.

"워메, 죽겠네."

선장은 그대로 갑판에 쓰러져 버렸다. 완전히 시체를 연상케 하는 모습이었다.

조용찬은 정신이 없는 와중에서도 벌어진 입을 다물지 못했다. 이건 무슨 소말리아 해역도 아니고……

"춘식아… 아직도 쫓아오냐……."

"계속 오고 있어라!"

"쓰벌."

"삼십 분만 더 가믄 흑산도요! 그짝까지 가믄 저 시끼들도 돌아가겄지라!"

춘식은 백미러를 힐끗 보고는 거리를 가늠했다. 다행히 조금 전보다 아주 약간 멀어진 느낌이었다.

"아이고 죽겄다."

선장은 고개만 돌려 쫓아오는 중국 어선들을 바라보았다.

"쪼께씩 멀어지는 것 같은디……."

"그, 그렇군요."

조용찬은 안도했다. 이대로라면 무사히 도망칠 수 있을 것 같았다.

하지만 안도는 너무 일렀다.

"왐마! 저짝에서도 중국 배가 오네!"

"뭐여?"

"네?"

춘식이 내지른 소리에 놀란 선장과 조용찬은 고개를 돌렸다. 그러자 그들을 뒤쫓는 중국 어선과 그들의 반대편에서 오성홍기를 달고 있는 두 척의 어선이 다가오는 모습을 볼 수 있었다. 그 두 척의 어선도 한국 해안에서 불법조업을 하는 중국 조기잡이 어선들이었다.

"저, 저 개… 억!"

선장은 목덜미를 잡은 채 쓰러졌다. 급격한 상황 변화에 혈압이 올라 버린 까닭이었다.

"성님!"

"내, 내는 신경 쓰지 말고 배나 몰아야… 잡히면 우리 다 죽는 거여."

밖으로 나오려던 춘식은 다시 조종대를 잡았다. 선장의 말에 틀린 구석이 하나 없기 때문이었다.

그들이 탄 배는 방향을 살짝 바꿨다. 새로 나타난 두 척의 중국 어선이 그들을 흑산도에서 떼어내려는 듯이 움직이고 있었던 탓이었는데, 그것을 무시하고 계속 달렸다가는 중간에 부딪쳐 배가 뒤집히게 될지도 몰랐다.

"쓰벌, 이러믄 비금도꺼정 가야 되는디 기름이 버틸까 모르것네."

춘식은 욕설을 내뱉었다. 계기판에 달린 바늘이 바닥을 칠락 말락 하고 있었기 때문이었다.

그러던 어느 순간, 춘식의 표정이 극적으로 밝아졌다.

"성님! 우리 이제 살었소!"

"…해경이여?"

"아니여라."

"그라믄?"

춘식은 희색이 만연한 얼굴로 답했다.

"흑산 5호요!"

*　　　*　　　*

나는 듯이 달려온 흑산 5호는 가장 가까이에 있는 중국 어선을 들이받아 침몰시켰다. 영화에서나 보던 충각 전술이었다.

"아, 아니, 저……."

조용찬은 믿을 수 없다는 표정을 지었다. 덕분에 살긴 했지만 너무도 충격적인 장면이었다.

"저러면 위험한 거 아닙니까?"

"당연히 위험하제. 위험해지라고 저러는 것이고."

춘식에게 배를 멈추라는 신호를 보낸 선장은 침몰하는 중국 어선을 힐끗 보고는 말을 이었다.

"중국 배는 대부분 목선이어라. 연식도 대부분 10년이 넘어서 거진 다 썩었제. 그러니까 우리 배랑 제대로 부딪히면 저 꼴이 나는 거 아니겠소."

"우리도 저렇게 하면 됐던 거 아닙니까?"

"우리는 배 모는 기술이 떨어져서 저렇게 못 혀요. 저 배 선장이니께 할 수 있는 일이제."

선장과 조용찬이 대화를 나누는 사이, 중국 어선을 침몰시킨 흑산 5호는 뱃머리를 돌려 그들이 탄 배 근처로 다가왔다.

흑산 5호의 뱃머리엔 아프로 머리를 한 남자가 있었다. 보헤미안과 노숙자의 중간 지점을 절묘하게 줄 타는 느낌의 패션을 갖춘 그는 조용찬이 탄 배의 선장을 보며 손을 들었고, 인사를 받은 선장은 그를 향해 입을 열었다.

"이봐 동훈이, 저 짱깨 놈들 그냥 보내줄 거여?"

"사람 생목숨 함부로 끊는 거 아니요. 강도질은 못 허게 혀도 목숨은 붙여줘야제."

아프로 머리의 남자는 그렇게 답하곤 담배를 꺼내 입에 물었다. 희미하게 흘러나온 연기는 세차게 불어온 바닷바람에 쓸려 그의 얼굴로 올라가 흩어져 버렸고, 남자는 켁켁거리며 담배를 빼내어 손에 들었다.

그것을 보던 조용찬 해설은 자기도 모르게 주머니에서 지갑을 찾아 돈을 꺼냈다. 왠지는 모르겠지만 몸이 제멋대로 움직인 탓이었다.

그러던 그는 흠칫하며 돈과 지갑을 다시 집어넣었다.

'왜 돈을 줘야 될 것 같지?'

그는 그 이유를 곰곰이 생각하다, 허우적대는 중국인들의 모습을 발견하고는 담배를 피우는 아프로 머리의 남자를 향해 시선을 돌리고 입을 열었다.

"저 사람들 허우적대는데 괜찮습니까?"

"놔두면 딴 배에서 태워 갈 테니께 걱정 같은 건 하덜덜 마소."

조용찬은 상대의 장담을 듣고도 걱정스러운 표정으로 그쪽을 보았다. 자신들에게 총을 쏜 중국 어부들을 걱정한다기보다는, 만약 사망자가 생기면 자신에게도 책임을 물으려 하지 않을까 싶어서였다.

하지만 그럴 일은 없을 듯했다. 아프로 머리를 한 남자의 말대로, 허우적대던 중국 어부들은 가까이 다가온 중국 어선들에게 구조된 것이다.

그들을 구조한 중국 어선들은 곧바로 배를 돌려 서쪽으로 사라졌다. 여기서 계속 머물렀다간 자기들이 탄 배도 침몰하게 될까 봐 도망치는 것 같았다.

그들이 완전히 사라지자, 조용찬이 탄 배의 선장은 아프로 머리를 한 남자를 가리키며 말했다.

"저 양반이 21세기의 장보고 장동훈이요."

"장… 뭐요?"

"장보고 모르요?"

"알고 있기는 한데……."

조용찬은 고개를 갸웃했다. 왜 갑자기 장보고가 나오는지 이해를 못 하는 표정이었다.

"거시기, 통일신라시대 장보고가 전남 완도에 머물면서 이 해역을 중국 놈들이랑 일본 왜구들헌테서 지킨 것만치, 장동훈 저 양반도 이 전라도에 머물면서 중국 떼강도 놈들한테서 바다를 지키니께 그렇게 불리는 거요."

"바다를 지켜요?"

"저 양반이 구해낸 한국인만 서른 명이 넘소. 쫓아낸 중국 배는 백 척이 넘고."

조용찬은 새삼스러운 표정으로 아프로 머리의 남자 장동훈을 바라보았다. 보헤미안과 노숙자 사이에서 줄을 타던 이미지가 보헤미안 쪽으로 많이 기우는 느낌이었다.

그사이 담배를 다 태운 장동훈은 조용찬을 바라보며 입을 열었다.

"글고 보니께, 이 양반은 못 보던 양반인디……"

"쩌으기 서울서 내려온 양반이여. 방송국에서 취재 나온 양반이구먼."

"근디 왜 카메라가 없소?"

"오늘은 탐사차 나온 거라더라고."

"아하, 그라요?"

장동훈은 고개를 끄덕인 후 뒤편을 향해 손짓했다. 그러자 흑산 5호는 조용찬이 탄 배에 좀 더 가깝게 붙었고, 장동훈은 바다를 훌쩍 뛰어넘어 옮겨 타서는 조용찬을 향해 손을 내밀고 입을 열었다.

"육지 양반이 중국 놈들 만나서 고생하셨소."

"아… 네, 감사합니다."

조용찬이 어색하게 인사를 받을 때, 춘식이 갑판으로 나와 입을 열었다.

"아따, 동훈이 형님. 허벌나게 고맙소."

"춘식아, 니도 있었냐."

"오늘 제대로 뒈지는 줄 알었소. 아까 그놈들 총도 들고 있더만."

"뭐시여? 총이 있었어?"

"야."

장동훈은 인상을 팍 썼다.

"그런 줄 알았으믄 곱게 안 보냈는디."

"이왕 보낸 거 어쩌겠어. 쫓아가서 침몰시킬 껴?"

"음……."

고민하던 장동훈은 고개를 저었다. 마음 같아서는 그렇게 하고 싶지만 사정이 별로 좋지 않았다.

"기름이 없어서 안 되겠구만이라. 이번 정부 들어서 기름값이 얼맨치 올랐는지, 나가 마음 놓고 배를 몰 수가 없소. 아주 짜증 나서 죽겠다니께."

"그려, 그냥 이쯤하고 돌아가자고."

장동훈은 다시 흑산 5호로 돌아갔다.

그 순간, 조용찬은 언젠가 잊어버렸던 언론인으로서의 혼이
되살아나는 느낌을 받았다.

"잠깐만요!"

"응? 뭐요?"

조용찬은 그를 향해 인터뷰를 제의했고, 장동훈은 당황스
럽다는 표정으로 입을 열었다.

"뭐시여? 인터뷰우?"

"네, 네."

조용찬은 찔끔했다. 되살아났던 언론인으로서의 혼은 어느
새 전부 불타 사라진 후였다.

잠깐 고민하던 장동훈은 배를 쓰다듬으며 입을 열었다.

"그라믄 밥이나 쪼께 사주시요."

*　　　*　　　*

식당으로 향하는 사람은 셋이었다. 조용찬과 장동훈, 그리
고 흑산 5호의 선장 민한상이었다.

"여그가 맛있는 집이 많소."

"동훈아, 저짝 어떠냐."

"저그는 별로 끌리지 않소. 서울 양반이 사준다고 혔는디 매번 묵든 그 찾을 수는 없지 않겠소?"

조용찬은 고개를 돌리고 한숨을 쉬었다. 어쩨 뺑을 뜯기는 기분이었다.

그렇게 골목을 이리저리 돌던 그들은 목포삼합이라는 간판이 걸린 가게로 들어갔다. 목포 시내에만 수십 개는 있을 법한 이름이지만, 장동훈은 여기가 목포에서 제일 잘하는 집이라고 주장하며 자리를 잡고 입을 열었다.

"여그 삼합이랑 찜이랑 막걸리 두 말 주소!"

"밥은?"

"세 명이니께 세 개제."

"쪼께만 기다리씨요. 내 싸게 싸게 챙겨줄 테니께."

"막걸리 먼저 주소."

주방 아주머니는 주전자와 막걸리 잔을 가져다 놓았다.

"안주는 5분만 기다리씨요잉."

그녀의 말대로, 안주는 5분이 약간 안 되는 시간에 나왔다.

조용찬은 상 위에 올라오는 그릇들을 보고는 입을 쩍 벌렸다.

굴무침에 굴전, 도라지무침과 도토리묵에 시금치와 멸치조림, 그리고 손가락만 한 게를 기름에 튀겨 양념장을 바르고 땅콩을 뿌려 만든 안주까지 밥상에 올라오고 있었다. 안주만 집어 먹어도 배가 부를 느낌이었다.

"이, 이게 다 안주인 겁니까?"

"당연하지라."

"뭐 이렇게 많이 줍니까?"

"아따, 전라도 음식점 처음 와보요?"

장동훈은 막걸리를 한 모금 들이켜곤 크 하는 소리를 낸 후 말을 이었다.

"괜찮은 집은 다 이렇소. 요새 새로 생긴 집들은 안 그런 모양인디, 30년 넘게 하는 집들은 다 이만치 나오제."

"아 비싸니까 이만큼 주는 것이제. 김밥천국 같은 데선 이렇게 안 나와야."

"거, 형님은 무슨 씨잘데기없는 소리를 그리한다요. 암튼 술이나 씨게 한잔하십시더."

그들은 연거푸 막걸리를 들이켰다.

안주발을 세우던 조용찬은 민한상의 눈을 피하지 못하고 막걸리를 마시는 신세가 되었고, 주방으로 들어가 있던 아주머니는 그들이 주전자를 반쯤 비울 때가 되어서야 삼합과 찜을 들고 밖으로 나왔다.

"음식 드써요."

그녀는 홍어와 삼겹살 수육, 그리고 묵은지가 담긴 접시와 홍어찜이 담긴 접시를 내려놓았다. 그러고서도 남는 공간엔 삼합에 딸려오는 반찬을 늘어놓았는데, 그 양도 만만치 않아 입이 벌어질 지경이었다.

"맛있게 드소."

아주머니는 다시 주방으로 들어갔다.

"싸게 싸게 묵읍시다."

"아따, 때깔 한번 겁나게 좋아분다."

장동훈과 민한상은 신나게 젓가락을 놀렸다.

그들을 보던 조용찬이 수육을 한 점 집어 들자, 장동훈은 이상한 소리를 내곤 그에게 물었다.

"홍어삼합 먹을 줄 모르요?"

"제가 고향이 전라도가 아니라서……."

"아따~ 이 양반 인생 헛살았구먼."

장동훈은 보란 듯이 숟가락 위에 돼지고기와 홍어, 그리고 김치 한 조각을 올려놓고 새우젓과 풋고추를 살짝 올린 후 입에 넣고 우물거리며 조용찬을 바라보았다. 이렇게 먹어보라는 듯한 표정이었다.

어색하게 그를 따라 하던 조용찬은 오만상을 찡그리며 입과 코를 막았다.

"처음은 다들 저렇게 고생하는 법이제."

민한상은 그를 힐끗 보고 말하며 홍어찜에 젓가락을 갖다

대었다.

콧속에서 탄산이 터진 듯한 느낌에 콜록대던 조용찬은 한참 후 놀란 눈으로 고개를 들었다. 그동안 자신을 괴롭히던 악성 비염이 순간적으로나마 사라진 느낌이었다.

물을 한 잔 들이켠 그는 껄껄 웃던 민한상의 재촉을 받고 다시 한번 삼합을 입에 넣었고, 이내 당혹감마저 섞인 목소리로 입을 열었다.

"맛있네요?"

"그라니께 다들 환장을 허는 거 아니요."

장동훈은 홍어와 돼지 수육, 그리고 묵은지를 깻잎에 싼 후 입안에 욱여넣고 우물거렸다.

"이것이 진짜 전라도 홍어여. 칠레에서 들여오는 건 김이 다 빠져서리 맛이 없다니께."

"김요?"

"그… 뭐시냐. 암모니아? 암튼 그런 것이 냉동혔다 해동혔다 허는 과정에서 싸악 빠져 분당께요. 그러서 이런 맛이 안 나오는 것이요."

"것도 있지만, 그것이 아니어도 제맛 내는 곳은 드물어야. 다들 어설프게 따라 혀니께 제맛이 안 나와 부러. 서울서 한번 사서 먹어봤는디 먹을 게 못 되더라고."

"맞소."

장동훈은 민한상의 말을 듣고 고개를 끄덕이며 열변을 토했다.

"원래 음식 허면 전라도 아니요. 요새야 프랜차이즌가 뭔가가 들어서믄서 50점짜리 음식점이 판을 치는 것이 문제요. 아니 그렇소?"

"그라제."

민한상이 고개를 끄덕이자, 한 번 더 불만을 토해내던 그는 조용찬을 힐끗 본 후 변명하듯 말했다.

"그려도 아직은 전라도가 갑이어라. 이런 촌구석에는 맛있는 집이 많이 있응께."

"아따, 여그가 워째서 촌구석이당가. 여기 목포여 목포. 도시란 말이여."

"서울에 비하면 촌구석이제. 거그다가, 목포는 물론이고 쩌어기 광주도 옛날 같지 않어라."

"그려?"

"그라요."

장동훈은 도라지무침을 집어 입에 넣고 우물거리며 말을 이었다.

"요새 터미널 근처에 맛없는 음식점 많이 생겼어라. 사람 많으니께 대충 식당 차리면 잘될 줄 알구 그러는 모양인디, 가끔은 먹다가 욕 나오는 집도 있다니께."

"그거 대부분 외지인들 아니면 회사에서 일만 허던 양반들이 차린 거여. 식당 하던 아지매들 있는 집은 안 그라제."

"거, 성님은 당연한 소리를 왜 하고 그라요. 입심 아깝게."

무안해진 민한상은 리모컨을 들었다.

"그려. 쓸데없는 소리 하덜 말고 테레비나 보자고."

"맞다. 오늘 축구하는 날 아니어라?"

"그니께 그거 보자는 거제."

민한상은 리모컨 버튼을 눌렀고, 전원이 들어온 TV에서는 월드컵 지역 예선을 대비한 평가전이 치러지고 있었다.

*   *   *

"웨메, 경기 벌써 진행 중이네."

TV 화면 왼쪽 상단엔 2 대 0이란 스코어가 떠올라 있었다. 15분 만에 두 골이나 터졌다는 이야기였다.

"골은 누가 넣었댜."

"윤민혁이겠지."

그들은 말을 멈추고 TV에 집중했다. 공을 끊어낸 대한민국이 역습에 들어가는 상황이기 때문이었다.

─윤민혁 선수 중국 측면을 파고듭니다. 접근하던 장린평, 가까이 붙어서… 장린평, 제풀에 넘어지며 공간 뚫립니다. 크

로스! 이대로… 아, 넘어갑니다. FC ARSEN 이기한 선수의 헤딩. 공이 크로스바를 훌쩍 넘어 관중석으로 날아가네요.

─이기한 선수가 국가대표는 첫 선발이에요. 저 정도는 이해해 줘야 합니다.

─그러고 보니, 이번 국대엔 첫 승선한 선수들이 많은데요. 과연 이 멤버들을 가지고 월드컵 우승이 가능할까 걱정하시는 팬분들이 많습니다. 김동완 해설께서는 어떻게 생각하십니까?

─1998년에 영국에서 이런 말이 유행했어요. 어린애들을 데리고는 우승할 수 없다.

─BBC 해설자 앨런 한센의 말이었죠?

─그렇습니다. 하지만 퍼거슨 감독의 맨유는 그 어린애들을 데리고 우승을 했어요. 한국이라고 못 할 까닭이 없습니다.

김동완 해설을 본 조용찬은 주먹 쥔 손을 부르르 떨었다.

원래대로라면 자신이 저기에 앉아 있어야 했거늘……

"저것들 발리는 거 보니께 술맛이 더 좋아져 부네."

민한상은 기쁜 표정으로 막걸리를 들이켰다.

중국은 거칠었다. 하지만 민혁과 차두희에겐 꼼짝도 못 하고 있었다. 민혁은 애초부터 몸싸움을 허용하지 않을 정도로 기술이 좋았고, 차두희의 경우는 몸빵을 시도했던 중국 주장이 2m나 튕겨 나가 기절해 버린 게 이유였다.

두 사람을 상대하길 포기한 중국은 다른 선수들에게 달라붙었고, 곧이어 한국 14번 이승열이 바닥에 쓰러졌다. 몸싸움 중에 팔꿈치에 턱을 얻어맞은 까닭이었다.

"개시키들 축구 더럽게 하고 지럴들이네."

"그려, 저 새끼들 다리몽댕이를 아작을 내야 된당께. 저 중국 노무 새끼들이 94년에 황선홍 무르팍을 작살 내버리지만 않았어도 유럽에 갔을 거 아니여."

"네? 누구요?"

"황선홍 모르요?"

"그럴 리가요."

조용찬은 고개를 저었다. 어떻게 축구 해설자가 황선홍을 모른단 말인가.

"이 성님이 황선홍 무쟈게 좋아혔어라. 그 양반 다쳤을 때 식음을 전폐하고 뱃일도 안 나갔응께."

"니는 뭐 씨잘데기없는 소리꺼정 하고 있냐."

얼굴이 붉어진 민한상은 막걸리가 들어 있던 주전자를 기울이다 눈썹을 찡그렸다. 어느새 술이 다 떨어진 것이다.

"아지매요! 여기 술 쪼께만 더 주소!"

"을매나?"

"한 말?"

"쬐께만 기다리소. 싸게 가져다줄 텡께."

주방 아주머니의 대답을 들은 조용찬은 핼쑥해진 얼굴로 입을 열었다.

"너무 많이 마시는 거 아닙니까?"

"돈 아깝소?"

"그건 아니고⋯⋯."

그가 말끝을 흐리자, 민한상은 피식 웃었다.

"으차피 오늘은 배 더 안 타요. 오늘 일찍 푹 자불고 낼 새벽에 나가믄 되니께 걱정하덜 마소."

"아, 네⋯⋯."

사실은 돈이 아까웠던 조용찬은 눈물을 삼키고 TV가 있는 쪽으로 고개를 돌렸다.

그사이, 대한민국은 한 골을 추가했다. 민혁의 드리블에 이은 패스가 중국 골키퍼 왕다레이와 한국 공격수 장건호의 사이로 들어갔고, 그 공을 놓치지 않은 장건호가 골을 넣은 것이다.

─FC ARSEN의 장건호, A매치 세 경기 만에 데뷔골을 넣습니다!

TV엔 환호하는 선수들이 보였다. 중국 선수들은 벌써부터 패배감에 젖은 얼굴을 하고 있었다. 하기야 전반전도 끝나지 않은 시점에 3 대 0이라는 스코어를 허용한 데다, 중앙선을 제대로 넘은 기억도 별로 없으니 저런 반응을 보이는 게 당연할 터였다.

송영준 캐스터의 옆에 앉아 있던 김동완 해설은 설명을 위한 자료를 데스크에 툭툭 치곤 말을 받았다.

―장건호 선수, 그동안 움직임은 좋았는데 골을 못 넣던 선수죠. 리그에서는 벌써 8골을 기록 중인 선수인데 국대에선 이상하게 골을 못 넣었어요. 하지만 이번에 골이 터졌으니 잘될 겁니다.

조용찬은 이를 갈았다. 저건 자신이 해야 할 말이 아니었던가.

"와 그라요?"

"아, 술기운이 좀……."

"이 양반 술이 약허시네."

피식 웃은 장동훈은 홍어찜을 길게 찢어 입에 넣고는 TV로 눈을 돌렸다.

전반전은 그대로 종료되었다. 슈팅 숫자만 봐도 대한민국이 압도적임을 알 수 있었다. 슈팅 숫자는 대한민국이 스물한 개를 기록한 데 비해 중국은 고작 두 개였고, 점유율도 그와 비슷한 격차를 보이고 있었다.

"아따. 86 대 14면 끝나 부렀구먼."

"아직 후반전 있소. 방심하면 안 되제."

"짱깨 놈들이 뛰어봐야 물벼룩이제."

그들은 상에 놓인 삼합과 홍어찜을 빠르게 먹어치웠다. 바다 사나이들이라 그런지 그들의 위장은 그 위에 올려져 있던 주 요리와 밑반찬들을 싹싹 쓸고도 빈 곳이 남았고, 그들은 해장을 해야 한다며 해물라면을 하나씩 더 시켜 조용찬의 가슴을 아프게 했다.

"캬~ 역시 라면엔 전복이 들어가야 뒈여."

"성님. 그거 전복 아니어라."

"아니여?"

"그거 오분자기여라. 뱃일허는 사람이 그것도 구분 못 허믄 우째 쓴다요."

민한상은 인상을 쓰며 말했다.

"나가 조개 키우냐? 모를 수도 있제."

"잘 들으씨요. 전복은 말이요……."

장동훈은 전복과 오분자기를 구별하는 방법을 설명했다. 전복은 구멍 주변이 껍질 위로 톡 튀어나왔고 오분자기는 평평한 껍질에 구멍만 나 있으며, 구멍 수도 전복이 4개에서 5개, 오분자기는 7개에서 8개 정도가 나 있다는 내용이었다.

"그라고 말이여, 전복은 쩌어그 남쪽에서 많이 나요. 목포, 완도 이런 곳은 거의 없어라. 못혀도 제주도나 추자도쯤 가야제."

"그런데 말입니다."

조용찬은 목포에 와서 들었던 이야기를 꺼내보았다.

"요즘은 전복은 양식이 되고 오분자기는 양식이 안 돼서 오분자기가 더 비싸던데……."

"에이, 아직은 아니여라. 전복 양식은 이제 막 성공한 거니께 몇 년 더 있어야 쓰지라."

장동훈의 말대로, 전복 양식은 이제 막 성공한 터였다. 이제야 종묘를 뿌려 다시마를 먹여 기르고 있으니만큼, 최소한 3~4년은 지난 2010년대 후반은 되어야 값이 좀 내려갈 터였다.

도라지무침을 입안에 쑤셔 넣은 민한상은 투덜거렸다.

"니 많이 알아서 좋것다. 이라서 대학물 먹은 놈들은 뱃일을 하면 안 뒤여."

"먹긴 뭘 먹어라. 게우 1년 하고 때려쳤는디."

그들은 한동안 티격태격 싸웠다. 그러던 둘은 다시 경기가 시작되자 한마음 한뜻이 되어 중국 선수들을 마구 깠고, 대한민국 선수들은 그들의 응원에 힘입었는지 최종 스코어 5 대 0으로 승리를 거뒀다. 운이 조금만 더 있었더라면 10 대 0 이상도 가능했을 경기였다.

그렇게 경기가 끝난 후, 장동훈은 조용찬을 향해 질문을 던졌다.

"근디 뭔 인터뷰를 하려고 하셨소?"

"아… 그게 말입니다……."

조용찬은 오늘 가장 충격적이었던 사건을 입에 담았다. 대한민국 영해에 들어와 해적질을 하는 중국 어선들에 대해 듣고 싶다는 이야기였다.

"그놈들 정말 독허지라."

민한상은 입술을 질끈 물었다.

"내랑 이짝이랑 중국 배 들이받기 시작한 게 5년 전인디, 그것이……."

그는 찰랑거리는 주전자를 기울여 마지막 막걸리를 잔에 담았다.

"원래 내랑 이짝이랑 같이 다니는 성이 한 명 있었어라. 본시 그 성이 우리 배 주인이었제. 아, 디진 건 아니요. 그날 일 때문에 뱃일 접고 회사 들어갔으니께."

"그날 일요?"

조용찬은 침을 꿀꺽 삼켰다. 도대체 무슨 일이 있었단 말인가.

"그것이, 서해에 오징어 떼가 몰려온 적이 한 번 있었어라. 동훈아. 니 그거 언젠지 기억나 부냐?"

"여름이었지라."

"그려 여름. 암튼 간에, 그때 신나게 오징어를 잡아불고 있었는디, 갑자기 중국 놈들 배들이 와서는 달라붙는 거 아니겠소."

"그래서요?"

"그 오라질 놈들이 쇠 파이프를 들고 갑자기 달려들어서는, 우리가 힘들게 잡아븐 오징어를 싹 쓸어 가버렸어라. 원영이 성님은 중국 놈들 막으려다가 맞아서 턱이 나가 부렀제."

조용찬은 자기도 모르게 입을 벌렸다. 그건 정말 완전히 해적 아닌가.

"그래서 중국 배들을 공격하기 시작하신 겁니까?"

장동훈과 민한상은 고개를 끄덕끄덕하고는 비장하게 말했다.

"그라요. 그래서 우리가 이러는 것이요."

"내사 중국 놈들 우리 바다서 싸그리~ 몰아내는 것이 내 원이여 원."

"근디 요즘 늘믄 늘었지 줄지를 않소. 속이 터져서 디져 블 것 같다니께."

"중국 배들이 그렇게 많습니까?"

"허벌나게 많아부요. 못혀도 수백 척은 넘지 않겠소?"

"뭔 소리 허씨요. 수백이 아니라 수천이겠제."

믿지 못하겠다는 표정의 조용찬을 보고, 장동훈은 주전자를 들며 입을 열었다.

"못 믿겠소?"

"그게……."

"그럼 그 눈으로 직접 보씨요."

그러던 그는 굳어버렸다. 주전자가 텅 비었음을 느꼈기 때문이었다.

장동훈은 비어버린 주전자를 보고 입맛을 다시다, 고개를 돌리고 말을 이었다.

"낼 새벽 5시꺼정 포구로 나오소."

*　　　　*　　　　*

새벽 4시 44분.

핸드폰을 들어본 조용찬은 왠지 모를 불길함에 몸을 떨었다. 하지만 사실은 불길함 때문이 아니라 새벽녘 찬바람 때문이었다.

날짜상으로는 겨울이 지난 지도 한 달이 훌쩍 넘었지만, 이 시간에 부는 바닷바람은 여전히 싸늘했다. 육지보다 바다가 더 따뜻한 시간이라지만 칼바람의 세기는 줄지 않고 있었던 것이다.

그로부터 10여 분 후.

달달거리는 소리와 함께, 민한상과 장동훈이 탄 1톤 트럭이 모습을 드러냈다.

"일찍 나오셨소."

"에… 택시가 너무 잘 잡혀서요."

"욕봤소. 일단 배에 타씨요."

그들은 포구 끝에 매어놓았던 배에 올랐다.

장동훈은 능숙하게 커피를 타냈다. 바닷바람에 얼어붙었던 조용찬으로서는 바라 마지않던 모닝커피였다.

"드씨요."

"감사합니다."

조용찬은 손을 떨며 커피를 받아 빠르게 넘겼다. 따듯한 커피가 들어가자 굳어가던 머리가 조금씩 풀리는 느낌을 받았고, 그런 그를 본 민한상은 80년대에나 팔았을 법한 꽃무늬 담요를 그에게 건넸다.

"이거 덮으소."

조용찬은 고개를 꾸벅 숙이고 담요를 받아 몸에 둘렀다. 웬만하면 사양하는 척이라도 해보겠지만 새벽 바닷바람은 너무 추웠다.

그로부터 세 시간 후.

흑산도 주변을 한 바퀴 돈 그들은 배를 멈추고 대화를 나눴다.

"아따. 오늘 아침엔 배가 없네. 안 올랑가?"

"그 징헌 놈들이 오늘이라고 쉬겠소?"

"그렇겠제?"

고개를 끄덕인 민한상은 배를 쓸며 말했다.

"배고픈디 묵을 거 없냐?"

"잠깐만 있어보소."

장동훈은 선실로 향했다. 하지만 이내 그는 빈손으로 나와서는 고개를 흔들었다. 배에 넣어두었던 컵라면과 즉석밥을 어제 다 먹어치우고 보충을 안 해둔 탓이었다.

"없소. 어제 먹어분 게 끝이었어라."

"뭣 땀시 보충을 안 혔냐."

"까먹었지라."

민한상은 짜증을 냈다.

"아따, 배고파 디져 불것는디. 아야, 빨리 포구로 가자."

"그라지 말고 괴기나 먹으러 갑시다."

"그래 불까?"

조용찬은 이해를 못 하겠다는 표정으로 둘을 보았다. 고기를 먹더라도 포구에 가야 먹을 수 있을 게 아닌가.

"저기, 뭐든지 먹으려면 항구로 돌아가야 하는 거 아닙니까?"

"…저기, 서울 양반."

"네?"

장동훈은 진지한 표정으로 그에게 말했다.

"지금부터 뵈는 건 비밀로 해주소."

그들이 탄 배는 재원도 근처에 있는 이름 모를 무인도로 향했다.

'뭘 비밀로 하라는 거지?'

조용찬은 긴장한 표정으로 숨을 삼켰다. 어쩌면 섬에서 몰래 양귀비 같은 걸 키우고 있는 건 아닌가 하는 생각도 들고 있었다. 시골 사람들이 양귀비나 대마를 몰래몰래 키우다 적발되는 일은 그리 드문 일이 아니기 때문이었다.

하지만 그들이 도착한 곳엔 양귀비는 없었고, 대신 수십 마리는 될 법한 흑염소가 있었다.

"동훈아, 준비됐냐."

"됐어라."

장동훈은 이상한 자루를 들고 있었다.

의아해진 조용찬은 그에게 물었다.

"무슨 준비가 됐다는 겁니까?"

"뭐긴 뭐겠소. 염소 잡을 준비제."

"네?"

"저것들이 말이요. 죄다 주인 없는 놈들이요."

조용찬은 놀란 눈으로 장동훈을 보았다. 수십 마리나 되는

혹염소가 있다는 것도 놀라운 일인데, 그것들이 주인이 없다는 말은 도저히 믿기 어려운 말이었다.

그러거나 말거나, 장동훈은 신을 내며 입을 열었다.

"후딱 한 마리 잡아야 쓰겠네. 한상이 성님! 쩌어그에 배 좀 대주소."

"알겠다!"

민한상은 능숙하게 배를 몰아 섬으로 다가갔다. 아무래도 한두 번 와본 해역이 아닌 것 같았다.

장동훈은 배에서 밧줄을 가져다 손에 든 후, 뱃전에서 훌쩍 뛰어 섬에 올랐다. 저러다 바다에 빠지지는 않을까 조마조마하던 조용찬은 아주 능숙하게 균형을 잡는 장동훈의 모습에 입을 헤 벌리고 감탄을 토해내다, 그가 나무에 줄을 묶고 손짓을 하자 설마 하는 심정으로 그에게 물었다.

"건너가라는 겁니까?"

"그럼 거기 있을 것이요? 싸게 싸게 올라오소!"

조용찬은 뱃머리에서 벌벌 떨었다. 발을 조금만 헛디뎌도 바다에 떨어질 것 같았기 때문이었다.

"아따, 거, 손이 많이 가는 양반이구먼."

장동훈은 밧줄을 휙 던지고 말했다.

"못 건너오것으믄 그거나 묶어주소. 여서 당길 것잉께."

"아, 알겠습니다."

조용찬은 배 끄트머리에 밧줄을 묶었다. 그러자 장동훈은 잔뜩 인상을 쓰며 배를 당겼다. 놀랍게도 배는 조금씩 움직여 장동훈이 올라선 섬에 가까이 닿았고, 거리를 가늠한 장동훈은 밧줄을 조금 더 나무에 조여 매고는 조용찬을 보았다.

"인자 됐소?"

"아, 네."

"퍼뜩 올라오씨요."

조용찬은 움찔거리면서도 섬에 올랐다. 그 뒤를 이어 아이스박스를 든 민한상도 섬에 발을 디뎠고, 그들을 잡아준 장동훈은 허리에 묶고 있던 밧줄을 풀어 올가미를 만들었다. 거의 19세기 카우보이를 연상케 하는 손놀림이었다.

올가미를 완성한 그는 밧줄을 머리 위로 휘휘 돌렸다. 역시나 카우보이 못지않은 동작이었다.

장동훈은 매의 눈으로 섬을 돌아다니는 염소들을 둘러보다, 목표를 정하고 입을 열었다.

"저놈이 좋겠네."

장동훈은 밧줄을 돌리며 천천히 걸었다. 그가 노리는 염소는 자신이 목표가 되었는지를 직감이라도 했는지 잔뜩 긴장한 채로 장동훈을 노려보았고, 숨을 길게 내쉰 장동훈은 자신을 노려보는 염소를 노리고 올가미를 던졌다.

올가미는 염소의 목에 걸렸다.

"히이이이잉!"

기괴한 소리를 내며 저항하던 염소는 어느 순간 방향을 바꿔 땅을 박찼다. 장동훈을 뿔로 들이받아 버리고 자유를 찾으려고 하는 것 같았다.

그걸 느낀 조용찬은 다급히 외쳤다.

"위험……."

"아따 힘 겁나게 좋아부네!"

훌쩍 뛰어 염소를 피한 장동훈은 밧줄을 잡아당겼다. 속도를 이기지 못한 염소는 목이 졸려 그대로 쓰러져 버렸고, 장동훈은 밧줄을 두어 번 더 잡아당겨 상태를 확인한 후 몽둥이를 들고 염소에게 다가갔고, 배에서 들고 내린 주머니를 염소의 머리에 씌운 뒤 몽둥이를 세차게 휘둘렀다.

'윽.'

조용찬은 눈을 찔끔 감았다. 도시 사람인 그에겐 너무도 자극적인 모습이었다.

그러는 동안에도 할 일을 끝낸 장동훈은 멱을 딴 염소를 나무에 묶어놓고 입을 열었다.

"피 빠져야 되니께 한 시간만 기다리씨요."

"다, 다 된 겁니까?"

"한 시간 기다리라 안 혔소."

조용찬은 침을 꿀꺽 삼킨 후 그에게 물었다.

"사진 하나 찍어도 됩니까?"

"거… 우리는 찍지 말고, 저기 도망치는 염소나 찍으소."

"그라제. 이라는 거 방송 타믄 곤란혀."

핸드폰을 꺼냈던 조용찬은 머쓱한 표정으로 그것을 넣었다. 섬에서 도망치는 염소 따위를 찍어봐야 기삿거리 같은 게 되지는 않을 터였다.

그러던 그는 문득 의문을 느끼고 입을 열었다.

"그런데 말입니다. 이 염소들 정말 주인 없는 놈들입니까?"

"없는 것이나 다름이 없어라."

"네?"

"원래 이 염소들은 말이여라, 쩌그 섬에 사는 사람들이 풀어놓은 건디 관리를 안 혀요. 인자는 언 놈이 언 집 건지도 모를 거여라."

민한상은 장동훈의 말을 이어받았다.

"원래는 이놈들 섬에 풀어놓으면 안 뒤여."

"그렇습니까?"

"그라요."

장동훈은 민한상을 대신해 답했다.

"이 염소들이, 멸종위기종인가 뭐시긴가 허는 식물들꺼정 싹 쓸어버리는 놈들이여라. 뭐 땀시 이런 놈들을 섬에 풀어놓고 버려 버렸는지는 모르겠는디……."

"버린 게 아니제. 해경들 순찰 안 오믄 가끔씩 배 타고 들어와서 잡아가니께."

"지들이 안 키우면 버린 거 아니요."

"이건 방목이라고 허는 거여."

"그려요?"

"그라제."

"유식혀서 좋겄소."

장동훈은 투덜댔다.

하지만 방목이라기에도 조금 어폐가 있었다. 방목이라도 가축의 주인을 구분할 수 있는 게 보통인데, 여기 있는 염소들은 제각기 짝을 지어 새끼를 낳아 번식하면서 주인을 구분할 수 없게 되어버린 탓이었다.

"그래도 이렇게 잡아먹으면 안 되는 거 아닙니까? 마을 공동재산 같은 개념일 텐데……."

"뱃사람들 와서 가끔씩 잡아먹는 거 섬사람들도 알지라. 우쩨 모르겠소."

"그런데 가만히 있습니까?"

"정도만 지키면 암 말 안 허요. 뭐라 말허면 군청에 꼰질러버리니께 그런 것도 있긴 허지만."

"군청요?"

"아까 말혀지 않었소. 원래 이렇게 풀면 안 뒤는 거라고."

장동훈은 묶어놓은 염소의 상태를 한 번 보고는 말을 이었다.

"안 그려도 군청에서 몇 번 단속도 나오고, 염소 새끼들 잡아다가 주인 찾아서 과태료 물리고 돌려주기도 혔소. 근디 안 고쳐져. 사롯값이 원체 비싸야 말이제."

"사롯값도 사롯값인디, 그보다는 씨금 안 내려고 이러는 것도 있어야. 요로코롬 풀어버림 가축 두수에 안 잡히께."

민한상은 아이스박스에서 도마와 부탄가스, 그리고 토치와 라이터를 꺼내며 하던 말을 계속했다.

"그려도 여기는 양반이여. 내 동상이 거제도에서 멸치잡이 배를 타서 아는디, 거기도 무인도에 염소 막 풀어놓고 그러는디 수가 장난이 아니여. 얼마 전에 기사도 크게 나서 뒤집어졌당께. 오죽 심혔음 기사가 났을까 생각을 혀보라고."

"성님, 그때 여그도 기사에 났어라."

"여그도 났었어?"

장동훈은 놀란 민한상을 보고는 고개를 끄덕였다. 왠지 타박하는 듯한 표정이었다.

"여그서 염소 20마리 걸리고 경상남도 통영서 흑염소 140마리 걸렸다고 기사에서 허지 않었소. 그거 보구 이장님이 우리가 졌네 그려 허허허 하면서 웃으셨던 거 기억 안 나씨요?"

"그렸나?"

"그렸소."

그들이 그런 말을 나누고 있을 때, 조용찬은 저 멀리 도망친 염소들을 세어보곤 중얼거렸다.

"이 섬에 있는 것만 20마리가 넘는 것 같은데……."

"그때 걸리고 나서 또 푼 거제. 그놈들이 새끼를 까서 이만치 불어난 것이요."

말을 끝낸 장동훈은 자리에서 일어났다. 피가 다 빠진 염소를 손질하기 위해서였다.

"성님, 싸게 불 피우소."

"피웠어야."

"아따 빠르구만이라."

그는 토치로 염소의 털을 태우고 식칼로 가죽을 밀어버렸다. 그 후 잘라낸 고기를 나무 꼬치에 꿰어 민한상이 피워낸 불 옆에 꽂았고, 민한상은 아이스박스 안에서 소금과 후추를 꺼내 고기 위에 뿌렸다.

"쪼께만 기다리소. 이게 진짜 별미니께."

조용찬은 몸을 부르르 떨었다. 이번엔 단지 추워서는 아니었다. 그보다는 그를 완전히 둘러싼 생소함에 당황하고 있었던 탓이 훨씬 더 컸다.

그러는 동안, 장동훈과 민한상은 염소 한 마리를 완전히 해체해 꼬치로 만들어 구웠다.

"싸게 와서 드소."

민한상은 꼬치를 하나 들고 물어뜯은 후 조용찬을 향해 손 짓하며 말했다. 긴장한 조용찬은 마른침을 삼키며 그곳으로 다가갔고, 민한상은 구워진 꼬치 중 하나를 뽑아 그에게 건네며 말했다.

"이런 거 서울엔 없을 거요. 싸게 싸게 드소."

조용찬은 순간 김동인의 감자 속 주인공이 된 것 같았다. 고기를 주는 사람이 점순이 같은 소녀가 아닌 게 유감스러웠지만 말이다.

고기를 받아 든 조용찬은 민한상과 장동훈의 시선을 느끼며 고기를 입에 넣고 씹었다. 이태원에서 먹었던 샤슬릭이 생각나는 맛이었다.

"어떻소?"

"…맛있네요."

조용찬은 자기도 모르게 입맛을 다셨다. 반쯤 야생 상태에서 살아온 염소들이라 그런지 육질이 쫄깃한 느낌이 강했다.

그들은 이야기도 중단한 채 고기를 먹어치웠다. 처음엔 눈치를 보며 깨작거리던 조용찬도 어느새 고기가 익었다 싶으면 손을 뻗는 일이 많아졌다. 원시적으로 구워낸 음식이지만 그게 또 별미였던 까닭이었다.

그로부터 한 시간 후.

고기가 떨어지자, 입맛을 다신 장동훈이 자리에서 일어나며 입을 열었다.

"싸게 싸게 일어나씨요. 인자 가야제."

"네?"

"몸보신도 했응께 할 일 해야지라."

"이제 고기를 잡으러 가는 겁니까?"

"아니여라. 할 일 하러 간다니께요."

조용찬은 고개를 갸웃했다. 어선을 타고 다니는 사람들이 고기를 잡지 않으면 뭘 하고 다닌단 말인가.

"고기잡이가 아니면……."

"아침에 봤을 턴디. 중국 놈들 우리 바다에서 쫓아내는 것이 우리가 해야 혈 일 아니겠소."

"아니, 그건 해경이……."

"해경 그거 순찰 도는 양반들은 200명도 안 되어라. 그걸로 중국 10만 조기잡이 어선단을 우째 막는다요."

조용찬은 당황했다. 분명 어제는 수천 척이라고 했던 중국 어선단이 갑자기 10만으로 늘어난 것이다.

'허풍이 취민가?'

그는 장동훈을 바라보았다. 어째 대한민국의 장보고 운운하는 것도 허풍으로 만들어진 명성이 아닌가 싶었던 것이다.

그러거나 말거나, 장동훈은 한 시간 전에 해체한 염소의 잔

해에서 큼지막한 뼈들을 집어 들었다. 대부분 살점과 함께 뜯어내 모닥불에 구웠던 뼈들이었다.

도저히 이유를 짐작할 수 없던 조용찬은 그에게 물었다.

"염소 뼈는 왜 챙기는 겁니까?"

"중국 놈들 배에 던지려고 그라요. 이게 웬체 단단혀서 맞으면 아프니께."

설마 고아 먹으려고 그러나 하던 조용찬은 고개를 끄덕였다. 하기야 불에 구워진 뼈를, 그것도 살점을 뜯어먹고 남은 뼈를 가지고 국물을 내는 건 말이 안 됐다.

"성님, 거기 자루 좀 주씨요."

"니가 가져가야. 나 이거 정리해야 디여."

민한상은 아이스박스에 도마와 식칼 등을 쑤셔 넣으며 말했다. 그쪽을 본 장동훈은 투덜대면서도 다가와 염소의 머리를 가렸던 자루를 찾아와 뼈를 넣었다. 왠지 그로테스크한 느낌을 주는 모습이었다.

정리가 끝난 후, 장동훈은 조용찬을 돌아보며 입을 열었다.

"갑시다."

*   *   *

한 바퀴 순찰을 돈 장동훈은 목포로 돌아가 동료들을 모았다. 생각보다 중국 어선이 많았기 때문이었다.

자신 외에도 중국 어선들과 싸우는 사람들이 있다고 말한 그는 목포에 있는 막걸리집에 들어가 주인과 한동안 이야기를 나눴고, 이내 핸드폰을 꺼내 몇 차례 통화를 하고는 심각한 표정으로 입을 열었다.

"오늘 쉬는 배가 얼마 없구만이라."

"그러냐?"

"잘해봐야 5~6척이나 모일랑가 몰겠소."

민한상의 표정도 어두워졌다. 과연 그 정도로 중국 어선들을 몰아낼 수 있을까 싶었다.

"그래도 으짜겄소. 일단 가봐야제."

그들은 다시 포구로 돌아갔고, 그곳에서 세 명의 선장을 만나 선단을 구성했다. 구성원은 흑산 5호와 목포 2호, 그리고 청해 7호와 무안 8호였다.

"아따. 이것밖에 안 뒤냐."

"으쩔 수 없제라."

"그려, 오늘도 니가 욕봐야 쓰겄다."

민한상은 장동훈을 격려한 후 배를 출발시켰고, 목포 2호를 비롯한 다른 배들도 흑산 5호의 뒤를 따라 바다로 나섰다.

선단을 이룬 그들은 다물도 북쪽 40㎞ 지점을 목표로 이동했다. 목포로 가기 전에 중국 어선단을 발견한 지점이었다.

그곳에선 적어도 20척은 될 듯한 중국 어선이 불법조업을 하고 있었다. 몇 시간 전에 보았을 때보다 세 배는 늘어난 숫자였다.

"저, 저 쳐 죽일 놈들이 뻔뻔시럽게!"

"한두 척이 아닌데요. 그냥 물러나는 게……."

조용찬은 옷깃을 여미며 말했다. 병법서에도 수적 열세에 놓였을 땐 싸우지 말라고 하지 않았나.

하지만 장동훈은 생각이 달랐다.

"각개격파 혀야지라."

조용찬은 입을 쩌억 벌렸다. 도대체 어떻게 다섯 배나 많은 상대를 보고도 이런 생각을 할 수 있단 말인가.

그런 대화가 오가고 있을 때, 한국 선단을 발견한 중국 어선에서 변화가 일었다. 그물을 당기던 중국 어부들이 갑자기 태극기를 꺼내 펼치더니 불을 붙여 흔들기 시작한 것이다.

민한상은 인상을 쓰며 투덜거렸다.

"저 중국 놈들 또 지럴들이네."

"저건 뭡니까?"

"뭐긴 뭐겠소. 어제 우리헌티 축구 졌다고 저 지럴들이제."

"네? 축구요?"

"중국 놈들이 축구 징허게 좋아하잖소. 그래서인지 한국이랑 붙어서 깨질 때마다 저러고 지럴들이요."

장동훈은 눈썹을 꿈틀대며 말을 받았다.

"눈높이는 더럽게 높은디, 지들 국대 실력은 쩌으기 청성국민핵교 분교에 모이는 조기 축구회만도 못허니께 저렇게라도 한풀이를 하는 거 아니겠소."

"뭐 이라는 게 한두 번이냐."

"기다려 보소. 내가 이때를 준비혀서 가져온 것이 있어라."

그렇게 말한 장동훈은 선실에서 큼지막한 천을 가져와 깃대에 매달았다.

바람에 펄럭이기 시작한 깃대엔 'Taiwan No.1'이라는 글자가 적혀 있었다. 중국 어선들이 있는 곳에서도 한눈에 알아볼 만큼 크고 아름답게 새겨진 글자들이었다.

그러자 금세 변화가 일어났다. 그들과 가장 가까운 곳에 있던 중국 어선 세 척이 조업을 멈추고 그들을 향해 다가오기 시작한 것이다.

"성님, 일단 뒤로 뺍시다."

"저놈들만 유인허게?"

"야."

"알겄다."

민한상은 조종대를 잡고, 부착된 무전기로 작전을 알렸다.

흑산 5호를 비롯한 대한민국 어선단은 천천히 물러났다. 그걸 본 중국 어선 세 척은 기세가 올라 그들을 쫓았다. 작전상

후퇴일 가능성은 생각지도 않고 있는 것 같았다.

중국 어선들은 속도를 올려 한국 어선단 근처로 다가왔고, 어부들은 일제히 뭔가를 던졌다.

"아니, 저 잡것들이!"

장동훈은 눈을 부라렸다. 중국 어선에서 날아든 썩은 두부가 흑산 5호의 갑판에 떨어진 탓이었다.

그는 자루를 열고 염소 뼈다귀를 집어 들어 던졌다. 취두부를 던지던 중국 어부 하나가 염소 뼈에 머리를 맞아 쓰러져 버렸고, 중국 어선에선 시끄러운 소리가 한바탕 터지더니 온갖 쓰레기가 장동훈을 향해 날아들었다. 어찌나 흥분했는지 조업 중에 잡은 조기까지 날아드는 상황이었다.

장동훈도 지지 않고 염소 뼈를 던졌고, 염소 뼈가 바닥을 드러내자 고개를 돌리며 소리 질렀다.

"성님! 슬슬 물러납시더!"

"오냐."

한국 선단은 계속해서 물러났다. 그것을 보고 기세가 오른 중국 어선 세 척은 계속해서 그들의 뒤를 쫓았다. 본 선단과 한참이나 거리가 벌어졌음도 눈치채지 못하는 모양이었다.

장동훈은 중국 어선단 본단과 떨어진 어선들의 거리를 슬쩍 확인하고는 고개를 돌리고 입을 열었다.

"한상이 성! 싸게 싸게 들이받으소!"

"알았다. 니도 준비하그라."

"내가 이런 거 한두 번 해보요?"

장동훈은 부러진 대걸레 자루를 손에 들었다. 중국 어부들이 육탄전으로 달려들 것을 대비하기 위해서였다.

흑산 5호는 순식간에 속도를 올려 가장 가까운 중국 어선을 들이받았다.

충돌이 일어난 직후, 중국 어선의 측면이 허물어졌다. 폐선에 가까운 목선(木船)인지라 흑산 5호와의 충돌을 버틸 수 없었던 탓이었다.

"지우지우와!(救救我 : 살려줘!)"

그 배에 타고 있던 어부들은 튜브나 나무토막 같은 걸 껴안고 바다로 뛰어들었다. 그걸 본 다른 중국 어선 두 척은 황급히 허공에 신호탄을 날리곤 동료들을 구하러 움직였고, 흑산 5호는 그 두 척 중 한 척을 또 한 번 들이받아 침몰시켰다. 민한상의 운항 솜씨가 보통이 아님을 증명하는 모습이었다.

그것을 보았는지, 움직이지 않던 중국 어선들도 조업을 멈추고 이동을 시작했다.

"성님! 저놈들 한꺼번에 움직이요!"

"아따, 눈치 한번 허버 빠르네."

민한상은 배를 더 뒤로 물렸다. 그러자 목포 2호와 청해 7호, 무안 8호도 그들을 따라 배를 조금 더 뒤로 빼냈고, 그 자리는 빠르게 다가온 중국 어선들이 차지했다.

열다섯 척 남짓한 중국 어선 중 다섯 척은 동료의 구조를 우선했다. 그리고 나머지 십여 척의 중국 어선은 흑산 5호를 비롯한 한국 선단을 노리고 다가왔다. 동료들의 복수를 하겠다는 듯한 움직임이었다.

민한상은 무전기를 붙잡고 뭐라고 떠들었다. 아마도 그를 따라온 한국 선단 일부가 겁을 먹고 이탈할 뜻을 비치는 것 같았다.

조용찬은 두 손으로 머리를 감싸 쥐고 벌벌 떨었다. 어째 아무리 생각해도 여길 온 건 잘못된 선택 같았다.

그러거나 말거나, 장동훈과 민한상은 계속해서 이야기를 이어나갔다.

"쪼께만 더 빠집시다. 해경들 순찰 오는 데꺼정 유인해 보자고."

"그려. 그게 좋겄다."

민한상은 무전기를 잡고 말하며 배를 조금씩 뒤로 물렸다. 중국 어선들과의 거리를 계속 유지한 채로 이동하기 시작한 것이다.

동료들을 구조한 중국 어선단은 일단 행동을 멈췄다. 그러나 개중에도 열혈인은 있는지, 다섯 척 정도의 배가 한국 선단을 향해 계속해서 다가왔다. 중국인 특유의 자존심 문화 때문에라도 이대로 넘어가지는 않겠다고 다짐한 것 같았다.

"저것들도 콱 받아부러야 쓰겠는디."

"좀 더 멀리 가서 해야제. 여서 하믄 저 새끼들 다 몰려올 거여."

한국 선단은 조금 더 뒤로 빠졌다. 그래도 다섯 척의 중국 어선은 그들을 쫓았다. 머리가 있다면 유인을 당하고 있다는 걸 충분히 알 텐데, 그들은 그것을 아랑곳하지 않고 있는 듯했다.

"야, 야, 동훈아."

"뭣 땀시 부르요!"

"저것들은 침몰 못 시키겠다. 목선이 아니여."

"그려요?"

장동훈은 눈을 가늘게 뜨고 다가오는 중국 어선을 바라보다 인상을 썼다. 다가오는 다섯 척의 배는 하나같이 제대로 만들어진 철제 선박이었다. 이제까지처럼 부딪쳐서 침몰시킬 수 없다는 뜻이었다.

하려면 할 수는 있지만, 그렇게 되면 이 흑산 5호도 무사하지는 못할 터이기 때문이었다.

"그라믄 인자 내 차례구먼."

장동훈은 들고 있던 대걸레 자루를 쓰다듬으며 희미하게 웃었다.

다가온 중국 배들은 제각기 흩어져 한국 어선에 바짝 달라붙었다. 개중 가장 빠른 두 척은 일행이 탄 흑산 5호에 달라붙었고, 그러자마자 쇠 파이프를 든 중국 어부들이 일제히 흑산 5호의 갑판으로 뛰어내렸다. 하나같이 살기가 등등한 모양이었다.

　"오냐, 한판 붙자 이거제?"

　대걸레 자루를 든 장동훈은 쇠 파이프를 들고 달려드는 중국 어부들을 능숙하게 쓰러뜨렸다. 마치 중국 영화에 나오는 개방 고수 같은 느낌이었다.

　순식간에 네 명이나 되는 동료가 쓰러지자, 눈이 뒤집힌 중국 어부 하나가 자기 배의 선실로 들어가 사시미 칼을 찾아와서는 장동훈에게 달려들었다.

　"타나이나이!(他奶奶 : 제기랄!)"

　"아따, 숭악한 거 보소!"

　장동훈은 대걸레 자루를 휘둘러 사시미 칼을 들고 달려드는 중국 어부의 무릎을 때렸다. 무릎이 꺾여 휘청인 중국 어부는 또다시 날아든 대걸레 자루에 손목을 맞고는 사시미 칼을 떨궜고, 장동훈은 대걸레 자루를 한 번 더 휘둘러 관자놀이를 때려 기절시킨 후 사시미 칼을 발로 차 날려 버렸다.

　"위험하게 이런 거 쓰는 거 아니여."

　장동훈은 대걸레 자루를 마구 휘둘러 중국 어부 십여 명을 모두 때려눕혔다.

그와 거의 동시에, 다른 배에서도 승전보가 올라왔다. 목포 2호에서는 위험한 순간도 있었지만, 때마침 먼저 진압을 하고 달려온 무안 8호 덕분에 승리를 쟁취한 것이다.

무전을 받은 민한상이 장동훈에게 소식을 전하자, 장동훈은 팔다리가 부러져 끙끙대는 중국 어부들 중에서 나름 멀쩡한 사람들을 골라내 무릎을 꿇리곤 질문을 던졌다.

"뭣 땀시 우리 바다에서 그물질을 했냐."

"……."

"니들 우리 말 알아듣는 거 알고 있어야. 말 안 하믄 대가리를 콱!"

움찔한 중국 어부 하나가 입을 열었다. 그런데 내용이 가관이었다.

황당하다는 표정을 지은 장동훈은 무릎을 꿇은 중국 어부들의 머리를 탁탁 치며 말했다.

"이런 싹바가지 없는 놈들 좀 보소."

"왜, 왜 그러십니까?"

조용찬이 묻자, 장동훈은 중국 어부들을 때리는 걸 멈추고 질문에 답했다.

"이놈들이 말이여라. 축구 도박에서 돈 잃은 게 우리 때문이라 안 하요."

"네?"

"우리나라가 중국을 6 대 0으로 이기는 데 돈을 걸었는데, 5 대 0으로 이기는 바람에 돈을 못 땄다고 이 지럴들을 허는 것이요."

"그거랑 불법조업이랑 도대체……."

"그짝으로 잃은 돈을 벌충하겠다고 우리 바다 와서는 그물을 던졌다는 개소리를 씨부리는 거지 뭐겠소."

조용찬은 혀를 내둘렀다. 핑계 없는 무덤이 없다는 말이 떠오르는 순간이었다.

그가 그러거나 말거나, 장동훈은 인상을 꽉 쓰고 무릎을 꿇은 중국 어부들을 발로 걷어차 쓰러뜨리며 짜증을 냈다. 자기 등록금을 들고 나가 도박으로 탕진해 버린 아버지가 생각난 탓이었다.

그런 일만 없었다면 자신이 대학을 관두는 일도 없었을 텐데…….

"하여튼 도박하는 놈들은 손모가지를 그냥……."

조용찬은 자기도 모르게 손을 뒤로 숨겼다. 어째 자신이 여기로 온 게 도박 때문이란 걸 알게 되면 자신도 저렇게 만들어 버릴 것 같아서였다.

"근데 이제 어쩔 겁니까? 이 사람들 말입니다."

"해경에 넘겨야지라."

그 말이 나온 순간, 무릎을 꿇고 있던 중국 어부들의 눈빛
이 변했다. 중국 어부 조합에 가입한 사람이라면 조합에서 벌
금을 내어 주지만, 그렇지 않은 사람들은 스스로 벌금을 내야
풀려남을 알기 때문이었다.

그런 반응이 터져 나온 직후, 머리를 짧게 깎은 중국인 하
나가 품속에 손을 넣은 채 장동훈을 향해 달려들며 소리 질
렀다.

"시! 가오리방쯔!(死! 高麗棒子! : 죽어라! 한국 놈아!)"

민한상은 기겁해 소리 질렀다.

"동훈아아아아!"

*　　　*　　　*

〈대한민국 서해, 이대로 괜찮은가〉

[지금까지, 중국 어선의 영해 침범은 백령도와 연평도를 비롯
한 서해 북쪽 해상의 일로 치부되는 경우가 많았다. 그것은 아마
도 산동 반도에서 넘어오는 중국 어선의 수가 많기 때문일 것이
다.

그러나 중국 어선의 무단 침입과 어로 자원 약탈은 비단 백령
—연평도 부근 해상만의 일이 아니다.

그보다 더 남쪽. 연평도로부터 수백 km나 떨어진 전남의 해안

까지도 약탈의 대상이 되고 있다. 아직 어족 자원의 30% 이상을 싹쓸이당한 인천 앞바다만큼은 아니지만, 이대로 두었다가는 전라남도의 바다까지도 중국 어선들의 놀이터가 될 기세다.

얼마 전, 본 기자는 목포 인근 해상에서 조업을 하는 어부들의 배를 얻어 타고 취재를 하는 도중 중국 어선들의 공격을 받았다. 놀랍게도 그들 중엔 총을 가지고 있는 어부들도 있었으며, 위협사격이긴 했지만 우리 어선을 상대로 총을 쏘는 무도한 자들도 더러 있었다.

정식으로 구매한 물건이 아닌 사제 총기나 공기총이라곤 하지만, 근거리에서는 충분한 살상력을 가진 물건이니만큼 우리 해경도 각별한 주의가 요구되는 바이다.

이렇듯, 무단침입 한 중국 어선단은 대한민국 바다와 어민들을 위협하고 있다. 그러나 해경은 이러한 중국 어선들의 공격으로부터 우리 어민들을 제대로 보호하지 못하고 있는 것으로 보인다.

본 기자와 함께 배를 탄 어부 장동훈(31세) 씨의 말에 따르면 이미 신안—무안 일대의 바다를 약탈하는 중국 어선만도 수백 척에 달하는 데다, 무리를 지어 바다를 돌아다니다 조업을 끝낸 우리 어선을 습격해 낚아 올린 수산물을 약탈해 가는 일도 적지 않다고 한다.

장동훈 씨 역시 그런 해적질의 피해자다.

7년 전 대학을 그만두고 어부의 길로 뛰어들었던 그는 어부 생활 2년 만에 무단으로 영해를 침범한 중국 어부들의 습격에 피해를 입었고, 그날 함께 조업을 하던 선장을 잃는 사고를 겪었다.(습격으로 인한 사망은 아니다.)

그날 이후, 장동훈 씨와 부선장 민한상(35세) 씨는 조업을 쉬는 날이면 바닷가를 순찰하며 중국 어선들을 쫓아내는 일을 시작했다.

이들의 활동은 연평도 부근의 어민들보다 한층 더 격렬한데, 장동훈 씨는 인해전술과 흉기 사용을 주저하지 않는 중국 어부들을 상대하고자 일본으로 건너가 나기나타(薙刀 : なぎなた)를 배워 돌아왔으며, 거기에 실전을 통해 얻은 경험을 더해 자신만의 봉술을 만들어 중국 어부들을 상대하고 있다.

그렇게 구해낸 한국 어민만 30여 명이니, 이들의 노력이 헛되지 않았음은 분명하다.

그러나, 이게 과연 옳은 일일까.

우리 해역의 경비는 마땅히 국가가 해야 할 일이다. 지금처럼 민간인이 스스로 자력구제에 나서는 건 바람직한 일이 아니라고 본다. 조금 전 언급한 장동훈 씨도 눈이 뒤집힌 중국 어부의 습격으로 인해 큰 부상을 당할 뻔했으며, 그 외의 다른 우리 어민들도 피해를 입는 일이 종종 있기 때문이다.

러시아와 일본 같은 강대국은 물론이고, 필리핀이나 베트남 같은 동남아 개발도상국도 중국의 불법 영해 침입에 대해선 엄중히 대처하고 있다. 필리핀은 무단으로 영해를 침범한 중국 어선들에게 기관총 세례를 퍼부어 몰아냈으며, 베트남은 불법조업을 하던 중국의 선단을 통째로 나포해 배 14척을 불태워 버리는 쾌거를 거뒀다.

인도네시아는 이보다 좀 더 강한 제재를 펼치고 있다. 방식은 베트남과 동일하지만, 좀 더 적극적으로 나포와 폭파에 나서고 있는 것이다.

이러한 점들을 살펴볼 때, 우리 정부의 현실 인식과 대응 수준에 대해 참담한 심정을 금할 수 없다. 기관총 세례는 퍼붓지 않더라도, 좀 더 적극적으로 단속을 실시하고 엄중 대응을 해야 하지 않겠는가.

더불어, 1만 명에도 미치지 못하는 해경의 확충도 필수적이다.

지금은 총 1만 4,963km의 해안선을 1만 명도 미치지 못하는 해경이 담당하는 처지다. 그들 모두가 경비에 나서도 1인당 1.41km를 맡아야 하는데, 그 1만 명 중 행정, 사무직을 제외하면 1인당 5km 이상을 커버해야 하는 게 작금의 현실이다.

영해의 면적으로 따지면 순찰에 나서는 해경 한 명이 1,852km²를 담당해야 한다. 이는 제주도 면적과 비슷한 넓이다.

다시 말해, 현 상태로는 어떻게 해도 중국 어선의 불법조업에 대처하기 어렵다는 뜻이다.

이러한 상황을 감안해 볼 때, 정부는 1만 명에도 미치지 못하는 해경을 최소한 5만 명까지 확충할 필요가 있다. 더불어 그들의 70% 이상을 순찰에 배치하고, 불법조업을 하는 중국 어선을 발견하는 즉시 적극적인 나포에 나서고 불법조업자 1인당 수억 원의 벌금을 물려야 한다. 적극적인 대응만이 우리 바다에서 조업을 하는 중국 어선들의 뿌리를 뽑는 길이기 때문이다.

그리고 이는, 거대한 사회문제로 대두되고 있는 청년실업을 극복할 방안이 될 수도 있다. 이른바 일석이조(一石二鳥)의 방책인 것이다.

더불어……]

"김 PD."

"네, 국장님."

"이 원고 누가 쓴 건가?"

KBC 이사 이원상은 목포 지사에서 올라온 원고를 들어 보였다. 이번에 제작할 새 다큐멘터리 주제로 괜찮겠다는 느낌이었다.

김명일 PD는 사내 메일을 열어보곤 질문에 답했다.

"조용찬 리포터입니다."

"조용찬?"

"왜 있잖습니까. 프리미어리그 중계하다가 사장님한테 찍혀서 목포로 발령 난……."

"아, 김동완 해설 전임?"

"네."

이원상 이사는 고개를 끄덕였다. 프리미어리그 중계를 자주 보던 그라 조용찬 해설의 얼굴이 기억에 있었던 것이다.

"근데 왜 찍혔지?"

"그게……"

"말해봐."

"토토를 했던 게 걸린 모양입니다. 사장님께서 해설자답지 않은 행동이라면서 목포로 보내셨죠."

"토토?"

"네."

"조용찬은 해설이잖아. 토토 하면 안 될 이유는 없을 텐데?"

김명일 PD는 주변을 슬쩍 둘러보곤 입을 열었다. 자칫 잘 못하면 사장을 비난하는 것처럼 들릴 수도 있기 때문이었다.

"저도 그렇게 생각합니다. 하지만 사장님께서 토토에 정신 이 팔려서 해설을 제대로 못 하는 놈은 축구 중계를 할 자격 이 없다면서 목포로 보내 버리셨죠. 외부 인력이면 계약 때문 에 마음대로 못 하겠지만, 아시다시피 조용찬 리포터는 우리 직원이니까요."

"그게 언제지?"

"좀 됐습니다. 지난번 개편 때 내려갔으니까요."

"그럼 슬슬 불러도 되잖아?"

이원상 이사는 원고를 다시 보며 말했다. 아무래도 목포에서 올라온 원고가 마음에 들었던 모양이었다.

"사장님 지시인데 그래도 될까요?"

"사장 마누라가 내 동생이야. 김 사장 그 공처가가 내 이야기를 무시할 것 같아?"

김명일 PD는 납득했다. 그러고 보면 KBC 사장은 유독 이원상 이사에게 약한 면모를 보여왔었다.

그런데 그게 다 공처가 기질 때문이라니……

순식간에 사장에 대한 존경심이 날아가 버린 김명일 PD가 이원상 이사를 보자, 이원상 이사는 원고를 봉투에 넣고는 그에게 말했다.

"이번 개편 때 올라오라고 해."

*   *   *

"네? 네. 네… 네, 알겠습니다. 그럼 지금 바로 준비해서… 지금 바로 올라올 필요는 없다고요? …알겠습니다. 그럼 다음 개편 때 뵙겠습니다. 네, 네, 감사합니다."

조용찬은 통화를 끝냈다.

그런 그의 얼굴엔 미묘한 희열이 맴돌고 있었다. 드디어 이

궁벽한 곳을 벗어나 서울로 돌아가게 되었다는 환호와 함께, 이 근방의 맛집을 다시 찾기는 힘들 거라는 아쉬움이 공존하고 있었기 때문이었다.

그가 막 전화기를 주머니에 넣은 순간, 옆에서 익숙한 목소리가 흘러들었다.

"뭣 허요. 싸게 싸게 묵어불지 않고."

"저는 많이 먹었……."

"아따, 내는 환자니께 많이 묵으믄 안 된다 안 혔소. 비싸게 사 와서 요로코롬 남겨 불믄 우째 쓴다요."

장동훈은 조용찬이 사 온 초밥을 우물거리며 말했다.

"한상이 성님은 언제 오신다 혔소?"

"전화를 안 받으시네요."

대답을 들은 장동훈은 고개를 끄덕였다. 아마도 변호사와 나누는 이야기가 길어지는 모양이었다.

그날, 중국 어부가 내지른 흉기에 찔린 장동훈은 그 상황에서도 대걸레 자루를 휘둘러 자신을 찌른 중국 어부를 쓰러뜨리고 나서야 병원으로 향했다. 그를 찌른 중국 어부는 몰려온 목포 2호와 무안 8호의 선원들에게 집단 구타를 당해 만신창이가 된 채 해경으로 넘어갔고, 지금은 영해 침범 및 살인미수로 구속되어 재판을 기다리고 있는 중이었다.

민한상은 장동훈을 대리해 변호사를 만나 소송을 논의 중인 상태였는데, 자력구제 문제 때문에 일이 좀 복잡해지고 있었던 것이다.

그런 상황들을 떠올린 조용찬은 초밥을 입에 욱여넣는 장동훈을 보며 입을 열었다.

"입맛엔 좀 맞습니까?"

"소올찍히 이것보단 막걸리가 땡기요. 근디 술은 으사 양반이 절대로 묵지 말라 혔기 땜시 요걸로 참는 거여라."

하지만 초밥도 먹으면 안 됐다. 칼 맞은 사람은 감염이나 기생충을 유독 더 조심해야 하기 때문이었는데, 장동훈 역시 그걸 알지만 초밥을 먹는 걸 포기하지 않았다. 의사가 절대로 안 된다고는 하지 않았다는 게 이유였다.

"근디, 서울 올라가요?"

"네, 아마 다음 달쯤에 가지 않을까 싶습니다."

"축하허요. 서울 사람이 이런 곳에서 살기는 힘들제."

장동훈은 몸을 일으키다 신음을 내뱉곤 다시 침대에 몸을 묻었다. 허리를 숙이자 수술을 한 자리가 당겨온 까닭이었다.

"워메, 겁나게 쓰려 부네."

"가, 간호사 불러 드릴까요?"

"아니여라. 글케까지 할 건 아니니께 걱정허덜 마소. 그보다 저기……."

장동훈은 손가락으로 리모컨을 가리켰다. 조용찬은 반대편

빈 병상에 올라가 있던 리모컨을 잡아 그에게 건넸고, 그것을 받은 장동훈은 전원 버튼을 눌러 TV를 켰다.

TV에선 대한민국 대표 팀과 일본 대표 팀의 평가전이 치러지고 있었다. 대한민국만큼은 아니지만 '황금 세대'라고 불리고 있는 일본 대표 팀의 플레이도 나쁘진 않았다. 아마도 2013년 최고의 명경기로 꼽히지 않을까 싶은 느낌이었다.

─일본 골키퍼의 선방이 대단하네요. 하지만 우리 선수들, 충분히 뚫어내고 골망을 흔들 수 있으리라 믿습니다.

─말씀드리는 순간…….

조용찬은 스피커에서 흘러나오는 목소리를 들으며 야망을 불태웠다. 다시 서울로 돌아가 자신의 자리를 되찾고, 대한민국을 대표하는 명해설자로 이름을 떨치고 말겠다는 다짐이었다.

그로부터 얼마 후.

조용찬은 서울로 향하는 버스를 탔다.

＊　　　＊　　　＊

2014년 6월 17일.

조용찬은 목포 지사에서의 일을 떠올리며 피식 웃었다. 짧은 기간이지만 잊기엔 너무 강렬한 경험을 했던 시간이었다.

그가 그런 생각을 떠올리고 있을 때, 옆 자리에 앉은 송영준 캐스터가 멘트를 꺼냈다.

"아, 러시아 선수들 플레이가 점점 거칠어집니다. 페어플레이 정신은 어디 간 걸까요."

"하지만 저런 과격함도 우리가 좀 배울 필요가 있어요. 잠깐 축구 외의 이야기를 좀 하자면, 러시아는 영해를 침범한 중국 어부들에 대해 강력한 대응을 하고 있단 말입니다. 그런데 우리 대한민국은……."

조용찬 해설은 갑자기 폭주했다. 목포에서의 경험이 그의 피를 끓게 했던 탓이었다.

그를 본 김명일 PD는 당황해 손을 마구 휘저었다. 축구 중계를 해야 하는 상황에 정부 비판을 하면 어쩌자는 이야기인가.

하지만 자기 이야기에 도취된 조용찬 해설은 대한민국 해안경비의 취약함에 대해 한참이나 떠들어댔고, 김명일 PD는 두 손으로 얼굴을 가린 채 한숨만 쉬었다.

그로부터 한 달 후.

목포행 버스에 앉은 조용찬은 멍한 표정으로 하늘만 바라보았다.

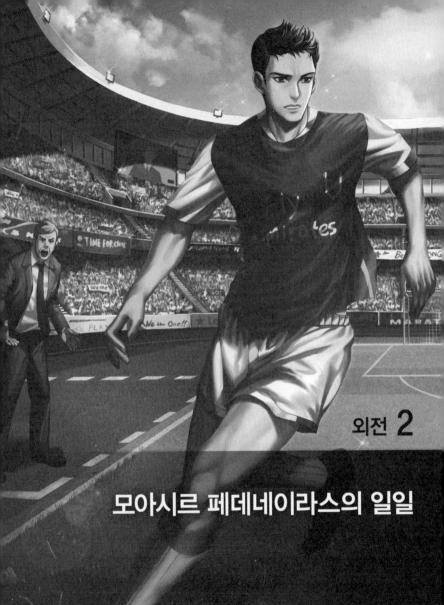

외전 2

모아시르 페데네이라스의 일일

2011 발롱도르 수상자 윤민혁의 에이전트, 모아시르 페데네이라스는 하네다 공항에 발을 들였다.

"드디어… 왔다……."

그는 영화 타이타닉에 나오는 레오나르도 디카프리오처럼 두 팔을 활짝 펼쳤다. 케이트 윈슬렛과 함께 나오는 장면이 아니라, 초반 타이타닉호에 탔을 때 보였던 장면과 비슷한 모습이었다.

물론 비주얼의 차이는 컸다. 본판도 본판이지만, 슬슬 탈모가 오고 있던 그였기 때문이었다.

잠깐 감회에 젖었던 그는 핸드폰을 꺼내 시간을 확인했다.

AM 7:35. 목적지로 가기엔 충분한 시간이었다.

"택시를 타면 늦진 않겠지."

그는 주먹을 불끈 쥐고 야심을 불태웠다.

그가 일본을 찾은 이유는 축구와는 상관없었다. 12월에 열리는 코믹마켓(コミックマーケット). 줄여서 코미케(コミケ)라고 불리는 행사가 그의 목적지였던 것이다.

오늘의 목표는 아이돌마스터. 그중에서도 신체 사이즈 72-55-78을 자랑하는 파란 머리 소녀의 팬 북과 피규어였다.

'거기서 한정판을 판다고 했지?'

모아시르는 인터넷을 뒤져 찾아낸 정보를 떠올리며 고개를 끄덕였다.

이번엔 반드시 한정판 팬 북과 피규어를 획득해 영국으로 돌아가리라.

"그나저나 일본도 오랜만이네."

그는 고개를 천천히 돌려 공항 내부를 바라보았다. 과거 나고야 그램퍼스 주니어에서 코치를 거쳐 감독으로 있었던 기억이 조금씩 떠오르고 있었다.

잠깐 인상을 쓰던 그는 숨을 길게 내쉬며 표정을 풀었다.

마지막 기억은 쓰라렸지만, 그래도 그때의 일들이 있었던 덕분에 지금의 자신이 있는 게 아닌가.

'그래, 그게 아니었으면 난 지금 브라질에서 마약이나 팔고 있었겠지.'

그는 마음을 가다듬고는 발을 떼었다. 이렇게 보내기엔 시간이 아까웠다.

하지만 걸음은 오래가지 못했다.

"잠깐만요!"

"네?"

"혹시, FC 아스날 윤민혁 선수 에이전트 아닙니까?"

모아시르는 당황했다. 한국도 아닌 일본에서 자신을 알아보는 사람이 있을 줄은 몰랐기 때문이었다.

당황한 그를 본 남자는 두 눈을 번뜩이며 그의 손을 잡고 힘차게 흔들었다.

"반갑습니다. 산케이 신문 기자 난바 히로키입니다."

"아니, 저……."

아니라고 말하려던 모아시르는 상대방의 표정을 보고는 깨닫고 말았다. 발뺌하긴 이미 늦어버렸다.

그는 한숨을 내쉬며 입을 열었다.

"어떻게 알아보신 겁니까?"

"일본엔 윤민혁 선수의 팬이 많습니다. 아시겠지만 윤민혁 선수가 우리 일본에서 축구를… 아! 맞다. 그러고 보니 페데네이라스 씨가 윤민혁 선수가 있던 나고야 그램퍼스 주니어 코치셨죠? 막판에 감독도 하셨고요."

"그, 그렇습니다."

모아시르는 완전히 당황해 버렸다. 아무리 민혁의 팬이라도 그런 것까지 알고 있을 줄은 몰랐기에 당황의 크기는 상당히 컸다.

호들갑을 떨던 히로키는 뭔가를 떠올리곤 멈칫하며 입을 열었다.

"그런데… 지금 프리미어리그는 한창 바쁠 때 아닌가요?"

"바쁘긴 합니다만……."

모아시르는 그의 시선을 피했다. 리그는 바쁘지만 자신은 한가했다.

선수를 많이 데리고 있는 에이전트라면야 1월 이적 시장을 대비하기 위해 열심히 뛰어야 할 시기였지만, 민혁과 잭 윌셔, 그리고 해리 케인만을 데리고 있는 그는 계약 연장 외에는 신경을 쓸 일이 없었다.

그리고 새로운 고객을 확보할 생각도 없기에, 이 바쁜 시즌에 이렇게 일본으로 올 수 있었던 것이다.

하지만 기자 앞에서 그런 말을 할 수는 없었다. 그건 너무 잉여 같지 않은가.

"이 바쁜 시기에 일본으로 오신 목적이 뭐죠?"

"어, 음……."

모아시르는 입만 뻐끔거렸다. 차마 코미케에 가려고 일본에 왔다고는 말할 수 없었다. 오타쿠의 본산인 일본이지만 오타쿠에 대한 평가가 좋지 않다는 걸 잘 아는 까닭이었다.

모아시르의 눈치를 살피던 히로키는 살짝 상기된 표정으로 입을 열었다.

"혹시, 일본 유망주를 관찰하러 오신 겁니까?"

"아니, 저……."

"괜찮습니다. 협상 끝난 후에 기사를 쓸 테니까, 누구를 관찰하러 왔는지만 알려주세요."

난바 히로키는 수첩과 펜을 꺼내 들고 기대에 찬 눈빛으로 모아시르의 얼굴을 바라보았다. 모아시르로서는 부담감을 넘어 거북스러움을 느끼게 되는 순간이었다.

"그런 거 기대하시면 곤란합니다."

"기대를 안 하다뇨. 그건 말도 안 되죠."

"네?"

모아시르는 눈만 깜박였다. 기자의 목소리가 너무도 높아진 탓에 놀란 것이다.

그것을 의식했는지, 히로키는 목소리를 조금 낮추며 말을 이었다.

"황금의 손 모아시르 페데네이라스가 주목하는 유망주라면 분명히 월드 클래스가 될 거 아닙니까. 당연히 기대치가 높을 수밖에요."

"황금의 손은 뭡니까?"

모아시르는 눈을 끔뻑거렸다. 도대체 무슨 소리를 하는지 알 수 없어서였다.

히로키는 말했다.

"페데네이라스 씨가 눈여겨본 유망주들은 다 엄청난 성장을 이뤘지 않습니까. 당장 발롱도르 수상자 윤민혁 선수부터 해서 지지난 시즌 볼튼으로 임대되어 PFA 영 플레이어상을 수상한 잭 윌셔도 그렇고, UEFA 유소년 챔피언스리그에서 유력한 득점왕 후보로 꼽히는 해리 케인 선수도 페데네이라스 씨와 계약하고 있으니까요. 거기다 성사는 안 됐지만 프리미어리그 득점왕을 차지했던 루드 반 니스텔루이 선수와도 접촉을 하시지 않았습니까."

모아시르는 이마에 식은땀이 흐르는 느낌을 받았다. 다른 건 다 그렇다 쳐도, 거의 10년 전에 있었던 반 니스텔루이와의 접촉을 도대체 어떻게 알았단 말인가.

'그거 다 윤이 시켜서 한 거라고 해볼까?'

정말 그러려던 모아시르는 난바 히로키의 눈빛을 보고는 입을 다물었다. 만약 그랬다가는 민혁의 이야기를 들려달라며 계속해서 달라붙을 것 같은 느낌이었다.

그렇게 된다면 오늘 코미케에 가겠다는 계획이 완전히 틀어지는 것이다.

'이 기자를 어떻게 떼어낸다······.'

모아시르는 눈을 감았다. 하지만 아무리 생각해도 열의에 넘치는 히로키를 떼어내기란 힘들 것 같다는 느낌만 들었다.

'그냥 냅다 뛰어버릴까?'

잠깐 고민하던 그는 고개를 저었다. 예전의 자신이라면 모르겠지만, 축구 코치를 그만두고 에이전트로 전향한 이후 계속해서 허리둘레를 늘려온 지금의 자신은 평범한 중년 남성 정도의 신체 능력만 가지고 있었다. 높게 잡아야 30대 초반일 난바 히로키를 떼어내려면 최소한 20m 이상의 거리는 있어야 했다.

그렇다면 어떻게 해야 하는가.

난처함을 지우지 못하던 그의 시선이 공항에 붙어 있는 상점의 간판에 닿았다. 우동을 파는 기업의 체인점이었다.

"어… 제가 막 도착해서 허기가 좀 지는데 말입니다. 혹시 식사하셨습니까?"

"네?"

"안 드셨으면 같이 드시죠. 제가 사겠습니다."

모아시르는 당황하는 히로키를 보며 말을 이었다.

"제가 일본엔 꽤 오랜만에 오는지라, 일본 축구계가 어떻게 변했는지도 좀 듣고 싶군요."

히로키는 눈을 반짝였다. 일본인 유망주를 관찰하러 온 게 분명하다는 판단이 들어서였다.

거기에 잘만 하면, 자신이 추천한 사람이 황금의 손 모아시르 페데네이라스가 관리하는 선수가 될지도 몰랐다. 유럽 축구계에 인맥을 쌓을 수 있는 절호의 기회였다.

물론 그건 그 자신만의 망상이었으나, 사실을 알 길이 없는 그로서는 희망에 부푸는 게 당연한 일이었다.

"아뇨, 제가 사겠습니다. 오랜만에 일본에 오셨다는데 어떻게⋯⋯."

"소식을 듣는 대가로 사는 거니까요. 혹시 또 압니까? 기자님이 말해주신 내용이 도움이 될지요."

모아시르는 얼굴에 철판을 깔았다. 히로키가 무슨 말을 하건 한 귀로 듣고 한 귀로 흘려 버릴 생각이었지만, 여기서 그렇게 말할 수는 없었다.

"우동 괜찮으십니까?"

히로키는 고개를 끄덕였다. 우동이 아니라 편의점이라도 상관없었다. 밥을 얻어먹는 게 목적이 아니라 그가 일본에 온 목적, 그러니까 그가 관심을 기울이고 있는 일본인 유망주─어디까지나 히로키 본인의 망상이었지만─에 대한 정보를 얻는 게 중요했기 때문이었다.

모아시르는 그를 데리고 공항 한쪽에 마련된 식당가로 향했다. 조금 전 보았던 우동 가게였다.

"돈코츠 우동 하나랑……."

"저도 같은 거 먹겠습니다."

"돈코츠 우동 두 개 주세요."

주문을 마친 모아시르는 빈 테이블을 가리켰다. 히로키는 그곳에 앉자마자 수첩을 다시 꺼냈고, 눈썹을 꿈틀한 모아시르는 그가 질문을 하기 전에 선수를 쳤다.

"요즘 일본에 괜찮은 유망주가 있나요? 세계 무대에서 통할 만한 선수로요."

"그야 당연한 거 아닙니까. 일단 바르셀로나에서 자라고 있는 쿠보 타케후사라던가, 감바 오사카 유스 팀에 있는 도안 리츠라던가… 아마 도안 리츠는 3년 안에 프로에 데뷔할 겁니다. 현 일본 제일의 유망주니까요. 그리고……."

난바 히로키는 일본에서 주목을 받는 고교 축구선수들의 이름을 계속해서 늘어놓고 설명을 덧붙였다. 물론 모아시르의 뇌리엔 조금도 박히지 않는 이야기였다.

그러는 사이, 주문한 돈코츠 우동이 나왔다.

"아, 일단 먹고 나서 이야기하죠."

우동은 나쁘지 않았다. 모아시르는 순식간에 한 그릇을 다 비우고는, 점원을 불러 한 그릇을 추가로 주문했다. 배가 고파서는 아니었고, 다음 행동을 하기 위한 페이크성 주문이었다.

"여기 한 그릇 더 부탁합니다."

"배가 많이 고프셨나 보군요."

"아무래도 비행기를 타고 와서 그런지… 아, 잠깐. 여기 화장실이 어디죠? 안에 있나요?"

점원은 공손한 태도로 입을 열었다.

"상점엔 따로 화장실이 없고, 공항 화장실을 이용하셔야 합니다."

"아, 그래요?"

"네."

"그럼 음식 나온 건 여기에 다시 올려주세요. 화장실 좀 다녀와서 먹을 테니까."

점원은 고개를 숙이고 주방으로 들어갔고, 히로키는 별생각 없이 그를 보냈다. 음식까지 주문을 했는데 사라지지는 않을 거란 안이한 생각이었다.

그러자, 모아시르는 슬쩍 카운터로 다가가 계산을 하고 밖으로 나왔다. 돈을 내지 않을 경우 히로키의 추격을 막기에 용이하겠지만 그렇게까지는 하고 싶지는 않았다. 자신을 에이전트로 두고 있는 민혁의 체면도 있으니 말이다.

그렇게 나온 모아시르는 공항을 반 바퀴 돌아 도로로 빠져나왔다. 공항 택시승강장엔 사람이 많아, 그곳에서 택시를 기다리다간 눈치를 채고 나온 히로키에게 잡힐 것 같았기 때문이었다.

다행히 공항 뒤쪽에도 택시는 있었다.

모아시르는 가장 가까이 있는 택시의 뒷문을 열고 안으로 들어갔다.

"어서 오세……."

백미러를 힐끗 본 택시 기사는 당황하며 고개를 돌렸다. 외국인이 탈 줄은 몰랐던 탓이었다.

'아니, 나 영어 못하는데……'

그는 입을 뻐끔거리며 모아시르를 바라보았다.

일부러 공항을 피해 공항 뒷골목에 있던 것도 외국인을 피하기 위해서였다. 현지인이 아니라면 이런 골목까지 와서 택시를 잡을 이유가 없다고 생각했던 것이다.

그런데 정작 온 손님은 외국인이었으니 당황하지 않는 게 이상하리라.

"목적지 안 물어봅니까?"

"어?"

택시 기사는 눈을 깜박였다. 모아시르의 입에서 능숙한 일본어가 나온 까닭이었다.

"일본어 할 줄 아시네요?"

"나고야에서 몇 년 살았었습니다."

"아하……."

안도한 기사는 고개를 끄덕였다. 말이 통하니 다행이었다.

'어쩐지 관서 쪽 억양이 섞여 있더라.'

하지만 그건 별로 중요하지 않았다. 관서가 아니라 북동 방언이 섞여 있어도 말만 통하면 되는 것이다.

택시 기사가 그런 생각을 하고 있을 때, 모아시르는 고개를 돌려 창밖을 보았다.

'이런.'

그는 자신이 지나온 골목으로 찾아든 히로키를 보고는 인상을 썼다. 공항을 도느라 시간이 걸린 탓에 눈치를 채고 쫓아온 모양이었다.

아직 거리는 조금 벌어져 있지만, 1분만 지나도 자신을 찾을 게 분명해 보였다.

모아시르는 정면을 향해 고개를 돌리며 입을 열었다.

"출발 안 합니까?"

"아, 참… 어디로 갈까요?"

모아시르는 좌석에 몸을 묻으며 입을 열었다.

"아키하바라."

*　　　　*　　　　*

무심코 아키하바라를 외쳤던 모아시르는 택시에서 내리고 나

서야 장소를 착각했음을 깨달았다. 올해의 후유코미(冬コミ : 겨울에 열리는 코믹마켓)는 아키하바라가 아닌 도쿄 오다이바의 도쿄 국제 전시장에서 열린다는 사실이 떠오른 것이다.

"망할."

모아시르는 바닥에 떨어진 우유갑을 걷어찼다. 하네다에서 도쿄 국제 전시장까지는 20분이면 가는 거리였기에 허탈감이 더욱 심했다.

그러나 이대로 탄식만 흘릴 수는 없는 일.

그는 이미 많이 밝아진 하늘을 한 번 보고는 도로로 나가 택시를 잡았다. 한국인이라면 일본의 택시비를 생각하고 눈물을 흘릴 상황이지만, 도쿄보다 비싼 택시비를 자랑하는 런던에서 살아온 그였던지라 아깝다는 생각은 들지 않았다.

택시를 잡아탄 그는 오다이바로 향했다.

목적지에 도착한 그는 택시비를 지불하고 차에서 내렸다. 그러자 어마어마한 인파가 눈에 보였다. 이 시간에도 코미케를 목표로 전시장에 오는 사람이 많다는 이야기였다.

급히 전시장으로 달려간 모아시르의 눈에 길게 선 줄이 모습을 보였다. 과연 세계 최대 규모의 동인 축제다운 모습이었다.

하기야 가장 붐비는 날엔 입장에만 두 시간이 걸리는 축제였다. 8열 종대로 늘어선 줄은 계속해서 길이가 줄어들고 있었지만, 이제야 끄트머리에 자리를 잡은 모아시르가 입장을 하려면 한 시간은 더 걸릴 것 같았다.

모아시르는 머리를 벅벅 긁었다. 이러다간 이곳에 온 목적을 달성하지 못할지도 몰랐다.

이게 다 그 망할 기자 때문이라며 투덜대던 그는 무심코 고개를 돌리다 화들짝 놀랐다. 조금 떨어진 곳에서 난바 히로키를 발견했기 때문이었다.

'이게 뭐야!'

그는 너무 놀란 나머지 소리를 지를 뻔했다. 그 순간 그를 밀친 뒷사람이 아니었으면 분명히 비명을 질렀으리라.

간신히 소리를 삼킨 모아시르는 초조함에 휩싸였다. 도대체 저 기자가 왜 여기에 있는지는 모르겠지만, 최소한 매장에 들어갈 때까지는 절대로 들켜서는 안 됐다.

그로부터 20여 분이 지나갈 무렵, 히로키가 전시장 안으로 사라졌다.

"후―"

모아시르는 안도했다. 안에 들어가서도 조심해야 한다는 건 알고 있지만, 그래도 전시장 안에 들어가기 전엔 마음을 놓아도 될 것 같았다.

한편으로, 그는 난바 히로키가 여기에 있는 이유에 대해 궁금해졌다. 그에게서는 오타쿠 특유의 냄새가 나지 않았다. 물론 일코(일반인 코스프레)를 하고 있는 사람일 가능성도 있지만, 중중의 오타쿠인 모아시르는 일코를 하고 있는 사람에게서도 동족의 냄새를 맡을 수 있었다.

하지만 히로키에게서는 그런 냄새가 나지 않았다. 절정의 경지에 이른 일코를 하고 있거나, 그게 아니라면 다른 목적으로 이곳을 찾았을 거라는 이야기였다.

'내가 여기 올 거라는 걸 알고 있었을 것 같지는 않은데……'

모아시르는 확신을 가졌다. 난바 히로키가 자신을 찾아 여기 오지는 않았을 거라는 데 대해서였다.

그렇다면 본래 취재를 할 대상이 이곳에 있을 터.

난바 히로키의 본래 목표가 있는 부스만 벗어나면 위험을 피할 수 있다는 뜻이다.

'근데 어딘지를 알아야 말이지.'

모아시르는 고민을 끝냈다. 어느새 입장을 할 차례가 다가온 것이다.

그는 입구 근처에 있는 안내소에 들러 손을 내밀고 입을 열었다.

"카탈로그."

"투, 투 싸우전드 엔 플리즈."

카탈로그 판매원은 당황이 묻어나는 목소리로 말했고, 모아시르는 능숙하게 2,000엔을 꺼내 그에게 주었다. 그러자 판매원은 눈에 띄게 안도하며 부스의 정보가 적힌 카탈로그를 꺼내 모아시르에게 건네주었다. 이번 코미케에 부스를 낸 사람들이 제공한 정보를 모아 만든 일종의 안내서였다.

하지만 그건 안내서라기엔 너무도 두꺼웠다.

'1,600페이지라… 이번엔 많이도 열었네.'

천천히 카탈로그를 살펴본 모아시르는 미간을 좁혔다. 올해 열린 부스는 케이온(K—ON)과 마마마(마법소녀 마도카 마기카)가 절반 이상을 차지하고 있었다. 아이돌마스터 굿즈를 목표로 온 그로서는 달갑지 않은 상황이었다.

그런 표정으로 카탈로그를 넘기던 모아시르는 중간을 조금 넘어선 곳에서 손을 멈췄다. 'みんなとすごす夏休み(모두와 함께하는 여름휴가)'라는 부스명을 보고서였다. 2011년 8월 5일에 방영된 아이돌마스터 5화의 소제목이기도 했다.

"여기 있군."

모아시르는 마치 엘도라도를 찾아낸 콩키스타도르(스페인 원정대)와 같은 표정을 지었다.

그는 부스명과 장소를 몇 번이나 숙지하고서야 발을 뗐다. 그러지 않았다간 길을 잃을 만큼 복잡했던 까닭이었다.

하지만 그것을 숙지하고서도 부스를 찾기는 힘들었다. 워낙 규모가 방대한 데다 각 부스에서 내건 물건들이 그의 시선을 사로잡고 있었다. 제일 목표는 아이돌마스터지만, 한때 그의 가슴을 불타게 했던 카드캡터 사쿠라를 발견하고서는 멈칫하기도 했던 그였다.

'지나간 사랑이여, 안녕……'

그는 왠지 모를 눈물을 닦으며 자리를 떴다.

다시 돌아본 코미케는 엄청난 인파의 홍수와 같았다. 1950년대 한국전쟁의 중공군이 이랬을까 싶은 느낌이었다. 사실은 중공군보다 UN군의 숫자가 30%가량 많았지만, 어째서인지 인해전술 하면 중공군이란 인식이 박혀 있었다.

심지어 브라질인인 그조차도.

"중국에서 이런 거 열리면 난리 나겠네."

인구 1억 2천만의 일본에서 이 정도인데, 13억 5천만의 인구를 자랑하는 중국이라면 지옥이겠지.

그 인세의 지옥을 상상하며 걷던 모아시르는 반사적으로 고개를 숙였다. 가까운 곳에 있는 부스에서 난바 히로키를 보았기 때문이었다.

모아시르는 눈물을 삼키고 몸을 돌렸다. 목적지로 삼은 부스로 가려면 이쪽 통로가 가장 가까웠으나, 이대로 간다면 히로키의 눈을 피할 수 없었다. 장님이 아닌 이상에야 100kg이 넘는 외국인을 발견하지 못할 리가 없는 것이다.

'후—'

나지막이 한숨을 내쉰 그는 왔던 길을 돌아갔다. 멈춰 선 곳은 조금 전 지났던 카드캡터 사쿠라 관련 부스 앞이었다.

그는 방향을 바꿔 왼쪽으로 향했다. 다소 빙 돌더라도 난바 히로키를 마주치지 않겠다는 생각이었다.

하지만 초조함도 조금씩 찾아들었다. 이러다 목표로 삼은 물건이 매진되어 버리면 어쩌나 싶어서였다.

인터넷 반응을 생각하면 벌써부터 매진되지는 않았을 것 같았다. 90년대를 생각나게 하는 디자인이 문제였다. 호불호가 꽤나 갈린다는 뜻이었다.

그래도 안심하긴 일렀다. 한정판에 목을 매는 자들은 언제나 존재하는 법이었으니까.

그는 애써 조급함을 누르며 걸었다. 그럼에도 걸음이 점점 빨라지는 건 막을 수 없었다. 만에 하나라도 매진이 되는 일이 일어나선 안 되는 일이다.

그렇게 걸어 목적지를 눈앞에 둔 순간, 모아시르의 눈이 화등잔만 해졌다.

"헉!"

그는 숨 삼키는 소리를 터뜨리며 몸을 숙였다. 목적지 바로 앞에서 난바 히로키를 발견한 것이다.

히로키는 모아시르가 목적지로 삼은 부스 바로 옆에서 인터뷰를 진행하고 있었다.

'왜 여기 있는 거야!'

모아시르는 절망했다. 다시 한 바퀴를 돌아 피하려면 엄청난 시간이 걸릴 터였다.

그는 몸을 낮춘 채 슬쩍 고개를 움직여 목적지를 바라보곤 입술을 깨물었다. 테이블 가득 쌓여 있을 줄 알았던 상품이 몇 개 남지 않았음을 확인한 탓이었다.

도대체 언제까지 저것이 남아 있을까.

'저 피규어… 반드시 사야 하는데…….'

그는 아프로디테에게 기원을 하던 피그말리온 같은 심정으로 두 손을 모았다. 제발 저 밉살맞은 기자 놈이 사라지길 바라는 마음이었다.

그 기도가 통하기라도 했는지, 히로키가 몸을 돌렸다. 인터뷰가 끝난 모양이었다.

'됐어!'

모아시르는 히로키의 모습이 시야에서 사라지자마자 번개 같은 속도로 일어나 부스로 달렸다. 100kg에 육박하는 거체의 돌진은 적토마를 타고 달리는 관우와 같은 위압감을 느끼게 했고, 부스에서 상품을 팔던 참가자는 놀란 표정으로 자리에서 일어나 주춤주춤 물러났다.

모아시르는 부스 테이블에 힘차게 손을 짚으며 말했다.

"이거랑 이거 줘!"

"네, 네?"

"산다고."

부스 참가자는 눈만 깜박였다. 일본의 모든 오타쿠가 모인다는 코미케지만, 그런 이곳에서도 남미계 외국인이 나타나는 건 드물었기 때문인 것 같았다.

답답해진 모아시르는 한정판 피규어와 책자를 집어 들고 힘차게 외쳤다.

"Shut up! And take my money!"

"나 영어 모르는데……."

"닥치고 이거 팔라고."

"아……."

납득한 표정의 상대를 보며, 모아시르는 계속해서 말을 이었다.

"얼마야?"

"이, 이만 이천 엔이요."

"쯧."

모아시르는 순간 불쾌해졌다. 아무리 한정판이라지만 이런 디자인으로 나온 피규어가 이만 엔이라니. 이건 지나친 폭리가 아닌가.

하지만 그런 생각은 금세 머리에서 사라졌다. 이 캐릭터에 대한 자신의 애정이 그 정도 돈을 아까워할 만큼 싸구려는 아니라는 마음이었다.

"잠깐만 기다려."

그는 지갑을 꺼내 만 엔짜리 두 장과 천 엔짜리 세 장을 꺼내 건넸다. 움찔했던 판매자는 두 손으로 공손히 돈을 받아들다, 금액을 확인하고는 고개를 갸웃하며 입을 열었다.

"천 엔 더 주셨는데요."

"팁."

"네?"

"팁이라고."

판매자는 이해할 수 없다는 표정으로 그를 보았다. 그제야 모아시르는 팁을 줄 필요가 없음을 깨달았다. 팁 문화가 보편화된 영국에서 살다 보니 하게 된 실수였다.

그렇다고 이왕 준 돈을 돌려달라고 할 수는 없는 일.

그는 애써 대범함을 가장하며 입을 열었다.

"고생하는 것 같아서 밥 한 끼 사 먹으라고 주는 거야."

"아, 네……."

어색하게나마 납득의 빛을 띤 판매자는 넘어진 의자를 세우고 그 위에 앉았다. 돈을 덜 주는 게 문제지 더 주는 게 무슨 문제겠는가.

그가 납득하며 자리에 앉자, 혹시나 돈을 돌려주지 않을까 기대하던 모아시르는 아쉬움을 지워내곤 손에 쥔 두 개의 물건을 보았다. 디자인은 조금 마음에 안 들어도 한정판이니 참아줄 수 있는 피규어가 하나, 그리고 내용이 궁금하지만 여기서 보기는 애매한 동인지 한 권이었다. 18금은 아니지만 40대에 들어선 자신이 당당하게 보기엔 조금 눈치가 보였다.

'비행기에서 보자.'

그는 오른손의 피규어를 왼손으로 옮기고 가방을 잡아 돌렸다. 일단 목적은 이루었으니 천천히 구경을 해볼 생각이었다.

그 순간, 옆에서 자신을 부르는 목소리가 들렸다.

"앗! 페데네이라스 씨!"

모아시르의 이마에선 식은땀이 흘렀다. 익숙하진 않지만 누군지는 알 것 같은 목소리였다.

'아니야, 아닐 거야.'

그는 눈을 감고 현실을 부정했다. 아까 사라진 놈이 왜 다시 온단 말인가.

하지만 그를 부르는 목소리는 다시 한번 들려왔다. 확신이 느껴지는 목소리였다.

그는 침을 꿀꺽 삼키며 천천히 고개를 돌렸다. 아닌 척 도망치기엔 너무 가까운 느낌이었다.

그를 부른 건, 역시나 산케이 신문의 기자 난바 히로키였다.

"여기 계셨군요!"

히로키는 그를 향해 손을 흔들었고, 모아시르는 눈을 질끈 감았다.

*　　　　*　　　　*

"이야, 여기 계실 줄은 정말 몰랐습니다. 그런데……."

반가워하던 그는 의아하다는 표정을 지었다. 세계적인 축구 스타 윤민혁의 에이전트이자, 황금의 손이라는 별명을 가진 모아시르가 왜 이런 동인 행사에 왔는지 이해를 못 하겠다는 표정이었다.

모아시르는 왼손을 등 뒤로 돌렸다. 여기서 피규어를 들고 있는 모습 같은 걸 찍혀선 곤란했다. 자칫 구설수라도 생기면 민혁의 에이전트에서 물러나야 할지도 몰랐다. 자신이 오타쿠라는 걸 알고 있는 민혁이야 별일 아니라고 넘길지 몰라도, 아스날에서는 민혁의 이미지가 어쩌고저쩌고하며 압박을 넣을 게 뻔하기 때문이었다.

하기야 세계적인 축구 스타는 그 자체로 하나의 상품이었다. 에이전트 때문에 이미지에 흠집이 나서는 안 되는 것이다.

모아시르는 의아해하는 히로키를 바라보며 어색하게 입을 열었다.

"보, 볼일이 있으니까 온 거 아닙니까. 그러는 기자님이야말로 여긴 어떻게……."

"오늘 취재처가 여기였습니다. 사실 문화부 기자거든요. 축구는 좋아하는 스포츠고요."

히로키는 그렇게 말하면서도 조금씩 다가왔다. 모아시르는 제발 거기서 멈춰달라는 생각을 간절하게 떠올리며 신을 찾았다. 제발 저 기자 놈 다리 좀 부러뜨려 주세요!

신은 그 기도를 들어주지 않았다. 하지만 모아시르를 버리지는 않았다.

"많이 팔았어?"

그들이 어색한 대치를 이루고 있을 때, 모아시르의 뒤쪽 통로에서 14~5살 정도로 보이는 소년이 나타나 입을 열었다. 방금 전 모아시르가 피규어를 산 부스의 판매자와 아는 사이인 것 같았다.

히로키는 새로 나타난 소년을 보고는 고개를 갸웃했다. 어디선가 본 듯한 느낌이었다.

'누구지?'

기억을 더듬던 히로키는 놀란 표정으로 입을 열었다.

"시즈오카현 시미즈 제4중학교… 그러니까 전 일본 U-15 축구 선수권대회 8강 팀 풀백이었죠?"

"저 아세요?"

머리를 짧게 자른 소년의 얼굴이 경계의 빛을 살짝 띠었다. 고작 중학교 축구선수인 자신을, 그것도 우승 팀도 아닌 8강 팀 선수를 알아본다는 게 이상하게 여겨진 것 같았다.

히로키는 지갑을 꺼내 명함을 건네주며 입을 열었다.

"산케이 신문 난바 히로키예요. 문화부지만 축구를 아주 좋아해서 대회도 다 봤고. 근데 이름이……"

"나카지마 타케히로요. 한자는 나카조 아야미의 나카에……"

"그게 누구죠?"

"있어요. 요즘 뜨는 모델."

부스에 앉아 있던 소년이 말했다. 그러자 타케히로는 얼굴을 붉히며 고개를 돌렸다. 아마 그 모델의 팬인 모양이었다.

모아시르는 눈을 감고 신에게 감사했다. 어느새 화제가 저 나카지마 타케히로라는 소년에게로 돌아간 덕분이었다.

모아시르는 이 틈을 타 피규어와 책자를 가방에 쑤셔 넣었다. 아주 적절한 타이밍이었다. 가방에 그 두 가지가 들어가자마자 히로키가 모아시르가 있는 쪽으로 시선을 옮기며 입을 연 것이다.

"이 선수를 보러……"

"이런 거 외부에 알려지면 안 좋은데요."

"아……"

히로키는 놀라며 입을 가렸다. 물론 지레짐작하고 하는 헛짓거리지만 모아시르로서는 그 부분을 지적할 이유가 없었다. 알아서 오해를 하고 납득을 해주는데 뭐 하러 태클을 건단 말인가.

내심 안도한 모아시르는 낮은 목소리로 말했다.

"아무래도 오늘은 날이 좀 좋지 않은 것 같으니 이만 가보겠습니다. 수고하세요."

모아시르는 태연을 가장하며 손을 내밀었다. 히로키가 반사적으로 손을 잡자 가볍게 악수를 하고 손을 흔든 그는 의아해하는 두 명의 소년을 힐끗 보고는 그대로 전시관을 빠져나왔다. 위기를 넘겼다는 생각에 가슴은 두근거렸지만 겉으로 티를 내지는 않는 그였다.

그가 사라진 후, 히로키는 기대감에 부푼 눈으로 타케히로에게 손을 내밀며 말했다.

"인터뷰 좀 할 수 있을까요?"

"왜요?"

"방금 나간 사람이 누군지 모릅니까?"

타케히로와 그 친구는 서로를 보며 어깨만 으쓱했다. 저런 외국인을 자신들이 어떻게 아느냐는 반응이었다.

히로키는 그럴 줄 알았다는 표정으로 조심스레 말했다.

"모아시르 페데네이라스. 윤민혁 선수의 에이전트입니다."

"네?"

잠깐 눈을 깜박이던 둘은 입을 쩍 벌렸다. 의자에 앉아 있던 타케히로의 친구는 놀란 나머지 의자와 함께 뒤로 넘어갔지만, 그는 통증도 느끼지 못하는 모습으로 일어나 테이블을 잡으며 입을 열었다.

"…누구 에이전트요?"

"아스날에서 뛰는 윤민혁 말입니다."

"맙소사."

그들은 여전히 믿을 수 없다는 표정을 짓고는 서로를 바라보았다. 하지만 산케이 신문 기자씩이나 되는 사람이 자신들에게 헛소리를 할 리 없었다.

히로키는 타케히로를 바라보며 진지하게 물었다.

"연락처 좀 알 수 있을까요?"

＊　　　＊　　　＊

〈일본의 신성 나카지마 타케히로, U-17 대표 팀 입성〉

[올해 초, 히가시 고등학교에 입학한 15세 풀백 나카지마 타케히로가 모리야마 감독이 이끄는 17세 이하 대표 팀에 합류했다. 누구도 예상하지 못한 발탁이라 놀라는 사람이 상당했으나, 모리야마 감독은 '올해가 끝날 즈음엔 누구도 이 선발을 비난하지 못

할 것이다!'라는 강력한 주장으로 잡음을 눌렀다.

시즈오카에서는 약간의 명성을 가지고 있지만, 전국적으로는 무명이었던 나카지마 타케히로는 전 일본 U—12 청소년 선수권에서 시즈오카 대표인 시미즈 제4중학교 소속으로 5경기에 출전했으며…….]

"별 이상한 걸 다 보내고 그러네."

모아시르는 어설픈 영어로 번역되어 날아온 기사를 보고는 어깨를 으쓱했다. 약 반년 전 일본에서 만났던 산케이의 기자 난바 히로키가 보내온 메일이었다.

"그나저나 내 메일은 어떻게 알았대."

그는 모니터를 힐끗 보았다. 거기엔 히로키가 보낸 메일이 스무 통 가까이 쌓여 있었다. 아무래도 자신이 저 나카지마 타케히로인가 뭔가 하는 꼬맹이에게 관심이 있다고 착각하고 있는 것 같았다.

당시의 상황을 떠올린 모아시르는 고개를 끄덕였다. 하기야 그런 상황이었다면 자신도 그렇게 착각하고 말았으리라.

잠깐 고민하던 그는 아직 읽지 않은 메일 중 하나를 더 열었다. 거기엔 웹 사이트로 연결되는 링크가 있었다. 아마도 대회 영상인 모양이었다.

'심심한데 확인이나 해볼까.'

모아시르는 마우스를 움직여 링크를 열었다.

모니터에 떠오른 영상은 히가시 고등학교 축구부의 경기 장면이었다. 아무래도 8mm 비디오로 찍었는지 화질도 좋지 않고 손 떨림도 있었지만, 그래도 어찌어찌 선수들을 분간할 수 있을 정도는 되었다.

방에서 나와 기지개를 켜던 민혁은 모아시르가 보고 있는 화면을 확인하고는 입을 열었다.

"뭘 그렇게 봐요?"

"축구 경기."

"어디 경기예요?"

"보면 알잖아."

민혁은 조금 더 가까이 다가갔다. 처음 보는 유니폼에 선수들의 신장도 작아 보였다. 설마 동남아 진출이라도 생각하는 건가 하던 민혁은 화면 왼쪽 상단에 있는 한자, 그리고 경기장 가장자리에 있는 광고 패널을 보고는 영상 속의 장소가 어딘지 알아내었다.

"일본이에요?"

"응."

"일본 경기를 뭐 하러 봐요?"

"메일이 와서."

민혁은 의외라는 표정을 지었다. 에이전트라고는 해도 새로운 선수 발굴에 대한 의지는 찾아볼 수 없던 모아시르였다. 민혁 자신의 에이전트로 일하며 얻는 수입이 상당했기에, 그는 더 이상 관리하는 선수를 늘리려 하지 않았기 때문이었다.

모아시르는 손가락으로 화면 속의 선수를 가리키며 물었다.

"얘 어떠냐?"

"누구요?"

"18번."

민혁은 모아시르가 말한 선수의 플레이를 한참 동안 지켜보다 입을 열었다. 도대체 왜 이런 애를 보고 있는지 모르겠다는 표정이었다.

"별론데요?"

"그래?"

민혁은 고개를 끄덕였다. 이 나카지마 타케히로라는 선수에 대한 기억도 없거니와, 풀백으로서의 움직임을 보아도 유럽에 진출할 만한 선수는 아니라는 판단이 들었다. 스피드와 측면 크로스는 나쁘지 않지만, 너무 직선적인 데다 수비력에도 문제가 있었다.

"몇 살이에요? 초등학생?"

"올해 고등학교 올라갔다더라."

"그럼 우리 유스 팀에서도 못 쓸 수준이네요."

민혁은 단언했다. 이 정도 실력이라면 아스날 U−12 팀에도

널리고 널렸다. 굳이 플레이 영상까지 찾아봐야 할 선수는 절
대로 아니었다.

"근데 얘는 왜요?"

"그냥 궁금해서."

"설마, 에이전트 계약을 하려는 건 아니죠?"

"미쳤어?"

모아시르는 말도 안 된다는 시선으로 민혁을 보았다. 잭 윌
셔와 해리 케인을 관리하는 것만도 힘이 빠지는데, 저 먼 일본
에 있는 선수까지 관리할 수 있겠느냐는 의미가 담긴 표정이
었다.

모니터를 보느라 그 표정을 보지 못한 민혁은 그를 향해 말
했다.

"이런 애들한테 신경 쓰지 말고 우리 유스 팀 애들이나 좀
잘 봐요. 리스 넬슨이라거나 메이틀랜드—나일스 같은 애들이
훨씬 더 나으니까."

"누가 그걸 모르냐. 근데 걔들은 에이전트 두고 있잖아."

"그러니까 좀 더 빨리 움직이지 그랬어요."

"됐어, 너랑 윌셔랑 케인 수수료만 받아도 평생 놀고먹을 만
큼은 충분히 벌 수 있을 거 아냐."

민혁은 고개를 절레절레 저었다. 틀린 말은 아니지만 왠지
한숨이 나오는 이야기였다.

"근데 너 오늘은 훈련 안 가냐?"

"가야죠."

민혁은 대답을 마치고 욕실로 향했다. 샤워로 잠기운을 몰아내고 식사를 한 후 훈련장으로 갈 생각이었다.

모아시르는 컴퓨터를 끄고 일어나 주방으로 향했다. 오늘 식사 당번은 자신이었다.

'그냥 주방 아주머니 쓰자니까.'

그는 투덜대며 냉장고를 열었다. 냉장고엔 브라질에서 수입된 돼지고기와 아르헨티나를 원산지로 둔 소고기가 가득 쌓여 있었다. 운동선수 자택의 냉장고다운 모습이었다.

모아시르는 큼지막한 돼지고기를 꺼내 쇠꼬챙이에 꽂고는 허브 솔트와 후추를 팍팍 뿌렸다. 브라질 전통 음식인 슈하스코(Churrasco)를 만들 생각이었다.

그는 오븐에 고기를 꿴 쇠꼬챙이를 집어넣고 다이얼을 돌렸다. 원래는 숯불에 구워야겠지만 오븐을 써도 상관은 없었다.

그사이 욕실에서 나온 민혁은 냄새를 맡고는 투덜거렸다.

"또 돼지예요?"

"돼지가 어때서?"

"이왕이면 소가 낫죠. 돼지 먹으면 기름기 때문에 뱃살 찌는데."

민혁은 모아시르의 배를 힐끗 보았다. 모아시르는 흠칫하며 배를 가리다, 퉁명스러운 표정으로 입을 열었다.

"내가 할 줄 아는 게 별로 없는데 어떡하라고. 정 불만이면 구단에 파출부 불러주라고 요청을 해."

"지난번처럼 영국 아줌마 데려오면 어쩌려고요."

"……."

모아시르는 입을 다물었다. 그때 있었던 일은 지금 생각해도 소름이 오싹 돋았다.

아무리 영국 음식이라지만, 건강해야 할 가정식까지도 그 모양이었을 줄이야 누가 알았겠는가.

"미안. 내가 잘못했다."

피식 웃은 민혁은 옷을 갈아입고 나왔다. 마침 오븐에서 고기를 꺼낸 모아시르는 꼬챙이에서 빼낸 고기를 잘라 올려 민혁에게 주었고, 민혁은 빠르게 식사를 마치고 구단으로 향했다.

민혁이 나간 후, 뒹굴거리던 모아시르는 방으로 돌아가 장식장을 바라보았다. 히로키의 메일을 읽어서인지 그날의 일이 머릿속에 맴도는 기분이었다.

그때, 저 피규어를 사지 못할까 봐 얼마나 노심초사했던가.

그는 피규어를 장식장에서 꺼낸 후, 서랍을 열어 세척제와 헝겊을 들었다. 피규어는 주기적으로 닦아줘야 한다는 게 그의 신념이었다.

하지만 그것도 잠시.

소중하게 피규어를 닦던 모아시르는 딱딱하게 굳어버렸다.

피규어 밑면에 적힌 11개의 알파벳을 보고서였다.

Made in China.

다시 한번 그것을 확인한 모아시르는 침울한 표정으로 입을 열었다.

"중국산이잖아……."

외전 3

감독 양주호

"아악!"

날카로운 비명이 그라운드를 울렸다.

다친 선수는 발목을 붙잡고 나뒹굴었고, 다치게 한 선수는 두 눈만 동그랗게 뜬 채 굳어버렸다.

그와 마찬가지로 벙쪄 있던 사람들은, 다시 한번 비명이 터지고서야 상황을 이해하고 다친 선수에게 달려들었다.

"주호야!"

*　　*　　*

"골절입니다. 발목이 아예 나가 버렸어요."

의사는 엑스레이 필름을 손으로 짚었다. 거기엔 정강이뼈가 부러진 모습이 찍혀 있었다. 하필이면 발목 바로 윗부분이었다.

"여기 보이시죠?"

"네……."

"여기가 환자분의 발목인데……."

의사의 말엔 잡다한 설명이 많이 붙어 있었다. 하지만 양주호가 알아들을 수 있는 내용은 아주 적었다. 어쨌거나 수술을 해야만 한다는 이야기였다.

"저기, 선생님."

"네?"

양주호는 식은땀을 흘렸다. 단지 진통제 기운이 떨어지고 있기 때문만은 아니었다.

"수술하면 다시 뛸 수 있나요?"

의사는 엑스레이 필름을 한 차례 보고는 질문에 답했다.

"그건 뭐라고 말씀드릴 수 없습니다. 예전처럼 멀쩡히 뛸 수도 있고, 선수 생활을 아예 못 할 정도는 아니어도 예전처럼 뛰기는 어려울 수도 있어요. 일단 이 뼈가 다시 붙는다고 해도……."

설명을 듣는 양주호의 얼굴에 침울함이 감돌았다. 이제야 축구를 어떻게 해야 하는지 알 것 같은데, 그런 상황에서 이런 부상을 당한 것이다.

그는 문득 자신을 다치게 한 선배 조길상의 모습이 떠오름을 느꼈다. 하지만 원망은 길지 않았다. 그라고 해서 자신을 다치게 하고 싶었겠는가.

"…니까, 일단 수술은 해야 합니다. 고정만 시키고 자연적으로 붙기를 기다릴 수는 없어요. 골절이 가벼우면 또 모르겠는데……."

"알겠습니다. 수술해야죠."

"그럼 일정 잡겠습니다. 김 간호사, 환자분 병실로 안내해 드리고 동의서 받아요."

지명당한 간호사는 양주호가 탄 휠체어를 밀어주었다. 별로 친절하진 않았다.

양주호는 수술 동의서에 사인을 했다.

수술은 하루 뒤 진행되었다. 오래 끌어서 좋을 게 없기도 했거니와, 수술에 엄청난 준비가 필요한 것도 아니었다. 그리고 그가 들어온 병원도 한국에서 골절에 대해서는 가장 전문적인 병원이란 명성을 얻고 있는 의료기관이었다. 근처에 구로 공단이 있는 관계로, 기계에 팔다리가 으깨진 채 오는 사람들이 자주 입원하는 곳이었다. 의사들의 경험이 대한민국의 그 어느 곳보다 많을 수밖에 없다는 이야기였다.

그래서인지, 수술은 성공적으로 끝을 맺었다. 워낙 실력 좋은 의사들이 투입된 덕분이었다. 혹시나 발을 절게 되지는 않을까 걱정하던 그였던지라, 퇴원하던 날에는 수술을 한 의사를 찾아가 몇 번이나 큰절을 되풀이할 정도였다.

그렇게 병원을 나선 그는 구단의 도움을 받아 6개월 동안 재활을 시도했고, 마침내 그라운드를 다시 밟을 수 있었다.

그리고 3개월 후.

양주호는 뒤늦은 공부를 시작했다.

*   *   *

양주호는 졸업장을 손에 들었다. 난생 들 일이 없을 거라고 생각하던 대학 졸업증명서였다.

'세상 참 오래 살고 볼 일이라니까.'

그는 남색 커버에 덮인 졸업장을 보았다. 명문대도 아니었고 서울 안에 있는 대학교도 아니었다. 충청북도 끄트머리⋯ 사실은 경상도의 영향을 더 짙게 받은 산골에 있는 이름 없는 학교였다.

학교에서의 생활도 그리 충실하진 못했다. 박정희의 암살과 전두환의 쿠데타 등으로 인해 사회는 혼란했고, 그것은 촌구석에 자리했던 그의 대학에도 영향을 미쳤다. 쿠데타에 반대하는 시위를 해야 한다며 난리를 피우던 학생회장과 그 동조자들이 날뛴 까닭에 제대로 공부를 하기도 힘들었다.

그 와중에 시위에 참여하지 않는 불순분자라며 얼마나 욕을 처먹었던가.

하지만 그건 중요하지 않았다. 어쨌거나 자신은 대한민국에 30%밖에 없다는 대졸자가 되었다. 그것도 교사가 될 수 있는 사범대 졸업생이었다.

교원 시험은 치러야 했지만.

그 생각에 침울해진 그는 한숨을 쉬었다. 운동을 하느라 굳어버린 머리로 학력고사를 치르고 대학에 입학해 4년 동안 시험을 줄기차게 본 것도 모자라, 이제는 순위 고사를 쳐야 하는 상황이 오고 만 것이다.

물론 성적에 신경 쓰지 않으면 공부를 하지 않아도 되었다. 하지만 성적에 따라 임용지가 결정되는지라, 성적이 잘못 나왔다간 생전 처음 보는 곳에 발령이 날지도 몰랐다.

서울까지는 바라지도 않지만, 저 강원도 벽촌이나 서해안의 외딴섬에 발령 나는 건 사양이었다.

그는 자랑스레 바라보던 졸업장을 내려놓고 책상을 보았다. 거기엔 몇 번을 읽었는지 모를 책이 가득 쌓여 있었다. 본래 머리가 별로 좋지 않았던 그라 양으로 승부할 수밖에 없었기 때문이었다.

'그래. 해야지 어쩌겠냐.'

양주호는 의자를 빼어 앉고 머리띠를 둘렀다. 졸업논문을
쓴 후 내팽개쳐 두었던 결의의 띠였다.

그가 막 그것을 머리에 둘렀을 때, 집주인 아줌마의 목소리
가 들렸다.

"학생! 전화 왔어!"

"누군데요?"

"몰라. 무슨 선배라던데?"

"선배요?"

양주호는 의아한 표정으로 자리에서 일어났다. 자신에게 전
화를 걸 만한 선배가 있나 싶어서였다.

전화를 건 사람은 그의 다리를 부러뜨린 조길상이었다.

그에게 전화가 오리라고는 생각지 못했던 양주호는 당황을
감추지 못했다. 그리 나쁜 사이는 아니었던 데다 자신이 다치
고서도 계속해서 미안함을 토로했던 그였다. 그게 오히려 불
편해 그를 피해 다닌 건 자신이었다.

하지만 그러다 보니 자연히 그와는 멀어져 버렸고, 팀을 나
와 공부를 하고 대학을 다니는 동안 한 번도 연락을 하지 않
던 사이였다. 지금 와서 연락이 왔다는 건 당황스러우면 당황
스러웠지 반가워할 일은 아니었다.

─어, 주호야. 대학 졸업했다며?

"네, 네."

─잘됐다. 너 다리 부러진 것 때문에 계속 마음이 안 놓였었는데…….

조길상은 마치 고해라도 하듯이 계속해서 말을 쏟아내었다. 점점 불편해진 양주호는 수화기를 내려놓을까 말까를 한참이나 고민했지만, 몇 년 만에 연락을 준 선배의 마음을 생각하자 그러지도 못하고 끙끙 앓기만 했다.

그러던 그는 뜻밖의 이야기에 고개를 번쩍 들었다.

─그래서 말인데, 내가 아는 분이 학교를 운영하거든? 거기서 한번 일해볼래?

"저 교원자격증 아직 못 땄는데요."

─사범대 나오면 2종인가 뭔가 나온다면서. 그 학교 사립학교라 그냥 가도 돼.

80년대 초반의 사립학교 몇 곳은 무자격자들을 교사로 받아들여 경력을 쌓게 한 후 교원 자격을 부여하는 방법도 간간이 썼다. 그 과정에 인맥이나 뒷돈 등이 들어감은 물론이었다.

조길상이 추천한 곳도 그런 곳 중 하나였다. 조길상의 작은아버지가 교감으로 있는 곳이었는데, 그는 조카의 이야기를 듣고는 양주호를 받아주기로 했던 것이다.

아무래도 무자격자보다는 사범대 졸업생인 양주호를 받는

것이 뒷말이 적으리란 계산도 들어 있었다.

"정말요?"

—그래 인마. 거기 교감선생님이 내 작은아버지거든? 그러니까…….

양주호는 몇 번이나 고맙다는 말을 꺼냈다. 그가 자신의 다리를 부러뜨리긴 했지만, 양주호가 그렇게 뛰어난 선수는 아니었음을 생각하면 오히려 전화위복이라고도 할 수 있었다. 양주호가 유공에서 받던 연봉이라고 해봐야 400만 원 수준이었고, 선수 생활은 길어야 15년을 가지 못할 터였다.

그에 반해, 교사는 월급이 적은 대신 축구선수보다는 안정적이었다. 초임 교사의 월급은 20만 원 정도지만 경력이 쌓일수록 연봉이 올랐다. 전성기가 지나면 연봉이 깎이는 축구선수와는 전혀 다른 세계였다.

거기에 세 달에 가까운 방학도 있었고, 학부모들이 성의라며 건네는 촌지도 제법 되었다.

이 당시 사회의 분위기는 촌지를 당연히 여기는 분위기였고, 양주호 본인도 정도가 너무 지나치지 않으면 괜찮지 않나 하는 입장이었다. 그러니 축구선수보다는 교사가 훨씬 나은 것이다.

그로부터 일주일 후.

양주호는 서울 마포구에 있다는 학교에서 면접을 보았다.

물론 정식으로 보는 면접은 아니었고, 그를 학교에 꽂아주기로 한 교감과 이야기를 나누는 정도의 요식행위였다.

"자네가 양주호인가?"

"네! 그렇습니다!"

"너무 딱딱하게 굴지 말고 자리에 앉아. 앞으로 자주 보게 될 사이 아닌가."

머리가 벗겨진 교감은 양주호를 반갑게 맞았다. 양주호는 그의 눈치를 보며 그동안 모아두었던 돈 백만 원을 꺼내 그에게 주었다. 교감은 말이 다 끝난 처지에 뭐 이런 걸 가져왔느냐는 말을 하면서도 돈을 냉큼 서랍에 집어넣었고, 조금 전보다 한결 풀어진 표정으로 입을 열었다.

"길상이가 자네 이야기를 자주 하더군. 아끼는 후배였다고."

"네……."

"그나저나 운동하다가 대학 나오기 힘들었을 텐데 말이야. 정말 노력 많이 했겠어."

마음에도 없는 이야기를 하던 그는 양주호의 신상을 캤다. 하지만 별로 특별할 건 없었다. 이 시대 운동선수들 대부분이 그렇듯, 체육을 잘한다는 이유로 운동부에 차출된 끝에 선수까지 간 케이스였기 때문이었다.

대충 고개를 끄덕이던 교감은 유공에서 축구를 했었다는 말을 듣고는 입을 열었다.

"아, 그래. 축구선수였댔지?"

"네."

"그래, 그래. 축구 좋지. 내 조카 놈도 축구선수… 아, 내 조카 놈 후배였지?"

양주호는 어색한 표정으로 고개를 끄덕였다. 역시 이 자리는 자기 조카 체면을 살려주는 자리였구나 하는 생각이었다.

하지만 교감이 그 부분을 짚은 데엔 다른 뜻도 있었다.

"혹시 축구부 감독 해볼 생각 있나?"

"네?"

"그게 말이야… 원래는 3학년 담임 정도 시키려고 했는데 교무부장이라는 아줌마가 워낙 깐깐해야지. 자격도 없는 사람을 교사를 시키는 게 말이 되느니 어쩌니 하는데 아주 골치가 아파. 지금까지 조용히 있다가 이러는 거 보면 이참에 위세 한번 세워보겠다고 염병을 떠는 것 같은데……."

교감은 교무부장에 대한 욕설을 마구마구 뱉어냈다. 20년 교직 생활 하면서 어떻게 아파트를 세 채나 분양받았겠느냐. 촌지를 너무 욕심내서 졸업생 학부모들 사이에 소문이 파다한 아줌마가 왜 아직도 교사 생활을 하는지 모르겠다 등등의 비난이었다.

"그리고 말이야, 난 그 아줌마가 교무부장이라는 것도 마음에 안 들어. 아무리 시대가 바뀌었어도 여자가 교무부장이라니, 그게 말이 되나?"

양주호는 고개만 끄덕거렸다. 하기야 이 시대에 여자가 그 자리에 앉아 있는 건 매우 특이한 케이스였다. 그나마 사립학교기에 가능한 일이긴 했지만 말이다.

"물론 그 아줌마가 정말 능력 있고 깨끗한 사람이라면 나도 인정할 수 있어. 그런데 그 아줌마는 말이지, 조선시대였으면 변학도 못지않은 탐관오리였을 거라고. 지금 당장 학부모들 이야기만 들어봐도 그래. 교육부 직원들은 감사 안 하고 뭘 하는지 모르겠다니까."

방금 전 양주호에게서 백만 원을 받아 챙긴 사람이 할 법한 이야기는 아니었지만, 그의 비위를 맞춰야 하는 양주호로서는 어색하게 웃으며 고개만 끄덕이고 있었다.

한바탕 욕설을 쏟아낸 교감은 이마에 흐른 땀을 닦으며 말했다.

"아무튼 선생은 좀 그렇고, 우리 학교 축구부 감독 정도면 괜찮지 않나 싶어서 말이야. 어쨌거나 교원 자격이 아예 없는 건 아니고 프로선수 출신이잖나. 체육교사랑 병행하면서 축구부 감독 정도 맡긴다고 하면 그 지랄맞은 아줌마도 반대는 못 할 거고. 아, 월급은 다른 교사들이랑 똑같이 나가네. 대우도 그렇고."

양주호로서는 거부할 까닭이 없는 제안이었다. 삼류 대학을 간신히 나온 자신이 애들을 가르친다는 생각만 해도 머리가 지끈거렸던 양주호였다. 그런 그에게 있어, 체육교사 겸 축구부 감독이란 자리는 자신을 위해 준비된 자리처럼 느껴졌다.

양주호는 1초의 딜레이도 없이 힘차게 말했다.

"하겠습니다!"

*   *   *

"그게 벌써 3년 전이라니."

새삼 옛일을 떠올린 양주호는 자신이 근무하는 학교의 명패를 보았다. 경신 국민학교. 얼마 후 초등학교로 바뀐다는 이야기가 있지만, 그게 언제가 될지는 아무도 몰랐다.

그를 꽂아준 교감은 작년에 학교를 그만두었다. 다행히 문제가 생겨서는 아니었다. 교직을 거래하다 걸려서 잘렸다면 양주호에게도 칼바람이 불어닥쳤겠지만, 교감이 학교를 그만둔 것은 담배를 하도 피운 탓에 폐암이 생겼기 때문이라 그에겐 타격이 없었다.

교감의 폐암은 갑작스레 발견되었다. 독감이 유행한다는 소리에 지레 겁을 먹고 병원을 찾았다가 알게 된 터였다. 다행히 2기에 발견해 수술로 암을 제거하긴 했으나, 재발을 두려워한 교감은 모든 것을 내려놓고 고향으로 내려갔다.

덕분에 양주호는 반사이익을 볼 수 있었다. 언제고 교감 파벌로 분류된 교사들을 쳐내겠다며 이를 갈던 교무부장 일파는 교감이 암에 걸려 낙향한다는 소리를 듣고는 계획을 중단했다. 꼴 보기 싫은 교감만 없어지면 다른 교사들은 상관없다고 생각한 것 같았다.

그 오래된 일들을 떠올리던 양주호는 눈을 빛냈다. 축구를 하고 있는 아이들 중 한 명이 눈에 띄어서였다.

그는 아이들을 멈춰 세우고는, 눈에 띈 아이에게 다가가 입을 열었다.

"너, 이름이 뭐야?"

"윤민혁인데요."

"축구부 안 해볼래?"

민혁은 1초의 망설임도 없이 고개를 저었다.

"안 해요."

"왜?"

"그냥요."

민혁은 귀찮다는 표정을 지었다. 집에서 공부를 하라고 난리를 치는 어머니 때문에 따로 놀 시간이 별로 없었다. 이런 상황에서 축구까지 하게 되면 그 시간이 급격히 줄어들 건 뻔한 일이다.

양주호는 조심스럽게 말을 이었다.

"축구 잘하면 공부 안 해도 될지도 몰라. 축구만 잘해도 대학교 갈 수 있거든."

"그럴 리 없어요. 엄마가 공부 안 하고 한눈팔면 죽여 버린댔거든요."

"……"

민혁의 얼굴엔 언뜻 공포심마저 비쳤다. 저건 저 민혁이라는 아이의 부모가 진짜로 그럴 사람들이란 이야기였다. 물론 정말 죽이기까지야 하겠냐마는, 적어도 다리몽둥이 정도는 사뿐히 부숴놓을 가능성이 제법 높았다.

"그래. 알았다."

양주호는 아쉬움을 삼켰다. 전문적인 훈련을 받지 않았는데도 저 정도의 감각을 가지고 있다면 축구선수로서 대성할 수 있는 재목이었다. 솔직히 말해서 다리를 다치기 전의 자신이라고 해도 저렇게 유연하게 공을 받을 수는 없었기 때문이었다.

물론 나이가 어려 발목이 아직 굳지 않았음도 감안해야겠지만, 그렇더라도 꽤나 인상 깊은 장면이었다.

무엇보다, 다른 아이들은 민혁과 같은 움직임을 보여주지 못했다.

단 한 명도.

'재능은 넘치는 것 같은데.'

그는 같은 팀에 있었던 공격수 류강조와 민혁을 비교해 보았다. 한 명은 국가대표 이야기까지 나왔던 선수였고 다른 한 명은 축구를 할 생각도 없는 국민학생이었다. 그러나 공을 다루는 능력만 놓고 보면, 눈앞에 있는 민혁이 류강조보다도 훨씬 뛰어난 것 같았다.

하지만 축구를 하라고 강요를 할 수는 없는 일이다. 자신이 축구를 시작한 60년대 초반이라면 모르겠지만, 이미 1990년대에 들어선 지금은 선생의 권위도 예전보단 많이 떨어졌고 극성스러운 학부모도 늘어났기 때문이었다.

그는 아쉬움을 누르며 고개를 끄덕였다. 부모가 싫어할 것 같아서 안 한다는데 어쩌겠는가.

물론 그건 양주호의 착각에 불과했다. 민혁은 단지 놀 시간이 줄어들 게 싫어서 하지 않겠다고 한 것뿐이었고, 어머니 이야기는 그 뒤에 나온 질문에 대한 대답에 불과했다.

그리고 일 년 후.

그는 자신을 찾아온 민혁을 바라보며 입을 열었다.

"안 한다며?"

"생각해 보니까 하는 게 좋을 것 같아서요."

양주호는 민혁을 바라보았다. 딱히 이상한 일까지는 아니었다. 저 나이 때의 아이들은 마음이 자주 바뀌는 탓에, 아침과

저녁의 말이 달라지는 일도 꽤나 잦았다.

"그래도 일 년 지났으니까 테스트는 해봐야지."

"와, 선생님 진짜 너무한 거 아니에요?"

"자신 없어?"

민혁은 피식 웃었다. 양주호는 순간 묘한 기분이 들었다. 어째 저 꼬마가 자기 머리 위에서 놀고 있는 느낌이었다.

"뭐 보여주면 돼요? 슛?"

"너 하고 싶은 대로 해봐."

민혁은 잠시 고민을 하다 공을 잡았다. 처음 선보인 건 트래핑이었다.

'더 좋아졌는데?'

민혁은 선수급 트래핑을 보여주었다. 그것도 그냥 선수급이 아니라 국가대표급 볼 터치라 우겨도 반론이 나오지 않을 지경이었다. 특히 공을 공중에 살짝 띄웠다가 발등으로 살짝 받아내는 장면에선 자기도 모르게 박수까지 칠 뻔했던 양주호였다.

"더 해야 돼요?"

"아니, 충분해."

양주호는 공을 돌려받고는 입을 열었다.

"부모님 허락은 받았냐?"

                    *   *   *

　양주호는 흐뭇한 표정으로 경기를 보았다. 그 옆에는 올해 초 경신 초등학교로 부임해 온 교장이 자리하고 있었다. 그의 표정은 양주호와는 정반대였는데, 그것은 그가 축구를 적대하는 야구팬이기 때문이었다.

　그는 상대 팀 골망이 흔들리는 걸 보고는 미간을 좁힌 채 입을 열었다.

　"양 선생, 상대 팀 지난 서울시장 배에서 3등 한 팀이라고 하지 않았어요?"

　"네. 그 학교 맞습니다."

　"작년 주전이 전부 졸업한 모양이네."

　교장은 안경을 슬쩍 올리며 미간을 좁혔다.

　경신초 축구부는 상대 팀인 신서초 축구부를 농락하고 있었다. 원래대로라면 이렇게 차이가 날 만한 상대가 아니었지만, 최근 훈련의 결과가 좋아 선수들의 실력이 훌쩍 늘어난 덕분이었다.

　특히, 방학 동안 집중적인 훈련을 받은 경신초 축구부는 이전과는 완전히 다른 팀이라 할 정도로 변해 있었다. 아직 전국 최고라고 할 수는 없어도 이 근방에서 제일 실력이 좋다고 자부할 정도는 되었다.

그 사실에 자부심을 느낀 양주호는 교장의 말을 반박해 보았다.

"그때 주전은 절반이 졸업했지만 작년 에이스는 아직 남아 있다더군요."

"주전이 절반이나 나갔으면 3등 했던 팀이 아니죠. 그런 팀 이겨서 뭘 한다고."

교장은 잔뜩 인상을 썼다. 아무래도 상황이 마음에 안 드는 모양이었다.

그것을 눈치채지 못한 양주호는 자랑스레 말했다.

"아마 내년쯤 되면 서울시장 배는 물론 전국 대회에서도 우승이 가능할 겁니다."

"전국 대회요? 무슨 그런 말도 안 되는……."

교장은 탐탁지 않다는 표정으로 헛기침을 뱉었다. 야구팬인 그로서는 자신의 학교에 축구부가 있는 게 마음에 들지 않았다. 왜냐하면 야구부 창설이 힘들어지기 때문이었다.

한 학교에 두 개의 운동부가 있는 경우가 없는 건 아니었지만, 축구와 야구는 모두 운동장 전부를 써야 하는 스포츠였다. 시간을 나눠서 쓰게 해서는 야구 명문이 될 수 없었다.

다시 말해, 경신 초등학교가 야구 명문이 되려면 축구부를 폐부시켜야 한다는 이야기였다.

하지만 그 야망이 이뤄지긴 힘들어 보였다. 성적이 엉망이

라면 모를까, 정말로 덜컥 우승을 해버리기라도 하면 폐부를
하자는 주장이 먹힐 리 없는 것이다.

"으음……."

교장은 또 한 골을 추가한 민혁을 보고는 입술을 깨물었다.
하지만 양주호는 그걸 눈치채지 못한 채 흐뭇한 표정만 짓고
있었다. 올해는 무리라도 내년이나 그다음 해, 그러니까 민혁
이 5학년이나 6학년이 되면 전국 대회 우승도 충분히 가능해
보였다.

만면에 웃음을 띤 그를 보고, 교장은 특단의 대책을 내리기
로 결심했다.

*　　　　*　　　　*

양주호는 눈을 깜박였다. 이게 도대체 무슨 개소리인가.

"스카우트요?"

"그래요. 스카우트. 양 선생은 교사이기 이전에 축구부 감
독이니까요."

교장은 흐뭇하게 웃으며 커피가 담긴 종이컵을 들었다. 평
소 잘 알던 교육부 직원을 통해 양주호를 다른 학교로 보내
버릴 방법을 찾은 덕에 기분이 아주 좋았다.

"은평구에 새로 학교가 생기는데, 그 학교 교장이 새로 축

구부를 만든다면서 뛰어난 감독을 찾지 않겠습니까. 그래서 내가 양 선생을 추천했어요. 양 선생 같은 사람은 우리 학교보다 더 좋은 곳에서 더 좋은 대우를 받을 자격이 있으니 말이에요."

"아니, 그래도……."

양주호는 황당함과 억울함에 사로잡혔다. 기껏 열심히 애들을 훈련시켜서 우승을 노릴 만한 전력으로 만들었더니 이런 일이 생긴 것이다.

실제로, 그는 전국 대회 우승을 바라보고 있었다. 얼마 전서울시장 배 3위를 했던 신서 초등학교도 가뿐히 꺾었고, 그이후의 경기에서도 7전 6승 1무라는 성적을 거뒀기 때문이었다.

비록 정식 경기는 아니라고 하지만, 그만큼 압도적인 성적을 거뒀다는 건 충분히 전국 대회 우승도 바라볼 수 있다는이야기였다.

양주호는 침을 꿀꺽 삼킨 후 입을 열었다.

"저는 이 학교가 좋습니다."

"뭐라고요?"

교장은 안경을 고쳐 썼다. 마음에 들지 않는 게 있을 때 나오는 버릇 중 하나였다.

"아니, 양 선생. 잘 생각해 봐요. 여기서 월급 조금 받는 것보다 그 학교에서 추가 수당으로 월급이 늘어나는 게 훨씬 더 좋은 일이에요. 양 선생도 이제 결혼도 하고 그래야 할 거 아닙니까. 양 선생 지금 노총각이에요, 노총각."

양주호는 이를 갈았다. 여자 한번 소개해 준 적 없는 주제에 무슨 소린가.

"하지만 교장 선생님. 삶에서 돈이 다가 아닙니다. 전 선수 시절 못 이뤄본 전국 대회 우승을 꼭 해보고 싶고, 우리 애들은 대회 우승을 이뤄낼 가능성이 충분하다고 믿고 있습니다. 반드시 우승을 이뤄내서 이 학교의 명예를……."

그 말은 역효과였다. 학교의 명예는 좋지만 그걸 축구로 이뤄서는 안 된다고 생각하는 게 교장이기 때문이었다.

축구부가 우승을 해버리면 야구부 창설은 저 먼 별나라 이야기가 되는 것이다.

"이봐요, 양 선생. 내가 좋게 말하니까 우습게 보입니까?"

"네?"

"난 교장이고 당신은 선생이에요. 교장이 하겠다는데 선생이 거부를 해서야 되겠습니까?"

"이건 제 거취와 관련된……."

"내가 나 좋자고 이러는 겁니까? 다 양 선생 생각해서 하는 말 아닙니까. 축구부 우승요? 그래요. 물론 하면 좋겠죠. 근데 그거 우승을 해봐야 양 선생에게 만족감 말고 뭐가 남아요?

우승 상금이 크기를 합니까, 아니면 우승하면 프로 팀에서 감독으로 불러주길 한답니까? 우승하면 프로 팀에서 불러준대요? 그래요?"

"그건 아님……."

교장은 책상을 탕! 하고 친 후 소리를 높였다.

"그런 것도 아니면서 왜 고집을 부리는 겁니까! 내가 그렇게 만만해 보여요? 그래요?"

양주호는 입을 쩍 벌렸다. 억지도 이런 억지가 없었다.

"그게 아닌 건 잘 아시잖습니까."

"아니요. 모르겠네요."

교장은 아예 안경을 벗어 내려놓았다. 얼굴은 시뻘겋게 달아올라 있었다. 정말 흥분한 건지 흥분을 가장한 건지는 모르겠지만, 그를 마주하고 있는 양주호로서는 당황스럽기 그지없는 모습이었다.

"내 말 듣고 전근을 갈 건지, 아니면 시말서 누적해서 사직서를 쓸 건지 결정하세요. 나 조만복 이렇게 무시당할 사람 아닙니다. 교직 생활도 얼마 안 남았는데 양 선생이랑 같이 죽는 거 하나도 안 무서워요."

"아니, 교장선생님……."

"은평구로 갈 거예요, 안 갈 거예요? 빨리 결정하세요!"

교장은 눈에 독기를 띤 채 양주호를 보았다. 사실은 블러핑에 불과한 일갈이었지만, 그걸 알 리 없는 양주호로서는 백기를 들 수밖에 없었다.

그로부터 일주일 후.

양주호는 경신 초등학교를 떠나 은평구로 향했다.

*   *   *

"야! 야! 거기 아니야! 아니라고!"

양주호는 담배를 뻑뻑 피웠다. 전국 대회 우승을 노려볼 수 있는 팀에서 막 만들어진 동아리 수준의 팀으로 왔으니 속이 뒤집어지는 건 하나도 이상하지 않았다.

"민혁이 같은 놈 하나만 있으면 해결될 텐데."

그는 전 직장에 놓고 온 제자를 떠올리며 한숨을 쉬었다. 사실 자신이 배우는 게 더 많긴 했지만 그래도 제자는 제자였다.

그런 애를 보다가 트래핑도 패스도 슛도 제대로 못 하는 애들을 보자니 한숨만 나왔다. 물론 훈련을 시키면 지금보다는 나아질 게 분명하지만, 이미 민혁이란 천재를 본 그의 눈에 찰 정도가 될 수는 없었다.

양주호는 경신 초등학교 교장이던 조만복을 떠올리며 이를 갈았다.

전국 대회 우승이 눈앞에 있었는데…….

그런 생각을 하던 양주호는 한숨을 푹 쉬었다. 트래핑 후 헛발질을 하고 넘어지는 아이가 보였다.

민혁이였으면 아주 가볍게 골을 넣었을 텐데.

'아 진짜…….'

양주호는 경신 초등학교에 두고 온 제자를 떠올리며 머리를 쥐어뜯었다. 지금 데리고 있는 아이들에겐 정말 미안한 소리지만, 백 년을 훈련시켜도 민혁의 발끝에나 따라갈 수 있을까 싶은 느낌이었다.

하지만 여기서 포기할 수는 없는 일.

그는 자리에서 일어나며 입을 열었다.

"자, 자. 다들 모여봐. 시범 보여줄 테니까."

"그냥 시합하면 안 돼요?"

"실력을 키워야 더 재밌지."

양주호는 끙 하는 소리를 내며 자리에서 일어났다.

"공."

은서 초등학교 축구부원들은 그에게 공을 건네주곤 자리에 앉았다. 도대체 뭘 하려고 저러나 싶은 표정이었다.

하기야 그것도 이상할 건 없었다. 경신 초등학교에서 쫓겨났다는 생각에 허탈해하던 양주호는 마지못해 감독을 한다는 식으로 행동해 왔고, 당연히 축구부원들도 선수라기보다는 동아리처럼 느끼고 있었기 때문이었다.

공을 받은 양주호는 선수들의 표정에서 그것을 느꼈다. 그러자 왠지 부끄러운 기분이 들었다. 아무리 실의에 빠져 있던 처지라 해도, 명색이 교육자인 자신이 이래서야 모범이 되지 않으리란 생각이 들어서였다.

진지한 표정으로 공을 보던 그는 눈앞의 아이들을 향해 입을 열었다.

"이게 맥기디 스핀이라는 건데……."

              *   *   *

"야, 야! 좀 더 뒤로! 줄 맞춰!"

양주호는 버럭버럭 소리 질렀다. 대회가 얼마 남지 않은 까닭에 신경이 잔뜩 곤두선 채였다. 작년 대회에서 거둔 성적을 올해에도 이뤄야 한다는 강박관념이 그를 초조하게 만들었기 때문이었다.

놀랍게도, 그는 은서 초등학교에 전국 대회 우승이라는 성적을 안겼다. 은서 초등학교가 개교한 지 2년, 그리고 양주호가 감독으로 들어온 지 1년 반 만에 이뤄낸 성과였다.

그로 인해, 양주호는 경신 초등학교에 있을 때와는 전혀 다른 입지를 가지게 되었다. 은서 초등학교의 교장은 자신에게 자랑거리를 안겨준 양주호와 축구부에게 전폭적인 지원을 해 줬고, 양주호는 경신 초등학교에 있을 때와는 또 다른 만족감을 얻을 수 있었다.

그리고 그 이듬해. 그는 또 한 번의 전국 대회 우승을 거둠으로써 축구계가 주목하는 감독이 되었다. 심지어 프로축구단을 운영하는 모 기업에서 연봉 4,000만 원을 제의하며 스카우트 시도를 하기도 했던 것이다.

하지만 얻는 게 있으면 그 반대급부도 존재하는 법.

양주호는 주변의 과도한 기대를 못 이겨 탈모와 위궤양이라는 질병을 얻었다. 이러다간 정말 삭발을 해야 하는 거 아닌가 싶을 정도로 심각한 상황이라, 그는 약 두 달 전부터 계속해서 병원을 다니고 있었다.

그러나 딱히 차도는 없었다. 약을 먹으면 조금 나아지나 싶다가도, 축구부원들의 플레이를 보고 나면 울화통이 터져서 머리가 빠지는 일이 반복되곤 했기 때문이었다.

물론 은서 초등학교 축구부원들이 못하는 건 아니었다. 무려 전국 대회 2연패를 이루어낸 팀인 데다, 올해에도 8강 이상의 성적이 유력한 강호로 꼽히고 있는 것이다.

그럼에도 양주호가 괴로워지는 건 그의 눈높이가 너무 높아서였다.

'진짜 민혁이 같은 애 하나 있으면 안심이 될 텐데.'

그러던 양주호는 문득 의문을 느꼈다. 작년 대회에서 경신 초등학교 축구부를 보지 못했다는 기억이 떠오른 것이다.

물론 뛰어난 선수가 있는 팀이 무조건 우승을 하는 건 아니지만, 그 뛰어난 선수가 펠레나 마라도나의 수준이라면 이야기가 달랐다.

그리고, 경신 초등학교에 있던 윤민혁은 초등부 레벨에선 마라도나 이상이었다.

그런데 왜 경신 초등학교가 전국 대회 본선에 오르지 못했단 말인가.

"한번 알아볼까?"

잠깐 고민하던 그는 고개를 저었다. 스카우트를 할 수도 없는 일인 데다, 설령 데려온다고 해도 규정상 대회 출전이 불가능했다. 게다가 내년엔 중학교에 올라갈 나이가 될 테니 축구부에 넣어도 의미가 없었다.

"뭔 쓸데없는 생각이지."

머리를 벅벅 긁은 그는 속 쓰림을 참아내며 운동장을 보았다.

어쨌거나 6시까지는 훈련을 해야 했으니까.

그러던 양주호는 교문에서 달려온 부원의 말에 고개를 갸웃했다.

"감독님! 누가 찾아왔어요!"

"누구?"

"어떤 아저씨들요!"

그는 미간을 좁히며 고개를 돌렸다. 그러자 후줄근한 가죽 점퍼를 입은 남자와 양복을 잘 빼입은 남자 한 명, 그리고 웬 카메라를 들고 있는 남자의 모습이 보였다.

'저거 방송용 카메라 아냐?'

양주호는 미약한 당혹감을 느끼며 그들을 보았다. 도대체 무슨 일이기에 저런 카메라까지 들고 온 건가 싶었다.

그 모습을 보기라도 했는지, 양복을 잘 빼입은 남자가 손을 내밀며 입을 열었다.

"은서 초등학교 축구부 감독 양주호 선생님 맞으시죠?"

"네, 그런데……."

"KBC 휴먼 히스토리에서 나왔습니다."

"네?"

*   *   *

'무명의 감독, 전국 대회 우승이란 쾌거를 이루다!'

라는 내용의 인터뷰를 예상했던 양주호는 KBC 취재진의 이야기를 듣고는 허무함에 빠져들었다.

그들은 자신이 전국 대회 우승을 거둔 감독이라는 것도 모르고 있었기 때문이었다.

하지만 이후 들려온 질문은 양주호의 눈을 번쩍 띄웠다.

"민혁이요?"

"네. 윤민혁 학생 말입니다. 어떤 선수였죠?"

그는 오래전 잠깐 가르쳤던 아이를 떠올렸다. 그렇지 않아도 인터뷰를 하기 전에 그 아이에 대해 생각을 하고 있던 그였다. 떠오르는 게 많다는 이야기였다.

"굉장한 놈이었죠. 사실 제가 가르쳤다기보단 배운 게 많으니까요."

"그래요?"

취재진은 눈을 빛내며 그를 보았다. 마치 다 죽어가는 물소를 발견한 하이에나 같은 시선이었다.

고개를 갸웃한 양주호는 그들을 향해 질문을 던졌다.

"근데 걔는 갑자기 왜……."

"지금 취재 중입니다. 그 선수가 지금 영국 명문 팀에서 축구를 하고 있거든요. 95년엔 일본 대회에서 득점왕도 했다고 하고요."

"득점왕요? 무슨 대회인데요?"

"전 일본 U—12 청소년 선수권대회라고, 일본 유소년 대회 중에서는 가장 권위 있는 두 대회 중 하나라더군요."

양주호는 납득했다. 그놈이라면 충분히 그럴 법하지.

"잠깐. 근데 영국에 있다고요?"

"네."

"일본 대회에서 득점왕 했다면서요?"

"일본에서 득점왕을 거둔 후에 영국으로 갔다더군요."

양복을 입은 남자는 그렇게 말하며 인상을 썼다. 뭔가 민혁과 안 좋은 일이 있었던 것 같은 느낌이었다.

'갠 뭐 그렇게 국제적으로 놀아?'

하기야 실력으로 보면 충분히 그럴 법했다. 프로 출신인 자신보다도 기술이 좋았던 애였으니까.

그 점을 생각하던 양주호는 순간 의문을 느꼈다. 축구부에 들어오기 일 년 전까지만 해도 축구에 관심이 없어 보이던 놈이 어떻게 그런 기술들을 알고 있었던 건가 하는 의문이 그것이었다.

그러나 생각을 할 시간은 길지 않았다. KBC 휴먼 히스토리 팀에서 나온 질문 때문이었다.

"아무튼 감독님. 그 윤민혁이란 아이의 첫인상은 어땠습니까?"

"아, 걔는 성공할 줄 알았죠. 경신 초등학교에 있을 때부터 보통 놈이 아니라는 감각이 딱 왔으니까요. 원래 걔가 축구를 안 하려고 했던 앤데……."

그는 민혁의 자랑에 슬쩍 자신의 자랑을 끼워 넣었다. 자신이 아니었다면 민혁이 축구를 시작하지 않았을 거라느니, 자신이 전폭적으로 밀어준 덕분에 기초를 탄탄히 쌓을 수 있었다느니 하는 등의 이야기였다.

그렇게 이어지던 인터뷰는 20분이 지나서야 끝을 맺었다. 다행히 휴먼 히스토리 팀에서 적절한 시점에 끝을 내준 덕분에 경신 초등학교 교장 조만복의 만행은 묻혔고, 그 부분에 대해 열변을 토하려던 양주호는 안타까움에 입맛을 다시며 그들을 보냈다.

그들이 떠난 후, 눈을 빛내며 상황을 지켜보던 축구부원들이 달려와 소리 높였다.

"감독님! 무슨 일이에요?"

"감독님 텔레비전 나와요?"

"그래. 아마 나올 거다."

"뭔데요? 무슨 상 타요?"

"아니."

"그럼요?"

양주호는 가슴을 내밀며 자랑스레 말했다.

"예전에 가르치던 애가 유럽에 있단다."

"거기가 어딘데요?"

"유럽 몰라?"

양주호는 대한민국 초등교육의 현실에 탄식을 흘렸다. 아무리 그래도 초등학교 고학년들이 5대양 6대주도 모른다는 게 말이 되는가.

"너희 영국이나 프랑스 알지? 이탈리아랑."

"네."

"그 나라들이 있는 곳이 유럽이야. 여기 한국이랑 일본이랑 중국 합쳐서 아시아라고 부르는 것처럼, 거기도 다 합쳐서 유럽이라고 부르는 거고."

"호나우두 뛰는 곳이죠?"

"그래 인마. 호나우두 뛰는 곳."

"우와……."

엄밀히 말하면 민혁과 호나우두와는 아무 상관이 없었다. 호나우두는 네덜란드와 스페인, 그리고 이탈리아에서는 활동했지만, 민혁이 있는 잉글랜드 무대에선 뛰지 않았다. 따라서 호나우두 뛰는 곳이라는 말은 적합하지 않았지만, 그걸 알 리 없는 아이들은 놀란 표정으로 입을 쩍 벌린 채 양주호를 보았다.

"저도 거기 갈 수 있어요?"

"응?"

양주호는 말을 꺼낸 아이를 보았다. 재능이 없는 애는 아니지만 그렇게 뛰어난 수준이라고 생각하진 않았던 아이였다. 아마도 민혁과 비교가 되기 때문이겠지만, 어쨌거나 양주호의 시선에서는 딱히 눈에 차는 선수는 아니었다.

하지만 그걸 그대로 말할 수는 없는 일.

양주호는 어색하게 웃으며 긍정적인 답변을 내어놓았다.

"그래. 그러니까 너희도 내 말 잘 듣고 훈련 열심히 해라."

"훈련하면 돼요?"

"…안 하는 것보단 낫지."

"뭐예요 그게!"

"야 인마! 그럼 날로 먹으려고 했냐?"

"네."

"원래 세상은 다 날로 먹는 사람이 이기게 되어 있는 거잖아요."

"맞아! 우리 아빠도 죽어라 일하는 사람은 골병들고 날로 먹는 관리자만 배부르댔어!"

아이들의 당당함은 양주호를 당황시켰다.

아직 중학교도 안 들어간 애들이 뭐 이리 세상을 빨리 깨달았단 말인가.

"헛소리들 그만하고 연습이나 하자."

"에……."

"에는 무슨 에야. 이상한 표정 짓지 말고 공이나 받아."

양주호는 투덜대는 축구부원들을 향해 공을 던지고 휘슬을 물었다. 무슨 일이 있어도 연습은 계속되어야 한다는 것 같은 표정이었다.

그로부터 몇 달 뒤.

전국 대회 3연패를 이룬 양주호는 축구협회 관계자의 연락을 받았다.

＊　　　＊　　　＊

"…청소년대표팀 감독이라고요?"

양주호는 눈앞에 있는 사람의 말을 믿을 수 없었다. 각급 연령별 대표 팀 감독은 엘리트 중의 엘리트, 혹은 축구협회에 단단한 끈을 가지고 있는 사람이나 할 수 있는 일이었다. 그저 그런 고등학교를 나와서 프로에 들어간, 그것도 고작 2년 만에 부상으로 선수 생명이 끝난 자신에게 올 만한 자리가 아닌 것이다.

그런 생각을 읽기라도 했는지, 제법 풍채가 좋은 중년의 남성은 손수건으로 이마의 땀을 닦으면서도 미소를 띤 채 입을 열었다.

"그렇습니다. 양주호 감독님이라면 충분히 그럴 만한 능력이 된다고 보거든요."

"자신은 있습니다만……."

"사실 우리 상황이 그렇게 좋지가 않아요."

사내는 손수건을 내려놓고는 말을 이었다.

"양주호 감독님도 아실 겁니다. 정성화 감독 말입니다."

"전 감독님 말씀이시죠?"

"그렇습니다."

정성화 감독은 양주호가 제안받은 17세 이하 대표 팀의 전 감독이었다. 한때 국가대표 감독 자리에도 이름이 올랐던 엘리트 중의 엘리트지만, 안타깝게도 지난 대회에서 거둔 성적이 좋지 않아 해임당한 처지였고, 그 자리에 양주호가 내정된 터였다.

"사실 정성화 감독이 그렇게 잘릴 사람은 아니었죠. 하지만 회장님 지시를 무시한 이상, 성과를 거두지 못했으니 이렇게 잘리는 것도 어쩔 수 없었습니다. 게다가 그것만으로 끝나면 좋았는데……."

사내는 한숨을 푹푹 쉬며 말을 이었다. 정성화 감독이 책임을 지고 청소년대표팀 감독 자리에서 물러나며 일이 끝나는 게 지금까지의 관례였다. 하지만 축구협회 회장은 자신의 말이 무시당했다는 사실에 아직도 앙금을 지우지 못하고 있었고, 때문에 그 문제를 수습하지 못하면 다른 협회 간부들도 무사하지 못할 거라는 이야기였다.

내심 의문을 느낀 양주호가 입을 열었다.

"그… 회장님 지시가 뭐였습니까?"

"윤민혁 선수라고 아시죠? 예전에 양주호 감독님이 가르치셨던."

"네?"

"그, KBC 휴먼 히스토리에서 인터뷰도 갔었다고……."

"아, 몰라서 묻는 게 아닙니다. 좀 당황해서요."

양주호는 정말로 당황한 표정을 짓고 있었다. 윤민혁이라니, 그 이름이 왜 나온단 말인가.

"예전에, 회장님께서 그 방송을 보시고 윤민혁이라는 선수에 대해서 조사를 좀 해보셨던 모양입니다. 조사 결과도 아주 좋았고요. 영국 현지에서는 명문 아스날을 이끌 차세대 선수 중 한 명으로 꼽고 있다는 이야기도 있다고 하니까요."

"그놈이라면 그럴 법하죠."

양주호는 당황을 지우고 고개를 끄덕였다. 자신이 생각해도 그럴 만한 능력은 가진 놈이었다.

"그런데 정성화 감독은 너무 어리다면서 그 선수를 안 뽑았어요. 뭐, 정성화 감독 체면도 있고 해서 회장님도 그냥 넘어갔는데, 그랬으면 결과라도 좋아야 할 거 아닙니까."

"그래도 4강까지는 올랐던데요."

"우승이 아니면 의미가 없습니다. 최소한 준우승 정도는 해야 운이 없었다는 말이 통하죠."

하기야 딱히 틀린 말은 아니었다. 90년대 아시아 축구는 대한민국과 일본, 그리고 이란과 사우디아라비아가 4강으로 자리매김하고 있었고, 청소년대표팀 레벨에서도 그와 같은 상황이 이어지고 있었다. 다시 말해 대회 4강은 당연히 이루어야 할 일이라는 이야기였다.

"지지난번 대회 8강은 그야말로 악몽이었죠. 그럼 당연히 이번 대회에서 우승을 노리고 팀을 조직해야 했는데, 회장님께서 몇 번이나 검토한 선수를 어리다는 이유로 거절하고도 우승을 못 했으면 잘리는 게 당연합니다."

"그, 그렇죠."

양주호는 손바닥에 배어 나온 식은땀을 닦았다. 왠지 자신에게 하는 이야기 같았다.

"아무튼, 다음 대회에선 꼭 우승을 해야 합니다. 그래서 우리는 라인이 아닌 실력을 갖춘 감독을 찾고 있었고, 양주호 감독님을 내정하기로 결정한 겁니다. 전국 대회 3연패는 아무나 할 수 있는 일이 아니니까요."

"그렇긴 하죠."

기가 산 양주호는 은근히 거드름을 피웠다. 그걸 본 사내는 모호한 의미의 웃음을 입에 물다, 다시 양주호를 향해 입을 열었다.

"그리고 양주호 감독님이 청소년대표팀 감독이 되시면 그 윤민혁이란 선수를 데려오는 것도 쉽지 않겠습니까. 보통 외국에 나간 애들은 축협에서 불러도 잘 안 오지만, 그래도 국민학교… 아, 이제 초등학교죠? 아직 입에 안 익어서요. 아무튼 초등학교 은사가 부른다는데 안 오지는 않을 거 아닙니까."

"…회장님이 민혁이를 많이 좋게 보신 모양이군요."

"KBC 취재를 나갔던 카메라 감독이 아주 극찬을 했다더군요. PD는 탐탁지 않아 했지만 축구 실력 하나만큼은 진짜였다고 이야기했고요."

양주호는 고개를 끄덕이면서도 못마땅한 기색을 감추지 않았다. 실력 외의 요소, 그러니까 민혁의 존재가 자신의 거취에 영향을 미친다는 게 마음에 들지 않아서였다.

하지만 그런 면도 인사에 반영되는 건 이상하지 않았다. 대기업에서 잘린 사람이 하청 업체 간부로 재취직하는 것과 다를 게 없으니 말이다.

'아니, 이건 반대인가……'

그런 생각을 잠깐 했던 양주호는 피식 웃으며 고개를 들었다. 어쨌거나 이건 작지 않은 기회였다. 이번 기회를 잘 잡기만 하면 자신도 대한민국 축구계의 주류에 편입될 수 있을지도 몰랐다.

"알겠습니다. 맡아보죠."

"탁월한 선택입니다."

사내는 양주호를 향해 손을 내밀었고, 양주호는 그 손을 붙잡고 웃음을 물었다.

*　　　　*　　　　*

"야! 진짜 똑바로 못 해!"

머리가 반쯤 까진 남자가 경기장을 보며 날뛰고 있었다. 17세 이하 청소년대표팀과 친선전을 진행하는 서북고 축구부 감독이었다.

양주호는 그를 보며 흐뭇한 표정을 짓고 있었다.

저 짜증 나는 인간에게 한 방 먹일 수 있음에 기분이 좋아진 것이다.

'그러게 학교 다닐 때 잘하셨어야지.'

지금 길길이 날뛰는 남자, 그러니까 서북고 감독은 양주호의 고등학교 선배였다. 더불어 그 시절 자신과 레귤러 자리를 두고 경쟁하던 사이였으며, 자신이 경쟁에서 밀린다 싶을 때마다 양주호를 불러 엎드려뻗쳐를 시켜놓고 대걸레 자루로 두들겨 대던 개새끼였다.

하지만 그 시절엔 사소한 반항도 하지 못했다. 당시 대한민국의 분위기에서 선배에게 대든다는 건 패륜에 버금가는 행위로 통했다. 그랬다가는 축구부는 물론이고 학교에서도 쫓겨나게 되는 게 당연한 시절이었고, 양주호는 그런 부당함을 견

디며 고등학교 2년을 보내야 했다.

'저 새끼 졸업하니까 우리 학교가 8강까지 올랐었지.'

오래전 일을 회상하던 양주호는 주먹을 불끈 쥐었다. 서북고 골망이 흔들리는 모습을 보았기 때문이었다.

골을 넣은 건 청소년대표팀 미드필더 윤민혁이었다.

서북고 감독은 물병을 걷어찼다. 아무리 청소년 대표라지만 두 살이나 어린 놈에게 저렇게 당하는 게 말이 되느냐는 듯한 표정이었다.

"못 이기면 니들 다 죽어!"

"하……."

서북고 선수들은 한숨을 내쉬며 고개를 저었다. 아무리 약체로 꼽히는 팀이라지만 자신들보다 어린 대표 팀에게 탈탈 털리는 건 납득이 안 되는 모양이었다.

편제상으로는 같은 U-17이지만, 청소년대표팀은 AFC를 겨냥하고 소집된 15~16세 선수들이기 때문이었다.

게다가, 청소년대표팀의 에이스인 No.10 윤민혁은 15살에 불과했다. 하기야 저 나이에도 저렇게 잘하니 영국까지 가서 축구를 하고 있는 걸 테지만, 아무리 그래도 두 살이나 많은 자신들이 탈탈 털리는 걸 가슴으론 납득하기 어려운 게 당연했다.

"선배님. 좀 진정하시죠."

"야 이 새끼야! 너 지금 잘난 체하냐? 지금 선배가 우습 게……."

"그러게 전술을 잘 짜셨어야죠."

양주호는 웃었고, 서북고 감독은 주먹을 휘두르고 싶은 심정을 애써 누르며 이를 갈았다. 예전이라면 당연히 주먹을 휘둘렀겠지만, 청소년대표팀 감독이 된 양주호는 단순한 후배로 보기 어려운 까닭이었다.

"너, 너 이……."

"아, 또 골 들어가네요."

"뭐야!"

서북고 감독은 고개를 돌리다 목을 잡고 쓰러졌다. 너무 급격히 목을 움직이다 근육에 손상을 입은 것이다.

"어이구, 선배님 쓰러지셨네."

"으어어……."

양주호는 목을 잡고 신음하는 선배를 보며 통쾌하게 웃었다. 오랫동안 묵혀두었던 원한이 이제야 풀리는 느낌이었다.

그는 쓰러진 선배에게서 고개를 돌려 경기장을 보았다.

경기는 일방적인 흐름으로 전개되었다. 이번에 소집된 청소년대표팀은 평균연령이 두 살이나 높은 서북고 축구부를 완전히 뭉개고 있었다. 서북고 선수들의 기본기와 조직력이 그다지 좋지 못한 것도 이유였지만, 청소년대표팀에서 공격형미드필더로 출전한 10번 윤민혁의 능력이 이런 흐름을 만들어낸 이유였다.

"저놈 진짜 물건이라니까."

양주호는 수년 전의 기억을 꺼내보았다. 어디서 배워 왔는지 온갖 개인기를 자신에게 보여주던 11살 꼬맹이의 모습이었다.

하기야 그때부터 선수급 볼 터치를 보이던 놈이었다. 4년이나 지난 지금이라면 저 정도는 해줘야 이치에 맞았다.

'아시아 무대에선 완전히 마라도나 싸대기를 치겠는데.'

그는 뿌듯한 느낌으로 가슴을 활짝 폈다. 축구협회에서 원하던 대회 우승은 따 놓은 당상 같았다.

저런 실력을 가진 선수가 있는데 우승을 못 하는 게 말이되는가.

"양주호 이 새끼. 너 감히 선배를 이 꼴로……."

"어이쿠, 또 골 들어가겠네."

"큭."

비틀대며 일어난 서북고 감독은 이를 갈았다. 그로서는 다행스럽게도 골키퍼가 간신히 막아냈지만, 이렇게 몰리고 있다는 것만으로도 엄청난 스트레스가 느껴지고 있었다.

물론 서북고 축구부도 기회가 아예 없는 건 아니었다. 점유율이 대략 9 대 1의 비율이긴 했지만, 간간이 롱패스를 통한 로또성 슈팅을 날릴 수 있는 기회가 오기는 했다.

그러나, 그런 기회가 골로 이어지긴 어려운 법이다.

"엄태봉 너 이 새끼! 그거 하나 못 넣어!"

서북고 감독은 길길이 날뛰었다. 골대를 형편없이 벗어난 중거리슛에 분노하는 것이다.

양주호는 혀를 찼다. 페널티박스에서 10m 이상 떨어진 곳에서 날린 중거리슛, 그것도 수비가 달라붙으려는 상태에서 급하게 날린 슛이 골이 되길 바라는 건 도둑놈 심보였다.

'하긴. 저 인간은 원래 도둑놈이었지.'

그가 옛일을 하나씩 꺼내고 있을 때, 서북고 감독이 갑자기 들뜬 목소리로 소리를 질렀다.

"양주호 인마! 저거 봤냐? 우리가 골 넣었어."

"음?"

양주호는 고개를 돌렸다. 그러자 황당해하는 청소년대표팀 선수들과, 그 앞에서 기뻐 날뛰는 서북고 선수들의 모습이 보였다. 보아하니 운 좋게 한 골을 만회한 모양이었다.

"봤냐? 이게 선배의 힘이다!"

"아, 네. 4 대 1이어서 기분 참 좋으시겠네요."

"이 새끼가… 야 인마! 이제 시작이야! 우리 애들이 역전……."

서북고 감독이 목소리를 높이는 사이, 청소년대표팀이 곧바로 골을 넣었다. 중앙선 바로 뒤에서 한 번에 이어진 롱패스를 민혁이 달려들며 때려 넣은 것이다.

양주호는 목소리를 높이는 서북고 감독을 바라보며 입을 열었다.

"5 대 1이네요."

"뭐야?"

서북고 감독은 눈을 크게 뜨며 고개를 돌렸다. 그러자 무릎을 꿇고 있는 자기 팀 골키퍼와 골대 안에 들어가 있는 공이 보였고, 기뻐하는 청소년대표팀 선수들의 모습도 보이고 있었다. 그로서는 도저히 보고 싶지 않았던 모습이었다.

"이, 이……."

그는 다시 한번 뒷목을 잡고 쓰러져 버렸고, 양주호는 끙끙대는 서북고 감독의 귀에 입을 대고 말했다.

"다음부턴 전술을 잘 짜서 오세요."

*　　　*　　　*

닻을 올린 양주호 사단은 AFC U—17 축구 선수권대회에서 좋은 결과를 이뤄냈다. 조별 예선에서 일본에게 발목을 잡히긴 했지만, 결승전에서 다시 일본을 만나 2 대 1 승리로 패배를 설욕하며 우승을 차지한 것이다.

하지만 그다음 단계의 대회, 그러니까 FIFA 17세 이하 월드컵을 앞둔 시점의 양주호는 그 결과에도 웃을 수 없었다. 너무도 뜻밖의 말을 들었기 때문이었다.

"네? 민혁이를 빼라고요?"

"그렇습니다."

양주호는 미친놈 보듯이 눈앞의 사내를 바라보았다.

AFC U-17 축구 선수권대회 우승을 이끌어낸 에이스를 빼고 17세 이하 월드컵에 나가라니, 이게 말이나 될 법한 소리냔 말이다.

"저기, 민혁이가 없었으면 저희 팀 우승 못 했습니다만."

"과장이 지나치시군요."

축구협회에서 나온 사내는 허허 웃으며 종이컵을 들고 말을 이었다.

"물론 좋은 선수가 있어야 좋은 결과가 나오는 건 맞습니다. 하지만 우승이라는 건 선수의 힘보다 감독의 힘이 더 절대적이죠. 아시잖습니까. 몰락한 맨체스터 유나이티드를 살려낸 건 알렉스 퍼거슨이고……."

"그 알렉스 퍼거슨도 에릭 칸토나가 오기 전엔 우승을 못했습니다. 돈은 있는 대로 퍼부어놓고도 리그 10위권 밖에 머물기도 했던 감독이었죠."

사내는 종이컵을 구겼다. 대화의 흐름이 마음에 들지 않는 모양이었다.

그러나 양주호로서도 민혁을 빼라는 말엔 도저히 수긍할
수 없었다. 에릭 칸토나 없는 퍼거슨의 심정이 되고 싶지는 않
아서였다.

그 단호함을 읽은 사내는 구겨진 종이컵을 내려놓곤 자리
에서 일어났다.

"아무튼 전 이야기 다 전했습니다."

그는 대답도 기다리지 않은 채 방을 나섰다. 못마땅하다는
기색이 잔뜩 담긴 표정이었다.

잠시 황당해하던 양주호를 향해, 청소년대표팀 코치 장준우
가 조심스러운 태도로 입을 열었다.

"민혁이랑 스틸레인 황준영 팀장 사이에서 마찰이 있었던
모양입니다."

"마찰요? 무슨 마찰?"

양주호는 황당함에 젖어들었다. K리그 중견 팀인 스틸레인
의 팀장과 청소년 대표에 불과한 민혁 사이에 무슨 마찰이 생
긴단 말인가.

"그게, 스틸레인에서 민혁이에게 스카우트를 시도했던 모양
입니다. 연봉 3,000만 원 보장해 줄 테니까 아스날에서 나와
서 스틸레인에 들어오라고요."

"뭔 미친 소리예요?"

양주호는 막말을 금할 수 없었다. 그만큼 스틸레인 측의 제

안이 황당했기 때문이었다.

"영국 명문 팀에서 차세대 에이스로 키우고 있는 애한테 연봉 3,000만 원요? 아무리 날로 먹는 게 축구판이라지만 그런 개소리가 어디……."

"쉿. 스틸레인에서 들으면 감독님 앞날 막히는 겁니다. 축협 간부들이 거기랑 친하잖습니까."

"아무리 그래도 그렇죠. 그게 말이 됩니까?"

양주호는 고개를 저었다. 아무리 도둑놈이 많은 축구판이라지만 그런 개소리를 지껄여 놓고 이러는 게 어딨나 싶은 심정이었다.

막말로 똥은 황준영이 쌌는데 왜 애먼 자신이 뒤처리를 해야 한단 말인가.

그것도 아주 힘들게 말이다.

"그래도 황준영 그 사람이 축협에서 대놓고 밀어주는 간부후보 아닙니까. 여기선 감독님이 일단 숙이고 들어가는 게 맞습니다. 안 그랬다간 청소년대표팀 감독 자리도 위험해요."

"어차피 성과 못 내면 잘리는 거 아닙니까."

"에이, 아시아 대회라지만 우승도 하셨는데요. 17세 월드컵에서 16강만 올라도 뭐라고 못 할 겁니다. 그 정도야 민혁이 없어도 충분히 가능할 거고요."

한숨을 쉰 양주호는 소파에 몸을 묻고 고개를 끄덕였다. 힘

없는 자신이 여기서 뭘 어쩌겠는가.

"일단 민혁이 없는 걸로 생각하고 스쿼드 짜보죠. 그냥 부상당한 셈 치고……."

"알겠습니다. 소집은 언제로 할까요?"

"대회 15일 전에 해야죠. 여유 좀 있으면 협조공문 넣어서 한 달 전에 모이는 걸로 하고요."

지시를 받은 장준우가 사무실을 나섰다. 양주호는 문이 닫히는 소리를 들으며 테이블에 놓인 자신의 종이컵을 들었다. 믹스커피에 든 설탕의 달콤함으로 마음을 가라앉힐 생각이었다.

하지만 커피를 아무리 마셔도 불안함은 지워지지 않았다.

*　　　　*　　　　*

골망은 형편없이 출렁거렸다. 전반전에만 무려 세 번째 겪는 실점이었다.

"야! 좀 더 바짝 붙으라니까!"

양주호의 이마엔 핏대가 올랐다. 하지만 의욕을 잃어버린 선수들은 터치라인에서 들려오는 소리에도 반응하지 못했다. 완전히 정신 줄을 놓은 듯한 모습이었다.

입에서 손을 뗀 양주호는 허탈한 표정으로 고개만 저었다. 이건 정말 답이 안 나오는 상황이었다.

'아르헨티나전이 차라리 나았어.'

그는 전 경기인 아르헨티나전을 떠올려 보았다. 물론 그 경기도 4 대 1이라는 스코어로 패하긴 했으나, 그래도 이렇게까지 무력한 모습은 보이지 않았다. 그래도 그 경기까지는 기술의 아르헨티나와 체력과 조직력의 대한민국이라는 구도가 만들어졌기 때문이었다.

"민혁이만 있었어도 이길 수 있었는데."

양주호는 지난 경기를 떠올리곤 입술을 깨물었다. 마지막 방점을 찍을 선수만 있었어도 아르헨티나전에서 비길 수는 있었다는 생각이 들었다.

하지만 그 방점을 찍을 수 있는 선수가 없었다. 정확히 말하면 있는데 발탁을 할 수 없었다. 축구협회에서 계속해서 민혁을 대표 팀에 넣지 말라는 압박을 가한 게 원인이었다.

그 결과 청소년대표팀은 아르헨티나전에서 대패를 했고, 이번 스페인전에서도 형편없는 모습을 보이고 있었다. 아무리 생각해도 해결책이 안 나오는 상황이었다.

"감독님, 후반전은 어떻게……."

"체력으로 밀어야지 별수 있나요."

양주호는 한숨을 내쉬며 말했다. 무엇보다도 저 스페인의 14번, 안드레아스 이니에스타라는 선수를 막을 방법이 없었다. 직접적인 공격력은 조금 떨어지는 듯한 느낌이지만,

그 외의 모든 면이 민혁을 보는 듯한 기분이었다.

"민혁이만 있었어도 이 지경은 아니었을 텐데……."

장준우도 그 말에 고개를 끄덕였다. 그동안 많은 팀을 맡아왔지만, 에이스 한 명의 존재 유무가 이렇게 크게 느껴지긴 처음이었다.

그들은 후반전을 대비해 전술을 수정하고 선수들을 준비시켰다. 하프타임 동안 얼마나 정비가 될지는 미지수지만, 그래도 포기는 할 수 없었다.

그러나 효과는 없었다.

경기가 끝나기 전, 대한민국의 골망은 또 한 번 출렁였다.

＊　　　＊　　　＊

17세 이하 월드컵의 결과는 3전 3패 예선 탈락이었다. 아르헨티나와 스페인은 그렇다 쳐도, 미국에게까지 패한 건 변명의 여지가 없었다.

그렇게 대회가 끝나고, 축구협회에서 나온 직원은 양주호에게 해고를 통보했다. 그나마 서면이 아니라 사람이 나와서 통보를 한 건 축구협회에 일말의 양심이 남아 있던 덕분이었다.

"잔여 연봉 외에 퇴직금도 넉넉히 넣었습니다."

양주호는 그가 건넨 서류를 보고는 한숨을 쉬었다. 기껏 여기까지 올라왔는데 이렇게 몰락해 버린다는 게 정말 믿기지 않았다.

"민혁이만 있었어도 8강까진 갈 수 있었을 겁니다."

양주호는 뒤늦은 후회를 터뜨려 보았다. 물론 그가 민혁을 스쿼드에 넣으려 했어도 진행될 가능성은 없었다. 축구협회에서 허락하지 않았을 터이기 때문이었다.

축구협회 직원은 쓴웃음을 물고 그 말에 답했다.

"대한민국 축구판이 다 그렇죠."

"네?"

"저도 축협 생활 꽤 오래 했습니다. 이런 일이 있을 때마다 제가 처리했는데, 그때마다 감독님들 반응이 다 똑같더라고요."

그는 어깨를 으쓱하곤 말을 이었다.

"전 감독님이셨던 정성화 감독님도 수제자 한 명을 못 넣은 게 타격이 컸다고 하셨죠. 뭐, 정성화 감독님 수제자랑 그 윤민혁이란 애가 차원이 다른 건 분명하지만, 어쨌든 매번 나오는 반응이라 협회에선 신경도 안 쓸 겁니다."

양주호는 한숨을 쉬었다. 협회에서 나온 직원마저도 이렇게 말할 정도였다니. 이 무슨 지옥 같은 일이란 말인가.

"아무튼 이제 대표 팀도 그만두셨고… 어디 갈 곳은 있으십니까?"

"어떻게든 되겠죠."

전 직장이던 은서 초등학교는 이미 다른 감독이 자리를 차지하고 있었다. 양주호가 있을 때만큼은 아니어도 전국 강호로 이름을 날리고 있었고, 때문에 양주호가 그곳으로 돌아가는 건 불가능했다.

잘하고 있는 감독을 갈아치우는 것은 좋은 일도 아닌 데다가, 양주호가 은서 초등학교의 교장과 막역한 사이도 아니기 때문이었다.

"아직 연락 온 곳 없으신가요? 프로 팀이라든가……."

"그런 연줄 없습니다."

"그럼 말입니다."

축구협회 직원은 조심스럽게 입을 열었다.

"혹시 섬 좋아하십니까?"

"…네?"

＊　　　＊　　　＊

"허허, 이렇게 수준 높은 감독님을 모시게 되어서 영광입니다."

거제도로 온 양주호는 엄청난 환대를 받았다. 그가 생각했던 것보다 훨씬 더 좋은 대접이라 오히려 얼떨떨할 지경이었다.

"영광이라뇨. 이러시면 부담스러운데요……."

"청소년대표팀 감독이셨던 분인데 당연히 영광스럽지 않겠습니까. 거기다 대표 팀 가시기 전엔 은서 초등학교에서 전국 대회 3연패를 기록하셨고요. 그렇지 않아도 축구협회 관계자 분이 오셔서 감독님 칭찬을 얼마나 하셨는지 몰라요."

양주호는 상북 초등학교 교무부장이라는 사람의 반응에 당황하고 있었다. 지금까지 만나왔던 사람들과는 전혀 다른 대접이기 때문이었다.

그러나 이야기를 듣다 보니 납득이 되었다. 악성 축빠인 상북 초등학교 교장이 그동안 성적이 안 나온다는 이유로 교직원들을 들들 볶았던 모양이었다. 심지어 학생들 정신력이 따라주지 않는 건 교직원들의 정신상태가 썩었기 때문이라며 축구부원들과 함께 새벽 구보를 하라는 지시까지 내렸다는 이야기도 나와, 양주호는 고개를 절레절레 젓고 말았다.

"아무튼 그럼 감독님만 믿겠습니다. 지원 걱정은 하지 마세요. 사재를 털어서라도 빵빵하게 해드리겠습니다."

교무부장의 이야기는 양주호의 가슴에 부담감을 한층 더했다. 이런 기대를 받아놓고 성적이 좋지 못하면 어떤 상황이 될지 눈앞에 선했다.

하지만 그건 기우에 불과했다.

빨리 성과를 보고 싶어 하던 교장의 압박에 지치긴 했지만,

양주호는 전 청소년대표팀 감독이라는 명함 덕분에 충분한 시간을 얻을 수 있었다. 그리고 그 시간 동안 축구부원들의 기본기를 철저하게 다지고 체력 훈련을 충실히 시킨 양주호는 포항에 있는 명문 팀과의 친선전에서 대승을 거둬 교장을 기쁘게 했고, 일 년 후엔 전국 대회 8강 진출이라는 성적을 거둬 교장을 기절시켰다.

"양 선생, 아니, 양 감독님. 정말 고맙습니다. 내 평생 우리 학교가 전국 대회에서 8강을 거둘 줄은 꿈에도 몰랐어요."

"맞습니다. 스틸레인 출신 감독도 못 이뤄낸 성적 아닙니까."

"역시 청소년대표팀 감독은 뭐가 달라도 달라요. 안 그렇습니까, 여러분."

"그럼요. 교감 선생님 말씀이 백번 옳습니다."

상북 초등학교 교직원들은 양주호를 치하했다. 드디어 악성 축빠인 교장의 억지에서 벗어나게 되었음에 진심으로 기쁨을 느끼는 것 같았다.

양주호는 그들을 향해 웃으며 말했다.

"5학년 애들 실력이 많이 좋아졌습니다. 잘하면 내년에는 4강… 아니, 우승도 가능할 겁니다."

"우, 우승!"

정신을 차렸던 교장은 다시 한번 기절했다. 심장에 무리가 가지는 않았을까 걱정이 될 지경이었다.

그리고 다음 해.

상북 초등학교는 전국 대회 4강이란 성적을 거뒀다.

*   *   *

행복한 시간은 길지 않았다.

"…네?"

양주호는 믿을 수 없다는 표정을 지었다. 난데없는 해고 통보를 받았기 때문이었다.

"그게 말이에요. 흠흠. 이번에 교육청에서 실사가 나왔… 아니지, 축구협회에서 실사가 나왔는데, 그 과정에서 말이 좀 있었던 모양이에요. 우리라고 마음이 편하겠어요?"

교감은 애써 변명을 시도했다. 해고 통보를 하는 입장이라고 마음이 편할 리 있는가.

"교장선생님을 한번 뵈어야겠습니다."

"어허. 이러면 양 감독만 곤란해요. 아무 소용 없대두."

"그게 무슨……."

교감은 난처한 표정으로 헛기침만 뱉었다. 그러자 교무실 옆자리에 앉았던 선생 하나가 양주호의 소맷자락을 잡아당기며 담배를 피우는 시늉을 해 보였다. 밖에 나가서 자신과 이야기하자는 의미의 제스처였다.

그를 본 교감은 냉큼 자리를 피해 버렸고, 양주호는 억울함이 북받친 표정으로 몸을 떨다 밖으로 나갔다. 도대체 어떻게된 일인지라도 알아야겠다는 생각이었다.

그를 부른 선생은 담배를 건네며 입을 열었다.

"교감선생님 너무 압박하지 마세요. 다 교장선생님이 시켜서 하는 일이니까요."

"최승우 선생님. 그게 대체 무슨 소립니까?"

"그게 말인데요……."

최승우 선생은 담배를 한 모금 피우곤 씁쓸한 표정으로 말을 꺼냈다.

"양 선생님 덕분에 우리 학교 축구부가 경상남도 최고가 됐잖습니까. 그게 문제였어요."

"네?"

"그, 아시죠? 홍천표라고."

"경남 도지사잖습니까."

"맞아요. 그 사람."

최승우 선생은 다시 한번 담배를 입에 물었다. 답답해진 양주호는 그의 입에 물린 담배를 뽑아버리고 싶은 마음이 가득했다. 그러나 아쉬운 건 자신이기에, 그는 최승우가 담배를 다 피우길 기다리며 주먹을 쥐었다. 초조한 마음에 그러지 않고 선 버틸 자신이 없었다.

담배꽁초를 버린 그는 그것을 밟아 끄며 말을 이었다.

"여긴 도지사가 프로 팀 구단주도 겸하고 있는 거 아시죠?"

"네."

"그런데 그 팀 유스는 5년째 16강에 머물고 있어요. 그런 상황에서 우리 학교가 2년 연속 4강을 했으니 그 팀 프런트에서 난리가 난 모양이더라고요."

"…그래서 자리 뺏기를 한다 이겁니까?"

"그런 거죠."

양주호는 이를 갈았다. 대충 어떻게 돌아가는지 그림이 그려졌다. 체면이 상한 도지사와 그의 눈치를 본 프로 팀 운영진이 상북 초등학교를 산하 유스 팀으로 받아들이고, 그 대신 자신들의 라인을 탄 사람을 감독으로 앉혀서 체면을 유지하려 한다는 이야기였다.

"씨발."

양주호는 욕설을 뱉었다. 그런 이야기라면 일개 축구부 감독인 자신이 어떻게 할 수 있는 상황이 아니었다. 아무리 전 청소년대표팀 감독이었더라도, 축구협회에 라인 하나 없는 자신으로서는 저항을 하면 할수록 손해만 볼 게 뻔했다.

결국, 양주호는 위로금 몇 푼을 손에 쥔 채 상북 초등학교를 떠나야 했다.

학교에서 쫓겨난 양주호는 연락이 닿는 모든 곳에 손을 벌렸다. 그러나 그를 받아주는 곳은 하나도 없었다. 청소년대표팀 감독 출신의 지도자가 학교에서 쫓겨났다는 건 축구협회에게 밉보였단 뜻으로 해석되기에 좋은 상황이었고, 축구협회는 그런 인식을 굳이 바꾸려 하지 않았기 때문이었다.

엄밀히 말하자면, 관심도 없었다는 표정이 정확하리라.

그렇게 몰락해 버린 양주호가 간신히 찾아낸 일자리는 부산 경마 공원에 붙어 있는 축구장을 관리하는 계약직이었다. 청소년대표팀 감독 출신이란 간판을 가진 사람이라면 부끄러워서라도 하지 않을 일이었지만, 목구멍이 포도청이라 어쩔 수 없었다.

그러던 어느 날.

뜻밖의 손님이 그를 찾았다.

"…어라? 민혁이 아냐?"

*   *   *

양주호는 민혁을 데리고 단골집으로 향했다. 이곳에서 유일하게 마음에 드는 식당이었다.

"어때. 맛있지?"

"네."

"야, 거기 호박이랑 무도 맛있어."

"이거 호박 특이하네요? 보통 애호박 넣지 않아요?"

"그렇지? 나도 늙은 호박 넣는 건 여기서 처음 봤어."

큼직하게 잘라 넣은 호박을 자기 접시에 올린 그는 젓가락을 들어 토막 난 무를 가리켰다. 한번 먹어보라는 이야기였다.

민혁의 반응도 좋았다. 사실 갈치보다 양념이 잘 배인 무가 맛있었다.

그렇다고 무만 먹으라고 하면 화를 내겠지만.

"근데 진짜 나 보러 온 거냐?"

"그거 아니면 제가 여길 왜 와요."

무와 밥을 동시에 우물거린 민혁이 말을 이었다.

"어쩌다 이런 곳에 오게 되신 거예요? 청소년대표팀 감독이셨으니까 부르는 데 많았을 텐데."

"야, 축협 간부한테 찍혔는데 누가 써줘."

"그렇게 자리가 안 나요?"

"그래. 예전부터 오라던 곳에 전화를 해봤는데 다들 자리가 찼다고 피하더라고. 하여튼 이놈의 축구판은 협회 눈 밖에 나면 되는 게 없다니까."

양주호는 아직 남아 있던 큼직한 갈치 한 토막을 앞접시에 내려놓곤 투덜거렸다.

"너도 청소년대표팀 때 느끼지 않았냐? 축구판 완전히 학연 지연 카르텔에 묶여 있는 거."

"그거야 그렇죠."

"너도 조심해. 그놈들은 너도 자기들 밥그릇 뺏어 갈 사람으로 보고 있을 거니까."

"차 감독님처럼요?"

"그래. 그놈들이 너 보는 게 딱 그거야."

양주호는 분데스리가의 전설적인 용병을, 그러나 한국에 와서는 역사상 유일하게 월드컵 도중에 경질당한 감독이 되어버린 비운의 인물을 떠올리며 입을 열었다.

"그래도 그 양반은 고려대랑 공군 축구단으로 20대 중반까지 한국에서 뛰어서 수원 감독이랑 국가대표 감독도 한 거야. 너는 그런 거 하나도 없잖아."

"그렇긴 하죠."

민혁은 고개를 끄덕였고, 양주호는 갑자기 자신의 처지가 떠올라 한숨을 쉬었다. 자신 역시 연줄 같은 게 하나도 없어 이런 꼴이 된 게 아닌가.

"아무튼 너도 선수 생활 끝나고 나면 어떻게 할지 생각 좀 해둬. 영국에서 아예 쭉 살 거면 모르겠는데, 은퇴하고 한국 올 거면 나름 기반을 잡아둬야 돼. 안 그러면 너 계속 겉도는 신세 된다."

"음……."

양주호의 말에 고개를 끄덕인 민혁은 5분 정도 생각을 이어 가다 입을 열었다.

"그냥 구단 하나 살까요?"

"구단? 무슨 구단을 사?"

"대전에 시민 구단 있잖아요. 거기 재정난이라니까 그냥 제가 사버리면 될 것 같은데요?"

민혁의 이야기는 양주호를 당황시켰다.

"인마. 축구단이 무슨 동네 슈퍼인 줄 아냐."

"저 돈 많아요."

"너 돈 많이 버는 건 아는데 그걸론 턱도 없어. 지분이야 어떻게 끌어모은다 쳐도 운영은 어떡할래? K리그 구단 죄다 적자다. 아무리 아껴도 1년에 20억 30억씩 막 손해 보고 그래."

"괜찮아요. 축구단 하나 사서 운영할 돈은 있으니까."

"…영국에서 돈을 그렇게 많이 주냐?"

"아뇨. 주식 좀 했거든요."

"주식?"

양주호는 귀가 솔깃해졌다. 축구단을 사서 운영할 정도면 도대체 얼마나 벌었다는 이야기인가.

"무슨 주식을 샀길래 돈을 그렇게 번 건데?"

"그냥 이것저것 샀어요."

"나도 주식이나 해볼까?"

민혁은 부정적인 답변을 꺼내놓았다.

"감독님은 하지 마요. 개미들은 100명 중 140명이 털리는 게 주식이니까."

"야, 전체가 100명인데 어떻게 털리는 게 140명이야?"

"그 100명 중에서 10명 이상이 주변 사람 인생까지 말아먹으니까요."

양주호는 흠칫했다. 그러고 보니 자신의 주변에도 계나 주식에 돈을 부었다가 패가망신한 사람이 한두 명이 아니었다.

민혁이야 돈을 잘 버는 프리미어리거니 주식을 하다 돈을 좀 날려도 별 상관 없겠지만, 백수나 다름없는 자신이 그랬다가는 낙동강 수온을 확인하게 될지도 모를 일이다.

주식에 대한 야망을 지워 버린 양주호는 화제를 돌렸다.

"그래도 당장 구단을 사는 건 무리야. 네가 200억 있어봐야 10년이면 끝장난다고. 기업 스폰 이런 거 안 붙고 운영할 수 있을 것 같아?"

"안 붙을까요?"

"시민 구단들이 왜 다 적자겠냐. 스폰이 안 붙으니까 그런 거지."

야심 차게 시민 주를 공모해 출범한 구단도 결국엔 지방단체에 빌붙어 혈세를 빠는 처지가 되는 게 K리그의 현실이었

다. 조기 축구 등으로 생활체육에는 충분히 녹아든 축구지만,
축구 경기를 관람한다는 인식은 거의 죽어버린 한국이기 때
문이었다.

이는 야구의 영향이 컸다. 야구계가 직접적으로 축구계를
말려 죽이려 한 부분보다는 중계에 있어 광고 편성이 유리한
것이 더 큰 비중을 차지하고 있었을 뿐이지만 말이다.

민혁은 잠깐 생각하다 입을 열었다.

"그럼 결국 하지 말라는 거잖아요."

"아니지. 하지 말라는 게 아니라……"

"그럼요?"

양주호는 눈에 힘을 꽉 주며 입을 열었다.

"내셔널 리그에 있는 팀을 사라."

"실업 축구요?"

"그래. 거기."

양주호는 평소 하던 생각을 꺼냈다. 민혁은 그의 이야기를
듣고는 고개를 끄덕거렸고, 이야기는 점점 구체화됐다. 돈만
있다면 정말로 실현할 정도의 플랜이 세워진 것이다.

식사를 거의 다 끝낸 민혁은 수저를 내려놓고 입을 열었다.

"그럼 감독님이 추진해 주세요. 계좌번호는 문자로 주시고
요."

"무슨 계좌번호?"

"그쪽이랑 접촉하려면 비용 들 거 아니에요. 착수금 드려야죠."

양주호는 손사래를 쳤다. 제자라지만 이제 고용주가 될지도 모르는 사람이니 최대한 잘 보여야 하지 않겠나.

"인마. 착수금은 무슨 착수금이야. 됐어."

"엎어지면 감독님 돈만 날리는 건데요?"

그 말은 양주호를 움찔하게 만들었다. 지금 하고 있는 일은 정말 박봉이라고 하기도 창피할 정도의 급료만 받는 일이라, 교통비와 식비만 날아가도 그에겐 큰 타격이었다.

자존심을 굽힌 그는 기어가는 목소리로 입을 열었다.

"…얼마나 줄 거냐?"

*   *   *

그렇게 시작한 내셔널 리그 생활은 몇 년 만에 막을 내렸다. 이번엔 해고가 아니라 영전이었다. 내셔널 리그에 머물던 제천 시민 구단이 FC ARSEN으로 명칭을 바꾸고 K리그에 들어섰기 때문이었다.

그간의 일로 독기를 품은 양주호는 첫 시즌부터 상위 스플릿에 머무는 위업을 이뤘다. 축구협회로서는 불편한 일이었고, 때문에 FC ARSEN에 대한 견제도 끊임없이 이어졌다. 심지어 구단주인 민혁을 찾아가 감독 교체를 요구하는 일까지 있을 정도였다.

물론 축구협회의 요구는 단칼에 거절당했다. 구단주인 민혁도 축구협회엔 별로 좋은 감정이 없었고, 당연히 그들의 요구를 들어줄 생각도 없었다.

그런 복잡한 상황 속에서도, 양주호는 팀을 계속해서 K리그 상위권에 랭크시켰다.

그러던 2012년.

양주호는 민혁으로부터 뜻밖의 이야기를 들었다.

"뭐? 한국 온다고?"

"네."

"왜?"

그는 정말 이해가 안 된다는 표정을 지었다. 이미 유럽에서 엄청난 성공을 거뒀고, 앞으로도 거둘 것이 확실시되는 민혁이 왜 K리그 같은 곳에 온단 말인가.

"월드컵 우승해야죠."

"우승이랑 그거랑 무슨 상관인데?"

"왜 상관이 없어요. 2002년 기억 안 나요?"

"너 그때 대표 팀 아니었잖아."

"저 말고요. 히딩크호요."

양주호는 그제야 민혁의 의도를 알 수 있었다. 거스 히딩크가 대한민국 대표 팀을 FC 코리아처럼 운영한 것을 따라 하겠다는 이야기였다.

"야, 근데 히딩크랑 너는 상황이 다르지. 히딩크는 감독이라 선수들을 죄다 모을 수 있었던 거잖아. 거기다 구단들도 협조를 잘해줬고."

"다를 게 뭐 있어요."

"응?"

"대표 팀 선수들을 모아서 팀을 만드느냐, 아니면 소속 팀 선수들을 국가대표로 만드느냐만 다른 거잖아요."

"무슨 소리야?"

잠깐 눈을 깜박이던 양주호는 그 말의 터무니없음을 느끼곤 입을 쩍 벌렸다. 민혁은 지금 대한민국 대표 팀에 FC ARSEN의 선수들이 대거 선발되게 하겠다는 말을 하고 있는 것이다.

"야. 그게 네 마음대로 되는 일이냐?"

"경기에서 압도적으로 찍어 눌러주면 돼요. 거기에 팀 조직력을 계속 언급해서 여론 좀 일으키고요."

"아니, 그게……."

"어차피 밑져봐야 본전이에요."

민혁은 뜻을 굽히지 않았고, 양주호는 그의 뜻대로 민혁의 FC ARSEN 이적을 추진해 나갔다. 다행히 박주혁 사건으로 불거졌던 드래프트가 완화되는 시점이라 규정상으로도 문제가 없는 상황이었다.

하지만 높으신 분들은 법과 규정을 사랑하는 사람들이 아니었다.

"윤민혁 선수는 국가의 보배입니다! 아무리 규정상 1명은 자유 영입이 가능하다지만! 그런 선수를 다른 팀들과 논의도 없이 마음대로 영입한다는 건 있을 수 없는 일이에요! 반드시 드래프트를 거쳐야 합니다!"

양주호는 각 구단들이 내는 소리에 어이를 상실할 지경이었다. 바로 지난달까지만 해도 민혁을 줄기차게 씹어대던 사람들이 맞나 싶을 정도였다.

특히 서울로 팀을 옮긴 전 스틸레인 팀장 황준영이 가장 심했다. 민혁에게 K리그 불신을 심어준 그가 규정이고 뭐고 간에 드래프트를 실시해야 한다고 우기고 있는 걸 보자 어이가 없어 웃음이 터질 지경이었다.

양주호는 그들을 향해 강경하게 말했다. 규정에 있는 내용을 절대로 양보하지는 않을 것이며, 이런 주장이 계속 나올 경우 언론을 통해 보이콧 등을 진행하겠다는 이야기까지 꺼내 다른 팀 간부들을 당혹시켰다. 그런 이야기가 나올 경우 덤터기를 쓰는 건 자신들이 될 게 뻔하기 때문이었다.

그렇게 민혁의 이적이 성사된 후.

민혁을 중심으로 한 FC ARSEN은 K리그를 지배했다. 그리고 그다음 해엔 AFC 챔피언스리그의 왕좌를 손에 쥐었고, 윤민혁이라는 스타에 취해 버린 대한민국 국민들은 FC ARSEN이란 팀을 그대로 국가대표팀으로 올리라는 시위까지 벌였다. 축구협회로서는 받아들일 수도, 그렇다고 무시를 할 수도 없는 주장이었다.

다행히 그런 여론은 다음으로 진행된 사건에 의해 묻혀 버렸다. 아르센 벵거의 대한민국 대표 팀 감독 부임이었다.

그 과정에서 조왕래 감독을 선임 4일 만에 잘라 버리는(언론 발표로는 선임 취소였지만) 사건도 일어나 팬들의 화력이 분산되었고, 덕분에 축구 팬들의 시위는 금세 잦아들었다.

하지만 그들의 뜻은 결국 이루어졌다. 대한민국 대표 팀을 맡은 아르센 벵거가 FC ARSEN의 선수들을 국가대표로 대거 발탁한 덕분이었다.

그로 인해 역대 최고의 조직력을 갖춘 팀이 된 대한민국 대표 팀은 2014 월드컵에서 우승을 거뒀다. 그 주역은 단연 민혁과 아르센 벵거였지만, FC ARSEN의 감독인 양주호도 언론의 주목을 받았다. 대표 팀 23명의 절반가량이 양주호의 제자였으니 언론으로서도 양주호를 무시할 수 없었던 것이다.

그 결과, 양주호는 유력 언론사의 방송에 초대되었다. '월드컵 우승 팀 대한민국, 앞으로도 이런 성과를 낼 수 있을 것인가'라는 재미없는 제목의 토론회였다.

서울의 대표로 나온 황준영은 이 우승은 대한민국 축구협회의 지원으로 이뤄낸 쾌거임을 강조했다. 실제로는 해준 것 하나 없는 그들이 민혁의 성장에 엄청난 도움을 주었다는 헛소리는 끊임없이 이어져 양주호를 괴롭게 했다.

'지랄하고 자빠졌네.'

양주호는 절레절레 고개를 저었다. 방송 진행자는 그런 양주호를 발견했고, 황준영의 말이 끝나자마자 양주호를 바라보며 입을 열었다. 무언가 할 말이 있는 것 같다고 생각했기 때문이었다.

"FC ARSEN의 양주호 감독님께선 아직 한마디도 안 하셨는데요. 혹시 하실 말씀 있으십니까?"

"할 말요?"

없다고 말하려던 그는 멈칫하며 고개를 돌렸다. 뒤늦게 안 사실이지만, 자신을 상북 초등학교에서 쫓아낸 일에도 저 황준영이 관련되어 있었던 기억이 떠오른 탓이었다.

더불어, 그는 민혁이 17세 이하 대표 팀에 들어가는 것도 막았던 사람이었다.

그런 사람에게 어찌 한마디 하지 않을 수 있단 말인가.

마음을 굳힌 양주호는 헛기침을 터뜨린 후 입을 열었다.

"서울의 황준영 실장님께 드릴 말씀이 있습니다."

"네, 뭐죠?"

활짝 웃은 양주호는 가운뎃손가락을 천천히 내밀며 입을
열었다.

"헛소리 그만하고 엿이나 드세요."

『인생 2회 차, 축구의 신』완결

초대형 24시 만화방

신간 100%, 샤워실, 흡연실, 수면실(침대석), 커플석, 세탁기 완비

■ 광명 광명사거리역점 ■

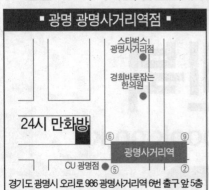

경기도 광명시 오리로 986 광명사거리역 6번 출구 앞 5층
02) 2625-9940 (솔목타워 5층)

■ 강북 노원역점 ■

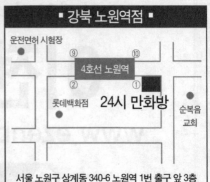

서울 노원구 상계동 340-6 노원역 1번 출구 앞 3층
02) 951-8324 (화용빌딩 3층)

■ 일산 정발산역점 ■

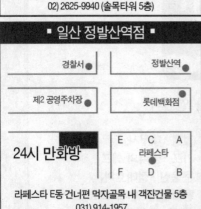

라페스타 E동 건너편 먹자골목 내 객잔건물 5층
031) 914-1957

■ 일산 화정역점 ■

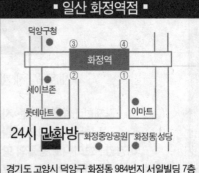

경기도 고양시 덕양구 화정동 984번지 서일빌딩 7층
031) 979-4874 (서일사우나 건물 7층)

■ 부천 역곡역점 ■

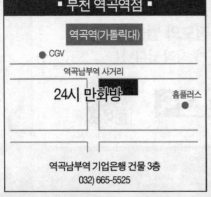

역곡남부역 기업은행 건물 3층
032) 665-5525

■ 부평역점 ■

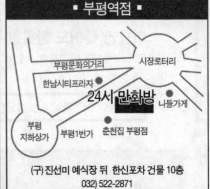

(구)진선미 예식장 뒤 한신포차 건물 10층
032) 522-2871

MODERN FANTASTIC STORY

김대산 현대 판타지 소설

강한 금강불괴 되다

가족의 사고 이후 죽지 못해 살아가던 청년 김강한.
우연히 한 여자를 구하게 되면서 새로운 세계와 만나다.

마음이 일어 행하지 못할 것이 없는 궁극의 경지?
외단(外丹)? 내단(內丹)? 금강불괴?

"이게 다 무슨 개 풀 뜯어 먹는 소리야?"

그러나 진짜다!
김강한, 마침내 금강불괴가 되다!

Book Publishing CHUNGEORAM

유행이 아닌 자유추구 -
WWW.chungeoram.com

레저렉션
Resurrection

10000LAB 현대 판타지 소설
MODERN FANTASTIC STORY

"난민 수백 명을 치료했답니다. 혼자서요."

내전으로 수많은 사람들이 죽어나가는 아프리카의 한 나라.
그곳에서 폭격으로 부모님을 잃게 된 청년, 이도수.
홀로 살아남은 그가 얻게 된 특별한 능력.

**"저는 생과 사의 경계에서 사람을 구하는 일이 좋습니다.
그게 제가 하루하루 살아가는 이유예요."**

레저렉션(Resurrection: 부활, 소생), 사람을 살리다.

**현대 의학계를 뒤집어놓을
통제 불가 외과의가 온다!**

Book Publishing CHUNGEORAM

유행이 아닌 자유추구 -
WWW.chungeoram.com